Die Wilderin

Sophie Reyer wurde 1984 in Wien geboren, wo sie auch heute lebt. Nach dem Studium an der Kunsthochschule für Medien Köln erlangte sie 2017 den Doktor der Philosophie in Wien. Sophie Reyer hat bereits zahlreiche Theaterstücke sowie Romane geschrieben, die unter anderem bei S. Fischer, Edition Atelier oder Czernin erschienen. Sie erhielt 2010 und 2013 den Literaturförderpreis der Stadt Graz und 2013 den Preis »Nah dran!« für das Kindertheaterstück »Anna und der Wulian«. Sie gibt zudem Lehrgänge für Film-, Medien- und Theaterwissenschaft an der Uni Wien und der Pädagogischen Hochschule Hollabrunn.

SOPHIE REYER

Die Wilderin

ROMAN

emons:

Bibliografische Information der Deutschen Nationalbibliothek
Die Deutsche Nationalbibliothek verzeichnet diese Publikation
in der Deutschen Nationalbibliografie; detaillierte bibliografische
Daten sind im Internet über http://dnb.d-nb.de abrufbar.

© Emons Verlag GmbH
Alle Rechte vorbehalten
Umschlaggestaltung: Nina Schäfer mit einem Motiv von
shutterstock.com/patrimonio designs ltd
Gestaltung Innenteil: DÜDE Satz und Grafik, Odenthal
Druck und Bindung: Prime Rate Kft., Budapest
Printed in Hungary 2023
ISBN 978-3-7408-1617-9
Roman
Originalausgabe

Unser Newsletter informiert Sie
regelmäßig über Neues von emons:
Kostenlos bestellen unter
www.emons-verlag.de

Dieser Roman wurde vermittelt durch die
Literarische Agentur Kossack GbR, Hamburg.

Prolog: Das Haus

Still liegt es heute da, das Haus. Doch nachts schläft die Angst in ihm, und der Hunger. Dann scheint es, als spuke es auf dem Hof der Leitnerfamilie, in dieser kleinen Region in den Bergen, die dicht zwischen Himmel und Wald gefügt ist. Die Bewohner sind's zufrieden wie eh, kümmern sich um Land- und Forstwirtschaft und halten brav ihre Kühe. Immer wieder herrschen Dürre, Lawinengefahr und Rechtlosigkeit in diesen Tagen. Wenn die Trockenheit in den Sommern herankriecht, verwüsten Gämsen das Land. Dagegen hilft nur: schießen. Das wissen die Bewohner. Doch sie schweigen dazu. Auch das Haus schweigt. Liegt scheinbar unschuldig und verfallen da. Elend steil sind die Wiesen, die Äcker und Wälder, die das Gut begrenzen. Neben dem alten Haus steht der Stall, heute bereits zur Hälfte abgerissen. Extrem hoch ist diese Lage zwischen den Felswänden.

Doch die Höhe und Abgeschiedenheit bringen auch Vorteile. So ist das Haus den Höfen auf dem Talgrund durch die Sonneneinstrahlung überlegen, immer noch. Auch wenn längst niemand mehr es bewohnt außer den Alpengeistern, die mit den Schatten durch das Gemäuer kriechen und das Holz knacken machen.

Stets war das Haus gut geschützt vor Schnee. Wenn die Hütten im Tal unter eisigen weißen Schichten verschwanden, so bot der Glanz der Sonne dem Haus in diesen Höhen immer Atemmomente. Ja: In den schrecklichsten Wintern kann man dort droben an den Hängen auch heute noch immer wieder kleine grüne Stellen sehen. Denn das Leben ist gnadenlos, es wächst und wuchert und wildert, sobald sich ein bisschen Licht zeigt.

So hat auch dieses Haus stets Kälte, Trockenheit und Krankheit getrotzt und mit seiner Umgebung mit geblüht. Edelstes

Bergwild springt immer noch um es herum, als wär nix, springt unschuldig und froh.

Früher, da kamen oft erzbischöfliche Jäger und machten die Gegend um das Haus herum unsicher. Heute ist es friedlicher geworden, und das Haus steht untertags still im Wind und schläft. Die wenigen Leute, die noch in der Nähe wohnen, ernähren sich von Kartoffeln. Fleisch indes gilt als begehrenswertes Gut und wird nur an Festtagen genossen. Hin und wieder streift der eine oder andere auch in den Wald, weil da die besonders süß schmeckenden Früchte wild wuchern: Erdbeeren, Wacholder, Brombeeren und Granten; all dieses Obst lässt sich einfach so von den Sträuchern pflücken. Denn der Wald ist gütig, und er gibt, solange er kann.

Nur der Mensch weiß damit nicht umzugehen, will immer mehr, fordert und rottet aus. So ist stets zu wenig da, und keiner weiß, wieso. Meist sparen die Bewohner der Region unterm Jahr, verkaufen Teile ihrer Ernte und kratzen so ein wenig Geld zusammen. Wenig Käse gaben von jeher die Ziegen, doch man ist's gewohnt und bleibt dennoch lieb zu ihnen. Einmal im Jahr, da wird eine geschlachtet – und was für eine Feier das dann ist! Denn dann gibt es Fleisch!

Für den Körper sorgt man, so gut es geht. Wollsocken und Strümpfe für die kalte Jahreszeit, in der besonders der Ofen heilig ist. Wärme ist notwendig, denn kaum etwas weiß man hier von medizinischer Versorgung, und es wäre ein Gräuel, sich zu erkälten. Manch einen raffen die Winter mit ihren Lawinen und dicken Schneedecken dahin. Weit draußen im Tal, in Fügen, da gibt es freilich einen Arzt, aber mühselig ist der Weg hinunter, und kaum ein Bewohner der Region wagt ihn, wenn die Lawinen heranzurollen drohen. Gegen die Verwundungen weiß manch eine alte weise Frau, die mit den Alpengeistern und Saligen, wie sie hierzulande genannt werden, heimlich in Kontakt steht, ein Heilmittel: Dann wird Honig verabreicht, wird ein Kilo Baumpech mit Fett gesiedet und eine Salbe hergestellt, die Heilung garantieren soll.

Doch das Haus kann darüber nur lächeln. Denn langfristig gesehen helfen diese Arzneimittel nicht. Das Leben der Menschen endet immer mit dem Tod. Ja: Viele hat es sterben sehen, dieses Haus. Freilich: Mühe hat es sich schon gegeben, die Menschen am Leben zu erhalten, mit seinem kleinen Kachelofen in der Ecke. Ein Herd, aus Natursteinen gemauert, sollte Wärme spenden. Aus der Schüröffnung heraus konnte man früher oft das Feuer flackern sehen, seinem Knacksen und Knistern lauschen, konnte über der Brunststätte den Kochkessel aufstellen und zuhören, wie das Wasser in ihm zu glucksen beginnt.

Wenn es wärmer wird, hat das Haus außerdem bis heute einen kleinen Balkon zu bieten; er weist zur Ostseite hin und eröffnet dem Blick das Tal.

Für die Notdurft ist die Labe stets ein offenes Loch, das alles aufschluckt. Sie befindet sich im Hof und transportierte viele Jahre hindurch den Dreck seiner Bewohner ab. Doch hier machen inzwischen nur noch Geister Dreck.

Und so steht das Haus allein da. Oft schläft es, lässt den Wind durch das mit Schindeln gedeckte Dach sausen und stemmt sich, so gut es noch kann, gegen Sturm und Wetter. Manches hat es bereits gesehen. Da gingen Menschen ein und aus, Kinder mit trippelnden Schritten tanzten auf der Schwelle, deren Lachen perlte, Männer und Frauen liebten sich im Heustadl und in ihrer stillen Kammer, Mus wurde auf seinen Herdplatten zubereitet, ja, auf der Eckbank wurde sogar die Zither gespielt. Und gewildert haben sie, die Menschen in ihm, in diesem Haus. Gewildert, gehungert, gelitten und geliebt. Doch davon ist nun kaum noch etwas übrig, denn alles vergeht.

»Was für eine Welt«, seufzt das Haus manchmal nachts.

Dann wendet es sich noch einmal kurz seinen Geistern zu, prüft, ob sie auch brav toben und die Geschichten der Untoten weitertragen bis hinunter ins Tal. Und freilich: Das tun sie, denn Geister schlafen nie.

Da ist das Haus beruhigt und beginnt friedlich zu schlummern. Denn es ist müde und alt. Seine Giebel sind gebeugt von einem Zuviel an Bildern und Erinnerungen. Und das Haus kann keinem davon erzählen, denn es ist ja nur ein Haus. Es verwahrt die Erinnerungen stumm. Wer also wird von ihnen berichten?

1

Früher. Theres

Am Anfang ist der Vater. Und ein Raum mit dem Vater ist gut. Leberfleckig sind seine Hände, braun und wettergegerbt das Gesicht. Die Finger sind fest, wenn sie zugreifen, dennoch gleichzeitig liebevoll. Rau ist auch die Stimme, wenn sie sie anspricht:»Theres!«

»Theres!«, sagt der Vater, und sie weiß Bescheid. Weiß, dass der Klang sie meint, und es ist ein Klang, in dem Liebe wohnt. Diese Liebe ist notwendig gegen die Winter, gegen eine Welt, die hart und rau ist. Das lernt Theres früh. Ja, gegen die Kälte, die Lawinen und die Grauen des Hungers – dagegen hilft der Vater! Er ist wie eine große Wärme, ähnlich dem Schürofen, der in der Ecke des Hauses steht und die Abende erträglich macht.

Theres wächst also in den Bergen auf. Früh begreift sie: Da gibt es die Stube, die Mutter, das Heu. Sie lernt, den Dingen Namen zu geben. Es gibt Namen für Menschen, für Gegenstände und für Gefühle. Zu den guten Menschen, da zählt ganz zuoberst Vater und dann die Mutter. Und dann auch Schwester Anna, die meist neben dem Herd hockt und ihre Strohpuppe gegen das Herz presst, die immer wieder auseinanderzufallen droht. Die guten Dinge heißen: Ofen, Kerze, Gras, Baum und Milch. Und die guten Gefühle heißen: Schlaf und Sattsein. Ja, vor allem das Sattsein ist wichtig, das erkennt Theres schnell, denn hier auf dem Berg sind die Lebensmittel knapp. Oft scheint es abends, als hätte Theres einen Igel verschluckt. Stachelig fühlt es sich an in ihrem Magen, der Hunger drückt von innen zu, und es gelingt ihr dann einfach nicht, auch nur ein Auge zu schließen. Oft liegt die kleine Theres wach, wenn der Hunger sie ereilt und die Nacht am Hause im Wildspitzenschlag rüttelt.

Dann macht das Leben eine große Angst, und der Berg und das Tal liegen da wie eine riesige Wunde. In diesen Tagen hilft nichts als der Vater. Hin und wieder scheint er zu spüren, dass sie nicht schlafen kann, und wenn er spät von der heimlichen Jagd kommt, seine Schuhe, die von matschigem Schnee nur so triefen, auszieht und sich mühsam aus dem Lodenrock schält, dann lauscht er immer, wie schnell ihr Atem geht.

»Ich weiß, du bist noch wach, Theres«, sagt der Vater dann manchmal.

»So dunkel ist's in der Stube!«, wispert Theres, und der Vater legt sich zu ihr.

Immer weiß er besondere, schöne Geschichten. So auch heute.

»Weißt denn nicht, dass es Engel gibt?«, fragt er, während er seine warmen Zehen neben Theres' kleine Füße unter die Decke schiebt.

»Der Dorfpfarrer hat's gesagt«, entgegnet Theres nickend.

»Aber ich glaub mehr an die Saligen, diese bösen toten Frauen, die den Hunger bringen.«

Der Vater lacht. »Hätt ich dir bloß nicht von ihnen erzählt. Aber du hast recht, Theres. Es ist wichtig, sich's mit diesen Geisterfrauen gut zu stellen, die in den Bergen hausen, denn die Winter sind hart.«

Theres nickt. »Manchmal hab ich so eine Angst vor den Lawinen, dass ich mich gar nicht mehr getrau, die Augen aufzumachen, wenn ich aufwach«, gesteht sie.

Der Vater hebt seine fleckige Hand und mustert die Tochter mit kristallblauen Augen.

»Aber nein, Theres«, sagt er, »Angst hat noch nie was geholfen! Außerdem: Schau, du musst doch die Sterne anblicken mit deinem herrlichen jungen Gesichtchen, dass sie sich ein wenig an dir freuen!«

Theres seufzt und spürt, wie ihr Magen wieder ein wenig zu rumoren beginnt. Mit einem Mal kriecht die Dunkelheit wieder durch die Ecken des Hauses. Der Vater indes ist eine große, warme Höhle, in die sie sich verkriechen kann. Sie rollt sich nahe an seinem Bäuchlein zusammen, spürt, wie sich der Atem hebt und senkt, in Wellenbewegungen auf und ab geht, wieder und wieder. Der Vater scheint müde zu werden und langsam in tiefen Schlaf zu sinken. Theres weiß: Erschöpft muss er sein von der langen Jagd. Heimlich beobachtet sie ihn, will seinen Schlaf schützen. Flackern denn da noch die Lider? Kann es denn sein, dass er wieder hochschreckt? Mit einem Mal fühlt Theres sich wie ein Engel. Sie behütet jetzt den Schlummer, die Ruhe des Vaters, und so beginnt sie, leise und für sich, ein Lied zu summen, während sie ihm sanft übers Haar streicht. Sie stellt sich vor, dass die Engel dünner als Mondschein sind. Oder so wie Papier. Sie haben keine richtige Haut, sind wahrscheinlich ganz aus Licht gebaut. Aber dieses Licht ist fast ein Nichts, sodass man es kaum sieht. Genau wie die Schatten der Saligen. Die Saligen aber, mit denen falsch umzugehen, das ist streng verboten. Denn bei ihnen handelt es sich um Untote, die man leicht verärgern kann. Rauschende Frauen sind sie, die mit ihren Energien die Berge bewohnen und sie durchwandern wie der Wind. Sie kommen als Sturm über Häuser, wenn einer stirbt, und es gilt, ihnen Opfer darzubringen, damit die Ernte der Erdäpfel gut wird.

Theres weiß, der Vater ist im Wald gewesen, hat wildes Getier erlegt, damit sie, die Kinder, nicht hungern müssen. Sie weiß, dass das Liebe ist. Dass der Vater da etwas Verbotenes tut. Sie verspricht der Welt heimlich, ihn dafür immer zurückzulieben, diesen großen, grobschlächtigen Mann mit den breiten Schultern und dem leicht rötlichen, an den Schläfen schon ergrauten Haar. So betrachtet sie ihn. Theres denkt, dass sie die große Nase des Vaters liebt, denn sie ist wie er: ehrlich und gerade. Nie verliert er an Haltung, wenn Hunger, Schnee, Trockenheit oder Dürre noch so nagen. Früh lernt Theres vom Vater, was Würde ist. Fast denkt sie jetzt, dass sie die Liebe zu ihm gar nicht erträgt, so laut ist diese. Sie will etwas sagen, aber sie verschluckt ihre Rede. Es schlägt Theres bis in den Hals hinein. Langsam holt sie Luft. Da beginnt es, sie um den Nabel zu kitzeln. Ist das der Hunger? Eben noch hat er gestochen, jetzt blubbert er und dringt als Schleim Theres' Kehle hoch, langsam.

»Papa«, wispert sie da noch einmal, »Papa.«

Alois Leitner, der bereits eingenickt ist, schreckt hoch.

»Ja, mein Kind?«, fragt er dann.

»Bringst du mir morgen bei, die Zither zu spielen?«

Theres betrachtet ihn erneut und denkt, dass sie sich selbst liebt, weil sie ihn liebt. Und dass sie nicht hungern will. Und sie will auch nicht, dass er hungert. Und auch nicht die Mutter und die Schwester Anna, die immer so traurig und stumm mit ihrer Strohpuppe am Ofen hockt und greint, bis es Nacht wird. Für einen Moment herrscht Stille.

»Sag ja!«, fleht Theres, der es die Musik angetan hat.

Der Vater lächelt und greift nach ihrer Hand. »Noch sind deine Finger ein bisschen klein, meine liebste Theres!«, sagt er zärtlich. »Aber bald bring ich es dir bei.«

Theres nickt. »Danke!«, sagt sie.

Wieder herrscht für einen Moment Stille zwischen den beiden. Und jetzt, denkt Theres, kann sie sich auch trauen, noch etwas zu fragen, was sie eigentlich immer schon fragen wollte. Sorgfältig legt sie sich die Worte zurecht und schluckt. Es dauert, bis der Satz aus ihr herauskommt. Und dann kommt er ruckartig.

»Und«, sagt sie, »auch das Schießen. Das will ich lernen und mordsviel Wild erlegen gegen den Hunger!«

Der Vater lacht.

»Ich weiß«, fährt Theres fort, »dass das Schießen Männersache ist.«

Der Vater bleibt still.

»Aber«, beharrt sie, »ich will tapfer sein und uns allen gegen den Hunger helfen. Verstehst du das?«

Da streicht Alois Leitner sanft über ihren Haarkranz und seufzt laut, während sein Bauch auf und ab bebt.

»Na du bist mir eine!«, sagt er schließlich.

Dann schweigt er.

»Also?«, fragt Theres, die die Antwort kaum erwarten kann. »Nun …« Alois atmet tief ein und aus. »Ist gut, mein Mädl, auch das bring ich dir bei. Aber jetzt wirst erst etwas größer.«

»Freilich«, beeilt sich Theres zu sagen.

»Und zuallererst einmal: schlaf!«, lacht der Vater da noch und drückt die kleine Tochter an sich.

Nun ist die Theres beruhigt. Und heimlich beschließt sie, nur arg schnell zu wachsen, um etwas tun zu können gegen den Hunger. Dann würde alles gut werden.

2

Früher. Theres

Jeden ereilt der Hunger. Das lernt Theres früh. Und besonders hart sind die Winter. Wenn Theres sich morgens umsieht, dann ist, so weit das Auge reicht, nur weiße Fläche zu sehen, und die Dächer der Häuser und Hütten ächzen laut unter der Last des Schnees. Die Bäume haben ein kristallines Gefieder, denkt Theres und beobachtet, wie die Sonne glitzert und sich tausendfach im Schnee bricht. Die ganze Welt trägt eine Art weißen Flaum, wie Wollsocken oder so, aber gewoben aus Flocken und Federn.

In der Früh, wenn sie zu den Kühen in den Heustadl geht, ist der Schnee noch spurlos glatt. Theres weiß, wie verheerend er sein kann, doch im Moment erscheint er ihr bloß wunderschön, wie er da ausgebreitet vor ihr liegt. Vorsichtig setzt sie einen Schritt nach dem anderen, bibbert ein wenig. In der Hand hält sie den Eimer für die Milch, denn es muss gemolken werden. Theres geht langsam und bedacht, hält Haus mit ihrer Kraft. Die muss sie sparen. Nach wenigen Schritten wird sie mutiger, und die Sonnenstrahlen brechen den Bann. Ihr wird es ein wenig wärmer. Und siehe: Da fängt es zu schneien an! Das frische Wehen bläst ihr nur so ins Gesicht, und sie beginnt, sich zu sputen. Während sie sich durch die dumpfe Schicht des Schnees arbeitet, blickt sie ins Tal hinab. Es scheint, als würden die Berge schlafen. Wie auf den Rücken gedreht sehen sie aus, seltsam müde unter dem Schnee. Theres kommt alles wie eine Art Traum vor. Sie betrachtet die Eiszapfen, die wie große Zähne vom Stadl herabhängen, während sie mit klammen Fingern nach dem Schlüssel greift und dann die große knarzende Türe aufschließt. Die Flocken trüben mehr und mehr ihren Blick. So lässt Theres die gefährliche weiße Pracht hinter sich und betritt den Stall. Für eine kurze Weile muss sie den Atem anhalten, sich sammeln.

»Resi!«, ruft Theres dann und nähert sich ihrer Lieblingskuh. Mit großen, gütigen Augen steht das Tier da und atmet schwer. »Bist wohl auch müd vom Winter, was?«, sagt Theres verständnisvoll, während sie den Schemel aus der Ecke holt und ihn unter dem weichen, warmen Leib des Tieres im Heu zurechtrückt. Dann streicht sie der Kuh mit ihren kleinen klammen Fingern sachte über die Flanken. Resi scheint dies zu gefallen. Sie schnaubt kurz auf und stupst Theres mit ihren breiten Nüstern gegen den Bauch. Da kommt ein kitzeliges Lachen Theres' Kehle hinauf, und sie merkt, wie sie sich auf die Frühstücksmilch freut. Ihre Hände wissen Bescheid, kennen die Arbeit. Wie oft sie das Melken doch mit der Mutter geübt hat! Zwar sind ihre Finger viel kleiner und weniger stark als die der Mutter, aber die Tiere lieben Theres, denn sie hat, wie der Vater meint, den sechsten Sinn.

»Das Mädl ist in Wahrheit eine Brut der Saligen«, entgegnet auch ihre Mutter hin und wieder scherzend, wenn sie darüber staunt, wie flink sie lernt. Theres sieht es als Kompliment, denn sie weiß, diese leuchtenden Weiber, über die die Menschen sich gern Geschichten erzählen, sollen den Tod in der Hand haben. Und wer hat nicht gern den Tod in der Hand, wenn Schnee und Hunger toben? Jetzt jedenfalls hat Theres ein Euter in der Hand, und die Arbeit geht rasch vonstatten. Hell und dickflüssig ergießt sich die Milch in den von Theres so wohl gehüteten Kübel. Ein satter Strahl, der in das Blech hineinrinnt. Theres ist stolz auf sich und redet ihrer Lieblingskuh gut zu. Was sie dafür geschenkt bekommt, ist ein freundliches Muh. Als Theres fertig ist, fährt sie Resi mit den Fingern zart über den Kopf.

»Danke!«, wispert sie.

Resi gibt ein leichtes Schnauben von sich, als wisse sie um

Worte Bescheid, und scharrt mit den Hufen. Theres nickt und schiebt den Schemel von sich. Dann greift sie nach der Kanne, die voll und schwer geworden ist, und bricht wieder auf. Vorsichtig muss sie nun wieder sein, weiß sie. Denn die Milch ist kostbar, sie bedeutet Leben, und sie schwappt leicht über den Rand des Eimers und verschwindet dann spurlos im Weiß des Schnees. Das darf nicht geschehen, denn schon ist der Hunger wieder ein Igel, den Theres verschluckt hat. Und so bewegt sie sich überaus bedachtsam in Richtung Haus zurück. Die Erde knirscht unter ihrem Schritt, als bestünde sie aus Knochen.

Kurz bleibt sie stehen, betrachtet die Äste der Bäume, die eisweiß verzweigt sind unter der Schneedecke.

Wie vom Frost geputzt ist die ganze Welt, denkt sie. Und wie komisch doch die Natur ist. Sie gibt und sie nimmt, und sie ist hart!

Theres blickt sich um. Kein Ast scheint sich zu regen. Kaum ein Vogel zu sehen. Wie gut, dass zumindest die Morgensonne auf sie gewartet hat und sie jetzt empfängt. So streift sie mit dem besonderen Gut, der Milch, zum Hofe. Kaum ist sie zurück in der Stube, da dringt das Winterlicht wieder hervor und erstrahlt in der ganzen Kammer. Die ersten Schritte, die Theres geht, nachdem sie den weißen Flaum von ihrem Saum geputzt hat, sind freilich die zum Ofen hin. Währenddessen nimmt sie ihren Umhang ab, von dem kleine Tropfen herabperlen, und hängt ihn über die Ofenbank, die Wärme ausatmet. Theres merkt, wie ihr von der Kälte klopfendes Herz nach und nach zur Ruhe kommt.

»Endlich!«, ruft Anna, die eben mit der Mutter Erdäpfel in den Ofen geschoben und schon sehnlichst auf die Milch gewartet hat. Mit hastigen Schritten nähert sie sich ihr.

Theres betrachtet die ältere Schwester. Wie das Häubchen auf ihrem Kopf hüpft!, denkt sie zärtlich. Ja, anmutig und edel erscheint sie ihr, diese Größere, die sie heimlich um ihre Strohpuppe – das einzige schöne Spielzeug im Haus – beneidet. In dem Moment tritt auch der Vater in die Stube.

»Heiz den Kamin, mich friert!«, sagt die Mutter, die eben die Ofentür zugeschoben hat, und Alois nickt.

Was für ein gutmütiger Riese der Vater doch ist, denkt Theres und sieht ihm dabei zu, wie er mit seinen großen Händen nach dem Kerbholz greift und es in den Ofen schichtet. Die Finger sind klug und tapfer wie die vom lieben Gott, findet die Theres da, und siehe – schon bald ist das Feuer entfacht. Seine Wärme breitet sich mit wohlig warmem Knacksen in der Stube aus.

»Wie still es ist«, meint Theres da.

»Ja«, sagt der Vater, »der Schnee schluckt jeden Laut.«

»Hat der liebe Gott den Schnee gemacht, damit die Menschen still werden?«, fragt sie.

»Na du stellst Fragen«, mault Anna. »Gieß doch lieber die Milch in den Topf.«

»Man soll seine Schwester nicht zurechtweisen!«, sagt da die Mutter und greift nach dem Eimer, den Theres ihr stolz und guter Dinge entgegenstreckt.

»Mir kommt vor, ich bin noch gar nicht aufgewacht«, flüstert sie und wischt sich über das Gesicht, während sie der Mutter hilft, den Tisch zu decken. Sorgfältig müssen die Teller platziert sein, und jeder hat seinen eigenen Sitz, weiß sie.

»Vielleicht bist du nie eingeschlafen!«, lacht der Vater, während er die Ofentür zuschiebt. Dann gibt er Theres einen leichten Stüber mit der Hand. »Zum Glück hast du einen gesunden Verstand, das ist das Wichtigste im Leben!«

»Lasst mal das Philosophieren«, unterbricht die Mutter sie da, während sie den Topf mit dem Mus auf den Tisch schiebt. Der Ofen bollert, und die Diele knistert ein wenig.

Jetzt wird es behaglich, findet Theres.

Nun ist alles hergerichtet! Und fromm, wie die Familie Leitner ist, setzt sie sich zum Gebet hin. Da geht knarrend die Stubentür auf, und die Magd kommt herein. Verheerend sieht ihr Haar aus, der Wind hat es ihr nur so durcheinandergepustet.

»Was für ein Wetter. Das wird wieder Lawinen geben!«, sagt sie, während sie sich das Weiß nur so vom Rockzipfel beutelt. »Dein Wort in Gottes Ohr«, meint Alois grimmig.

»Wollen wir hoffen, dass der Winter diesmal nicht allzu viele hinwegrafft«, murmelt indes die Mutter und faltet ihre Hände. Anna, Theres und die Magd, die sich eben mit einem Seufzer auf der Ofenbank niedergelassen hat, tun es ihr gleich. Schweigend hören die Kinder dem Vater zu, wie er wieder einmal wenige, aber richtige Worte findet.

»Lieber Gott, hab Dank für das Warme in der Früh!«

Die Kinder starren begierig auf die dampfende Pfanne, ja, Theres kann Annas Blick ganz genau erkennen, und doch wagt sie es nicht, hinzugreifen, bis nicht der Vater mit seinem Gebet geendigt hat. So lauscht sie, die Augen halb geöffnet, den frommen Worten des Alois Leitner und ist glücklich, als sie nach der Schüssel greifen und ihren Teller mit Mus füllen kann.

Wie das dampft und riecht! Fast ist es, als würde der Brei atmen, denkt Theres.

Anna und sie sind einander ein wenig neidig, und es dauert, bis sie sich über den letzten Rest einigen. Schließlich ist es die Mutter, die das restliche Mus zwischen den beiden Kindern aufteilt und sie bittet, friedlich zu bleiben.

Nach dem Mahl erhebt sich der Vater als der Erste vom Stuhl, während die Mutter mit den Kindern den Tisch abräumt. Theres weiß, was zu tun ist. Brav wie eh verstaut sie das Geschirr in der Schüssel neben dem Herd. Wie das klackert und klirrt! Es sind die Geräusche des Alltags, die den Morgen vertraut machen. Und noch vertrauter machen ihn die Gesten des Vaters, der sich an die Ofenbank setzt und nach seiner Pfeife greift. Alois stößt ein leichtes Schnauben aus, und es ist, als sauge er die Luft ein für die ganze Kraft des Tages. Dann geht er noch einmal in sich und stopft mit einem verträumten Blick, der in die Weite kippt, seine Pfeife. Theres guckt die Kerze auf dem Tisch an, die leicht zu flackern beginnt, und betrachtet dann den Rauch, der durch die Küche dringt und Schlieren zieht. Hin und wieder ist vom

Holzofen her ein Knacken zu hören, und der Boden ächzt zart unter den Schritten der Mutter, die das Geschirr in die Anrichte schlichtet, säuberlich, so, dass alles seinen Platz hat.

Für einen Moment noch betrachtet Theres den Vater, der in die Leere sieht und Rauch auspustet, und es wohnt so ein Friede in seinem Antlitz.

3

Früher. Theres

So arbeitet Theres brav, und sie wird größer. Schon bald gehen Männer im Hofe ein und aus, und sie lernt schnell, dass sie so werden muss wie sie. In diesen Tagen ist der Sommer groß und der Winter hart. Jedes Jahr legt er sich übers Land, und Theres wird älter, doch sie wird nicht stärker. Nein: Sie überlebt. Das ist alles. Die Diele knistert wie verrückt in den frostigen Tagen, und Theres betrachtet sich von oben bis unten, wenn sie aufsteht und sich neben der Schwester im kalten Zuber wäscht. Sie sieht sich an und findet, dass sie sehr wenig ist. Die Knochen staksen wild und kantig aus der noch kindlichen Haut. Und so auch bei Anna, die sie im Zuber neben sich mit dem Schwamm abschrubbt, wieder und wieder, bevor man sich gegenseitig das Haar in kleine Kränzchen flicht und unter die Haube steckt.

Wir sind zu dünn, denkt Theres, und: Dagegen gilt es etwas zu tun!

Wenn sie nur schießen könnt wie der Vater, sagt sie sich da und seufzt.

Anna jammert, während Theres ihr den hellen sommersprossigen Rücken abschrubbt. Fast sieht sie aus, als wäre sie aus Glas gebaut, denkt Theres, und ihr schaudert vor der Zerbrechlichkeit des Lebens.

Anna indes greint unter der harschen Berührung des Schwammes. »Ich will zurück ins Bett!«, lamentiert sie.

»Sei nicht so wehleidig und spiel dich nicht auf. Du liebst bloß die Schmerzen, das Unglück, das ist die Wahrheit. Darum jammerst du«, sagt Theres nur. »Ich nicht. Ich will was tun und nicht klagen. Darum geh ich jagen, wenn ich groß bin!«

»Ach, jagen«, murrt die Schwester. »Was soll das bringen?

Ein jeder Winter wird hart, und irgendwann stirbt man ohnehin, wenn einen der Hunger nicht schon früh kriegt.«

»Du bist in das Unglück verliebt, Anna«, sagt Theres wieder. »Ich aber will leben!«

Die Schwester winkt ab, und Theres kann sehen, wie sich die feinen Härchen auf ihrer Haut in der Kälte aufstellen.

»Außerdem wird's hier ohnehin bald kein Wild mehr geben, so trocken, wie die Sommer sind«, fügt sie hinzu.

Theres aber schüttelt nur den Kopf. »Wenn in dir das Zeug zur Jägerin ist, findest du auch das Wild, das du erjagen musst, sagt der Vater.«

Da wird Anna mit einem Mal richtig zornig. »Der Vater, der Vater! Als wenn der ein Gott wär! Glaub mir, hier gibt's nur Milch und Tod. Das ist alles!«

Theres will schon etwas erwidern, doch in dem Moment – als hätte der Himmel es geahnt – beginnt die Diele zu knarren.

»Sie sind da!«, ruft Theres, lässt den Schwamm in den Zuber fallen, richtet sich rasch das Haar unterm Häubchen und läuft mit fegenden Schritten zu ihren Schuhen. Von der Jagd, der heimlichen, ist der Vater heimgekehrt, und Theres kann es bereits von Weitem in seinem Gesicht erkennen, denn sie liest wie kein anderer Mensch seine Seele: Er hat etwas erlegt!

»Papa!«, ruft Theres aus, und Alois rückt sich seine Wollmütze ein wenig zurecht. Fast sieht er dabei verlegen aus vor Stolz. Theres läuft über den Holzboden, ins Freie. Geplündert ist dieses Wesen, weiß Theres, weiß, dass der Vater da Verbotenes tut, und das für sie und den Rest der Familie – und darum liebt sie ihn noch mehr. Mit hastigen Schritten streift sie auf den toten Leib zu, der da im Schnee liegt, und mit einem Mal wird sie von Ehrfurcht ergriffen. Sie tritt in Pfützen, Schnee stiebt, an ihren Stiefeln bleibt Schorf kleben, doch Theres nimmt das alles kaum wahr. Denn da liegt er weich und schwer auf der Erde: der machtvolle Leib mit dem Geweih. Theres bückt sich, und der Mund steht ihr mit einem Mal offen wie ein Tor.

Der Körper des Tieres ist noch ganz warm. Theres kann eine

Wunde am Bauch des Hirschen erkennen, und sie vermeint, das Tier noch in seinem Blut zucken zu sehen.

Wie schnell das Leben doch aus so einem Körper weichen kann!, denkt sie und schaudert, denn ihr fällt wieder auf, wie klein und dünn sie neben dem Hirsch ist. Dennoch: Sie ist ihm überlegen, denn sie lebt.

Andächtig streicht sie über den schweren behaarten Leib. Da liegt dieses Wesen vor ihr, als schliefe es in einem Nest von braunem Fell, und wird doch niemals wiederkehren!

In dem Moment merkt sie, dass einige Fliegen um den Schädel des massigen Tieres schwirren, und ihr Blick gleitet über ein großes Augenpaar, das starr in die Weite stiert. Und aus dem Leib hängen bereits, wie Wundherde, die Eingeweide des Tieres, haben sich in schleimigen Brocken über den Schnee verteilt – denn offenbar war die Schusswunde groß. Der Huf des Tieres ist seltsam nach oben verdreht und liegt blutig da. Theres reibt die Hände gegen den Saum ihres Rockes und merkt, wie sie vor Kälte erzittert. Um sie herum steht schwarz der Wald. Wie ein Heer sieht er aus.

Ja, denkt Theres, in der Natur herrscht immer Krieg!

Es ist ein Dezembertag, und der Himmel steht klar, gleichsam poliert vom Wind. Verharscht sind die Felder, und um die Weiden im Garten herum liegen kleine Pfützen, in Schlamm gefroren, in denen sich der Himmel spiegelt.

Theres betrachtet noch einmal das Tier, das steif vor ihr liegt, und für einen Moment ist ihr, als husche ein Schatten über das Eis. Ist es eine Salige? Eine, die kommt, jemanden in den Tod zu holen? Aber nein, merkt Theres da, es ist nur Alois, der sich neben sie kauert. Ja: Der Vater bückt sich neben sie, betrachtet sie und nickt dann. In dem Moment fällt Theres, die so ergriffen war vom Antlitz des erlegten Tieres, erst auf, dass der Hanslbauer und sein Sohn Emil auch da sind. Sie blickt auf. Emil Müller betrachtet sie mit geröteten Wangen und scheint für einen Moment ein wenig erstaunt. Er ist es nicht gewohnt, dass Mädchen sich unter die Jäger mischen. Verwirrt betrachtet er seinen Vater und dann Alois Leitner, doch dieser scheint's zufrieden zu sein. Da wird Emil mit einem Mal zornig. »Geh weg da!« Er drängt Theres barsch zur Seite. »Das ist nichts für Weibsleut!« Theres strauchelt kurz und kommt fast im flockigen Weiß zu Fall. Das erzürnt sie so sehr, dass sie sich vor dem sommersprossigen Jungen, dessen Nase ein wenig an die eines Schweins erinnert, aufbaut und ihn grimmig anstiert.

Emil lacht und spuckt aus.

Theres kann aus den Augenwinkeln erkennen, wie der Vater grinst, und mit einem Mal merkt sie, dass sie stolz ist. Ja: Ihre Brust beginnt richtig zu schwellen.

»Ich bin die Theres«, sagt sie. »Einfach nur die Theres. Und das ist genug!«

»Frauen spielen andere Spiele«, entgegnet der grobschlächtige Junge mit dem rotbraunen Haarschopf und baut sich ebenfalls vor ihr auf.

»Und wer sagt das?«, fordert Theres ihn heraus, ihr Gesicht gegen seines und gegen die Kälte gewendet. Soll der Frost sich doch einen Zahn an ihr ausbeißen, denkt sie, und der Igel des Hungers ihr den Magen aufätzen! Sie bleibt, was sie ist: eine Starke, eine, die vom Vater geliebt wird. Oder?

Und freilich steht der Vater auf ihrer Seite.

»Pack an, Theres«, sagt er da, und sie hilft ihm.

Greift mit den Fingern nach dem felligen Körper. Der Schnee zerraspelt ein wenig unter ihren Fingern, die Hände frieren, doch das ist egal.

»Gut so?«, fragt sie.

Der Vater nickt.

So ziehen sie den Körper vor die Haustür, und dann beginnt der Vater mit raschen, groben Bewegungen, dem Tier das Fell abzuziehen. Der Müller und sein Sohn haben einen Eimer organisiert, in dem sie die Eingeweide und die Augen des Tieres bergen wollen.

»Da«, sagt Emil grimmig und stellt Theres den Eimer hin.

Sie nickt bloß und würdigt ihn keines Blickes. Mit einem Mal kommt ihr alles sehr dunkel vor. Wie fischkalt die Welt ist, denkt sie, und dann, mit einem Seitenblick zum kleinen Teich vor dem Stadl: Zum Glück ertrinken zumindest die Fische im Winter nicht, wenn wir Menschen schon so leicht erfrieren können.

»Nicht träumen«, sagt Emil und zuckt mit dem Kopf in Richtung Hirsch, und Theres begreift: Sie muss die Eingeweide herausschälen, während der Vater die Haut abzieht, und sie in den Eimer legen. Sie macht es zum ersten Mal – aber dennoch hat sie ein Gefühl dafür, wie mit dem toten Tier umzugehen ist.

»Jaja«, entgegnet sie und tut wie ihr geheißen. Glibbrig und fremd fühlt sich das an: eine blasenartige Masse, die in den Holzkübel geschichtet werden muss.

»Das Herz ist meins!«, ruft der Emil da.

Theres betrachtet ihn für einen Moment verächtlich. Kindisch kommt er ihr vor. Dabei ist er viel älter als sie. Tut so, als wäre so ein Herz etwas Besonderes! Das seine ist wohl im Eis versiegelt, so wie die Winterlandschaft hier auf dem Berggipfel. Aber es ist ein inneres Eis. Eines, das nicht wieder weggeht, wenn der Frühling herankommt und die Seele heller macht und mit Licht erfüllt. Nein: Das Eis in Emils Herz, das ist immer. Und mit einem Mal merkt sie, wie ihr wieder kalt wird.

»Bist müde, Kind?«, fragt Alois, dem das kurze Schaudern der Tochter nicht entgangen ist.

»Nein.« Tapfer winkt Theres ab. Sie bemüht sich, stark zu sein. Stark wie die Männer. So hilft sie dem Vater mit geschäftigen Händen. Emil indes sieht nur dabei zu.

»Magst nicht mit anpacken?«, sagt Theres wütend.

Emil sieht sie an, rümpft kurz die Schweinsnase und schüttelt dann den Kopf.

»Mein Vater, der kommt gleich«, sagt er nur. »Der holt noch einen Kübel. Dann teilen wir das Fleisch auf.«

Das ist alles. Theres zieht, während sie dem Vater dabei hilft, einen Teil des Fleisches vom Fell abzuschaben, nur eine Augenbraue in die Höhe. Wie sie diesen Emil verachtet. Und als habe der es gespürt, beginnt er plötzlich, auf teuflische Art zu grinsen – zieht sich dann seine Lodenhose unter die Knöchel – und pisst in den Schnee. Theres ist angewidert. Der Harn brennt Löcher. Gelb färbt sich das Eis.

»Das war notwendig.« Emil grinst.

»Ach so?«, entgegnet Alois, ohne aufzusehen. »Wir haben aber auch eine Labe, hinterm Stadl, das weißt schon, mein Sohn, oder?«

Emil aber grinst nur weiter. Und Theres begreift mit einem Mal, was er sagen will: Nie wirst du, kleines Kind mit dem dunkelblonden Lockenschopf, so in den Schnee pissen können. Denn du bist ein Mädchen und viel schwächer als ich. Doch sie bemüht sich, ähnlich ruhig wie der Vater zu bleiben. Denn immerhin wird es heute Abend einen warmen Braten geben. Und das ist alles, was jetzt zählt. So also lässt sie Emil Emil sein und widmet sich brav ihrer Arbeit, bis das tote Tier ausgeweidet ist. Dann folgt sie Alois, der sie zart an der Hand nimmt, in die warme Stube. Und schon ist aller Kummer vergessen.

4

Andreas

Andreas Schmidt sitzt an seinem Schreibtisch und blättert in seinen Unterlagen, als es an seiner Zimmertür pocht. »Herein?«, sagt der Inspektor mit leicht belegter Stimme, während er sich über sein kleines Bäuchlein fährt. Die Tür öffnet sich – und eine vertraute Gestalt bewegt sich auf den Mahagonitisch zu, an dem Andreas sitzt.

Oje!, denkt er. Ja, das würde Arbeit bedeuten. Denn es ist Revierinspektor Rosenstiel, der ihm da entgegentritt, und sein Blick ist alles andere als freudig. Die blasse hohe Stirn in Falten gelegt, sieht der hagere Mann ihn an und grüßt, die Lippen zu einem Strich verkniffen.

»Guten Morgen, Schmidt!«

Andreas schiebt sich seine Nickelbrille zurecht, hinter der sich blaue schüchterne Augen verbergen, und betrachtet den ihm vorgesetzten Kollegen mit besorgtem Blick. Andreas hat eine gute Intuition – und diese sagt ihm, dass der gemütliche Morgen nun vorbei ist. Seufzend blickt er aus dem Fenster und atmet tief ein und aus. Es ist Sommer, und mit einem Mal läuft ihm ein wenig Schweiß von der Stirn.

»Ich öffne rasch das Fenster!« Er hat das Gefühl, kaum atmen zu können. Doch im Grunde weiß er: Es ist nicht die Hitze, die hier Probleme macht, viel eher ist es die Hektik, die der Kollege auf ihn überträgt, kaum dass er noch ein Wort gesprochen hat.

»Viel Arbeit steht uns bevor«, sagt dieser jetzt, als könnte er Andreas' Gedanken lesen, und setzt sich mit fahrigen Gesten an den Tisch.

Andreas nickt und kehrt zu Rosenstiel zurück, während er gedankenverloren weiter aus dem Fenster sieht. Langsam geht die Sonne hinter den Bergen auf und taucht die Region in helle, lichte Farben. Das Sirren von Insekten ist zu hören. Nur ein paar Wolken erkennt er in der Ferne. Hoch über den Gletscherspalten ziehen sie umher, und der Jochwind scheint sie mit sich zu tragen, bläst sie sanft in Richtung Tal. So ziehen die bauschigen Gebilde wie eine Schafherde dahin.

»Ein Mord!«, reißen ihn die Worte des Kollegen jäh aus den Gedanken.

Andreas blickt ihn an. »Tatsächlich?«, sagt er.

In dem Moment ist Glockengeläut zu hören. Die Kirche ruft wie eh zum Morgengebet. Schade, Andreas hat sich so auf einen friedlichen Tag gefreut. Seufzend nimmt er die Brille ab und wischt sich über die Augen.

»Man glaubt es kaum«, meint Rosenstiel und beginnt, was er gern tut, mit den Kieferknochen zu malmen.

»Nein«, stimmt Andreas zu. Normalerweise sind Diebstahl oder Wilderei das Einzige, was hier im Dorf die Rede macht, und sein Alltag wird bestimmt von kleinen Fällen, die sich leicht lösen lassen. Mit einem Mord hat er nicht gerechnet.

Ob wohl irgendjemandem die Hitze zu Kopfe gestiegen ist? Diese Dürre ist nicht leicht zu ertragen. Seit Wochen liegen sämtliche Felder brach, ja, sogar die Gämsen haben sich aus der Gebirgsregion zurückgezogen, wie ihm bei seiner letzten Wanderung in den Bergen aufgefallen ist.

»Ist es ein Raubmord?«, fragt Andreas, weil er weiß, dass er irgendetwas sagen muss.

Rosenstiel schüttelt den Kopf. »Nein. Das ist es ja!«, sagt er und hebt an, an seinen Fingernägeln zu nagen.

Andreas kennt diese Marotte, und sie ist ihm zutiefst zuwider. »Sondern?«, fragt er und lässt den Blick wieder aus dem Fenster gleiten, um den Kollegen nicht bei seinem Gekaue betrachten zu müssen.

Wie sich die Baumwipfel unterm leichten Wind neigen, wie die Blätter wippen. Eine auffrischende Brise dringt zu ihnen herein. Sie tut gut. Andreas wischt sich mit einer raschen Geste den Schweiß von der Stirn.

»Nun, es muss beim Wildern geschehen sein. So hat's jedenfalls der Emil Müller berichtet«, erklärt Rosenstiel.

Andreas sieht erstaunt auf. Dass viele der Bewohner der Region wildern, vor allem im Winter, wenn der Hunger nagt, oder aber auch in Sommern wie diesem, wenn die Felder brach liegen und die Erdäpfelernte in der gesamten Umgebung ausfällt, ist ihm klar. Doch kaum je ist es in so einem Zusammenhang zu einem Mord gekommen.

»Das muss doch ein Unfall gewesen sein«, vermutet er laut. Ja: Denn oft geschieht es, dass bei der wilden heimlichen Jagd, die hin und wieder auch nachts passiert, jemand zu Schaden kommt. Doch diese Idee hätte er wohl besser für sich behalten, denn seinem Kollegen gefällt sie gar nicht.

»Durchaus nicht!«, ruft Rosenstiel und spuckt ein Stück Nagel aus, während sein Blick durch den Raum zuckt.

»Und warum«, fragt Andreas, der dem Ausgespienen mit den Augen gefolgt ist und sich redlich bemüht, sein Grausen zu verbergen, »sind Sie da so sicher?«

»Nun, die Fakten sprechen für sich«, erklärt Rosenstiel. »Bei dem Opfer handelt es sich um den Bierbichl Rainer. Und die Schusswunden zeigen, dass man ihn vorsätzlich zur Strecke gebracht haben muss. Oder zumindest: angeschossen hat. Vielleicht hat man ihn auch für ein Tier gehalten und wollte ihn nur verwunden …«

Jemine, der junge Schuhmacher!, denkt Andreas und spürt leichtes Bedauern. Er kennt Rainer Bierbichl von einigen seiner Besuche bei Hufnagl, dem Schuhmacher, bei dem dieser in die Lehre gegangen war – und stets hatte sich der große rothaarige Mann durch eine flinke Hand und einen wachen Umgang ausgezeichnet.

»Wer sollte den umbringen wollen?«, meint er zweifelnd.

»Nun«, entgegnet Rosenstiel und grinst breit, sodass sich Falten um seine in tiefen Höhlen liegenden Augen bilden. »Emil meint, die Leitnerin sei's gewesen.«

Andreas stutzt. »Eine Frau?«

Rosenstiel nickt. »Ja. Theresa Leitner. Sie war bereits mehrmals in Haft. Gewildert hat sie, oft schon!«

Andreas denkt kurz nach und beginnt sich dunkel zu erinnern. Ja: Er hat schon von der Frau gehört. Kerkerhaft ist es gewesen bei der Leitnerin. Gemeinsam mit ihrem Mann. Dabei hat sie nur in einem besonders harten Winter ihre acht Kinder ernähren wollen, wie sie jedenfalls vor Gericht angegeben hat, fällt es ihm jetzt ein.

Zugegeben: Eine Wilde muss sie schon sein, diese Theresa Leitner, nach allem, was er damals von seinem Kollegen über sie gehört hatte. Aber wieso sollte eine ältere Frau denn diesen jungen, freundlichen Rainer ermorden?

»Glauben Sie nicht, dass die Leitnerin andere Sorgen hat?«, sagt er nun bemüht sanft, denn er weiß, ein falsches Wort, und Rosenstiel würde wiederum aufbrausen.

»Was ich glaube, tut nichts zur Sache«, erklärt dieser barsch. »Die Frau ist eine Wilderin.«

»Ich meine ja nur …« Andreas gerät ins Stottern.

»Sie meinen *was*?«, kommt es scharf zurück.

Andreas merkt, wie sich Schweiß in seinem Nacken zu sammeln beginnt. Was für ein heißer, anstrengender Morgen!, denkt er. Dabei hat doch alles so friedlich begonnen.

»Nun, ich meine, dass sie bei ihren acht Kindern doch eigentlich andere Sorgen haben müsste«, sagt er laut.

»Nicht unbedingt«, entgegnet Rosenstiel, der sich aufsetzt und ihn fordernd ansieht. »Denn es wird ihr unterstellt, mit dem jungen Mann eine Affäre gehabt zu haben.«

Da muss Andreas lachen. Ausgerechnet die beiden?, denkt er. Der freundliche und einfach geratene Rainer, der zudem verheiratet ist, und eine spitze, ausgemergelte Frau wie Theresa Leitner? Plötzlich erinnert er sich an ihr Antlitz, das ihm bei einem Marktbesuch untergekommen ist. Ja, früher soll diese Frau sehr attraktiv gewesen sein, so hat man ihm erzählt. Andreas überlegt. Nein, denkt er, dieses Bild stimmt einfach nicht. Hinten und vorne nicht.

»Sie lachen«, entgegnet Rosenstiel. »Aber die Indizien sprechen für sich. Und außerdem war die Theres früher eine attraktive Frau, hochgewachsen und resch, mit edlen Backenknochen und dunklen Augen.«

Andreas blickt auf. »Was für Indizien?«, fragt er.

Rosenstiel sieht Andreas triumphierend an. »Die Leiche war nicht das Einzige, was man entdeckt hat. Man hat auch ein Tuch bei ihr gefunden.«

»Ein Tuch?«

»Ganz genau!«

Die Augen des Vorgesetzten glänzen vor Freude. Es scheint ihm zu gefallen, Andreas in der Faktenlage voraus zu sein.

»Klären Sie mich auf«, bittet Andreas bemüht freundlich. »Sie machen es ja sehr spannend.«

»Ein *rotes* Tuch«, fährt Rosenstiel langsam fort und genießt sichtlich seine Überlegenheit. »Und raten Sie, wem es gehört!«

Andreas nickt und greift wieder nach seiner Brille. Langsam beginnt er, Lust auf einen zweiten Morgenkaffee zu bekommen.

»Der Leitnerin«, sagt er artig wie ein kleiner Schüler.

»Ganz genau«, ruft sein Kollege erneut, und sein Blick scheint dabei kleine Flämmchen der Freude zu sprühen. »So«, er beginnt, mit den Händen in der Luft herumzufuchteln, »behauptet es jedenfalls Anna Leitner.«

»Die Schwester?«, vermutet Andreas.

»Ja.« Rosenstiel nickt. »Sie wurde eben verhört«, fügt er hinzu.

»Und was hat der Emil damit zu tun?«, fragt Andreas.

»Nun«, erklärt Rosenstiel, »er hat die Leiche wie gesagt gefunden. Bei sich auf dem Acker.«

»Verstehe«, antwortet Andreas.

Er überlegt. Dass die Wilderin Waffen besitzt, scheint klar. Aber wie würde man feststellen können, ob sie selbst das Tuch bei dem Mord liegen gelassen hatte? Beweisen konnte man es jedenfalls nicht.

»Und noch etwas«, fügt Rosenstiel da hinzu. »Manch einer

meint auch, dass die Wilderin einige ihrer Kinder auf dem Gewissen hat. Diese sind nämlich im Kindsalter ganz plötzlich
verstorben.«

Dass das nicht selten geschieht, will Andreas antworten, doch
er verkneift es sich und schweigt mit zusammengebissenen Lippen.

»Also«, sagt Rosenstiel schließlich, »ich schlage vor, Sie befragen jetzt einmal ein paar Leute und studieren parallel dazu
die Akten der Wilderin.«

Andreas nickt. Ja, es würde ihm wohl nichts anderes übrig
bleiben, oder?

»Freilich, sehr gern«, sagt er und erhebt sich, dem Vorgesetzten seine kleine, feiste Hand zu reichen. Doch dieser ist längst
zur Tür gestapft, die laut ins Schloss fällt.

5

Früher. Theres

Unberechenbar ist das Wetter in diesen Tagen, und unfassbar rasch schlägt es um, als würde Gott mit der Wärme seines Atems das Tal durchstoßen. Buckelig ist die Dämmerung, wenn sie über die schroffen Berge, die spitzen Hügel gleitet, und ein kalter Wind weht von den Gletschern her, pustet durch das gesamte Areal. Kalt und graublau gestalten sich die Nächte. Hin und wieder bringt ein Schneesturm undurchdringliche Finsternis in die Gegenden. Er fegt, als wäre er ein Brand, und die Welt ist erstarrt und entrückt in einem.

Ein Gedröhn ist der Föhn, sein Echo hallt vom Gebirge her und scheint zu greinen, als würde er das Schreien der Saligen und Untoten mit sich tragen. Wenn es taut, sind die Winde noch aufbrausender. Ja, dann fegen sie die Berghänge leer.

Wie gestocktes Blut sieht der Schein der Sonne aus, der hinter den Wolken zerrinnt, doch bald schon werden diese zerfetzt von der dröhnenden Luft. Theres indes ist jung, und sie findet den Wind spannend.

Das ist der Wind meiner Heimat!, denkt sie.

Und wenn es dann wärmer wird, dann hat sie den Sturm sogar ein bisschen lieb.

Nur manchmal, wenn der Sturm ganz garstig ist, muss sie ihn schelten. Er hat einen ihrer Lieblingsbäume ausgerissen! Theres betrachtet dessen Wurzeln, die biegsam aussehen, so weit oben über der Erde, und die an die Adern eines Menschen erinnern, obwohl sie braun und riesig sind.

So stark war der Baum wohl doch nicht, denkt sie und ist ein bisschen traurig. Und dann wird sie sogar wütend, denn die Luft rüttelt an ihr und pustet ihr wie wild das Haar ins Gesicht.

»Du tust mir weh!«, schimpft sie dann mit dem bösartigen Sturm.

»Das ist meine Art, dich zu lieben«, entgegnet dieser, und Theres, die noch unbedarft ist, versucht ihm zu glauben. So schaut sie sich jeden Tag in ihrer Heimat um, wenn der Morgen herankriecht und die Berge und Täler wie zerrissene Spitzendecken daliegen. Sie lächelt und freut sich, wenn der Frühling kommt, denn mehr als Gold und Silber ist diese Landschaft, und die Lilien müssen nicht spinnen oder ackern, sind sich selbst genug. So betrachtet die Theres ihre Welt, und eines Tages ist es so weit: Ja, sie darf auf die Jagd gehen, mit dem Vater!

Dazu muss man freilich auf der Hut sein. Es gilt, das Gewehr zu schultern und sich ganz klein zu machen. Aber das ist gar nicht so besonders schwer, wie sie bald schon erkennt. Denn in den Bergen gibt es überall Stellen, in denen man sich verbergen, unter die man sich ducken und die Gefahr abwarten kann. Ja: Überall finden sich Spalten und Kerben, und die Blätter schützen gut vor dem Entdecktwerden. Und der Vater kennt sie, die geheimen Orte des Wildes, wenn er auf die Pirsch geht. Lange dauert es, man muss geduldig sein und auf die Nase des Hundes vertrauen. Und schweigen. Das kann sie nur mit dem Vater. Denn ihm vertraut sie.

Und so schleicht sie von Busch zu Busch, kauert sich mit ihm ins Dickicht und wartet glänzenden Auges darauf, auf eines der Tiere zu treffen. Dabei vergeht einige Zeit. Riesig ist die Bergstille, sie scheint alles zu verschlingen. Theres spitzt, ihren Blick an das Gesicht des Vaters geheftet, brav und wachsam ihre Ohren und lauscht. Nichts und wieder nichts.

Endlich – sie glaubt schon, sie würde sich die Füße wund laufen – geschieht es: Es raschelt im Gebüsch. Theres klappt die Kinnlade herunter. Denn: Mächtig und magisch steht er da! Auf einer kleinen Lichtung hat sich ein Hirsch mit dem prachtvollsten Geweih, das sie sich vorstellen kann, aufgerichtet und beginnt, ein paar Blätter anzuknabbern.

Doch so schnell hat sie sich gar nicht gefasst, da erkennt sie aus den Augenwinkeln, wie der Vater das Gewehr schultert und den Lauf gegen diesen Körper richtet. Sie sieht, wie seine Augen in höchster Konzentration schmal werden und es leicht um seine Mundwinkel zuckt. Dann beginnt der Finger kurz zu beben, und nach und nach krümmt er sich. Ja: Alois drückt ab. Was folgt, passiert schnell. Ein Knall, ein Zischen – und das Tier ist getroffen.

»Herrje«, ruft die Theres laut aus, während der Vater bereits aufspringt.

Gebannt indes betrachtet Theres die Szenerie. Sie sieht, wie das Tier die Flucht ergreifen will. Mit einem ruckartigen Sprung stürmt der Hirsch los und stößt ein panisches Geheul aus. Theres kann seine Läufe von hinten sehen, für einen Moment – dann sackt der majestätische, fast an ein Fabelwesen erinnernde Körper mit einem Mal zusammen und kippt ins Laub. Da zieht es Theres trotz all des Hungers für einen Moment das Herz zu. Doch sie weiß: Es hat keinen Sinn, nun Mitleid zu haben.

»Ist er …?«, fragt sie vorsichtig und folgt dem Vater, der das Gewehr herabsenkt und in Richtung Lichtung geht.

Alois nickt, während er sich über den Hirsch beugt. Theres folgt seinem Blick mit gebannter, neugieriger Miene. Sie sieht das Tier an.

Die Szene ist unvergesslich: Im Todeskampf zucken die Glieder des Hirsches. Die Zunge hängt fremd aus dem Maul heraus, zieht Speichelfäden lang, scheint zu lechzen. Ein Hecheln, ein Ächzen ertönt. Dann sprudelt Blut. Theres schaudert. Plötzlich fällt ihr die Großmutter ein, die letzten Winter gestorben ist, Diphtherie, sagte man, und sie möchte weinen, doch sie kann es nicht. Für einen Moment wird es ihr schummrig.

Brutal ist das Leben, denkt sie. Weil man immerzu Hunger hat.

Und mit einem Mal wünscht sie, dass die Welt anders wäre. Ja: Sie sehnt sich nach dem stillen Nebelreich der Saligen, denn diese sind untot, haben keinen Körper nötig und müssen nicht essen. Ob sie wohl am nächsten Morgen eine Schüssel Milch für sie aufstellen sollte, wie auch die alten, als Hexen verschrienen Weiber es tun, damit sie sich ihr gnädig erweisen? Theres überlegt und betrachtet Alois.

»Was ist, wenn wir sterben?«, fragt sie dann.

»Unser Name erlischt, doch wir bleiben«, sagt der Vater, während er ihr mit einem Kopfnicken deutet, sie möge mit anpacken.

Mit leicht zitternden Händen greift Theres nach den Hufen des Tieres und presst den Mund dabei bewusst wacker zu einem Strich zusammen.

»Aber vieles verschwindet, wie der Körper, oder?«, bohrt sie weiter, während der Vater und sie gemeinsam mit dem toten Hirsch die Lichtung verlassen.

Wie schwer so ein Körper doch ist!, denkt sie, und: wie weich und glänzend schön das Fell dieses Tieres. Sie merkt, wie ihre Augen feucht werden.

»Nicht alles ist geschaffen, ewig glücklich zu sein«, sagt Alois, denn freilich hat er den Blick seiner Tochter gesehen. Theres nickt und kneift die Lippen weiter fest zusammen.

»Ja«, sagt sie dann.

Auf einmal spürt sie, dass das Bedürfnis nach Essen nun doch wieder wie eine Welle in ihr hochschäumt, und sie betrachtet den Vater.

»Froh bin ich, dass wir's geschafft haben«, sagt sie tapfer, während sie sich bemüht, ihr Keuchen zu unterdrücken, denn der Weg durchs Dickicht ist anstrengend, vor allem wenn man ein so großes Tier zu transportieren hat.

»Ja, ich auch«, entgegnet Alois lachend und betrachtet Theres, der das Haar ein wenig aus dem Häubchen geglitten ist.

»Tapfer bist, meine kleine Salige«, sagt er lächelnd.

Da fühlt Theres sich stolz und sieht den Vater, ihren Helden, mit leuchtenden Augen an. »Wie das die Mutter freuen wird!« Sie lacht und wippt dabei erregt mit dem Kopf, sodass ihr noch mehr Haarsträhnen schlangenartig ins Gesicht fallen.

»Ja«, nickt auch Alois.

»Und die Anna erst!« Theres schreitet nun hurtig und mit festem Schritt voran, denn sie haben den Wald verlassen und gehen jetzt den holprigen Bergweg entlang.

Doch dann hält sie inne. Denn zugegeben: Sie ist sich nicht sicher, ob Anna sich wirklich freuen wird. In den letzten Jahren hat sich das Älterwerden wie ein Keil zwischen sie und ihre Schwester getrieben. Während Theres nun hochgewachsen ist und ihr bereits Brüste knospen, so ist Anna klein und mager geblieben, und das Haar ist von aschener Farbe und spröde. Ausdruckslos und fremd ist in diesen Tagen oft ihr Blick, und der Theres ist's, als würde sie Wasser betrachten, wenn sie sie ansieht. Der Ausdruck fließt immer wieder weg, nie lässt sich wirklich festmachen, was sie zu empfinden scheint.

Egal, Essen ist Essen, oder?, sagt sich Theres. Und mit einem Mal ist sie wieder stolz auf sich.

Diese erste Jagd: Stets wird sie ihr in Erinnerung bleiben. Und so verstreichen die Jahre, und mit ihnen werden die heimlichen Jagden mehr und mehr. Alois ist nicht dumm, und so macht er es sich zunutze, dass er eine attraktive Tochter hat, und nimmt sie häufig mit auf die Jagd. So sind auch die anderen Wilderer ihm gut gesonnen – denn wer konkurriert schon gern mit einer Frau und nimmt ihr was weg? Dass man ihr aus Neid einen schlechten Charakter nachsagt, weiß die Theres schon bald, aber sie nimmt es sich nicht zu Herzen. Sie ahnt, von wem dieses Gerücht stammt: vom bösartigen Emil Müller. Aber es gilt, gegen den Hunger zu kämpfen, gilt, das Wild zu erlegen, um weiterzuleben. Und was gibt es Schöneres als einen Igel im Magen, der des Nachts endlich einmal schweigt?

Genau, denkt Theres. Nichts!

6

Andreas

Am Morgen nach dem Mord sucht Andreas Schmidt die Witwe von Rainer Bierbichl auf. Es ist eine kleine, untersetzte Gestalt, die ihm bereits vom Tor her entgegenwallt. Ihr Blick senkt sich beschämt unter seinen forschenden Augen, während sie ihn in die Stube bittet. Alles zeugt hier von kleinbürgerlichem Wohlstand: Der Tisch ist mit Häkeldecken, allerlei Porzellan und Heiligenstatuen ausstaffiert, und vereinzelte Kunstblumen, wie man sie neuerdings in Tourismusläden erstehen kann, sind hier zu finden.

»Ich bedaure Ihren Verlust«, sagt Andreas warm, während er den Hut lüpft und die Frau ansieht.

Frau Bierbichl indes nickt nur und schiebt ihre Unterlippe ein wenig nach vorne, wodurch das Doppelkinn umso stärker nach unten lappt.

»Ich nehm mein Leben so hin, wie's mir zufällt«, sagt sie bemüht gefasst, doch Andreas kann sehen, wie ihre Augen glasig werden.

»Es ist nur …«, sagt sie mit einem Mal, »… dieses böse Weibsbild!« Sie bricht in Tränen aus.

»Was reden Sie da?«, fragt er aufhorchend und fixiert ihre großen, kuhähnlichen Augen, die von dichten blonden Wimpern beschattet werden.

Frau Bierbichl winkt ab. »Kennt doch ein jeder die Geschichte«, meint sie.

»Wie meinen Sie das genau?«, bohrt Andreas nach.

»Nun, ein jeder weiß doch, dass die Leitnerin wegen Wilderei im Kerker saß«, sagt sie, und ihr Doppelkinn beginnt bei diesen Worten leicht zu zittern.

»Und?«, sagt Andreas ein wenig provokant.

»Nichts …«, flüstert Frau Bierbichl. Doch mit einem Mal erkennt Andreas: Sie hat vor der Leitnerin Angst.

Da beugt sich Frau Bierbichl ein Stück weit nach vorne und sieht ihn an. »Ich meine«, sagt sie, fester auf einmal, »ein Weib, das jagt … Da geht's doch nicht mit rechten Dingen zu!« Und wispernd fügt sie, ihre Lippen denen von Andreas annähernd, hinzu: »Da können doch nur die Saligen im Spiel sein, oder?«

Andreas betrachtet einen Moment lang die Muster der roten Häkeldecke, und ihm schwirrt ein wenig der Blick. Vielleicht die Mittagshitze?, überlegt er und wischt sich über die Stirn.

Warum musste denn auch ausgerechnet zu dieser Jahreszeit ein Mord auf dem Wildspitzenschlag passieren?

»Ja, ein Weib, das jagt, ist schon etwas Seltenes«, gibt er dann freundlich zu.

Das mit dem Jagen hat er ohnehin nie verstanden. Auch bei Männern nicht. Doch im Moment ist das Jagen eine rechte Mode hier im Tal und wohl auch auf dem Berggipfel, der die Verdächtige beherbergt. Denn: Der Graf Auersperg, Besitzer sämtlicher Ländereien der Region, scheint es zu mögen, dem sich hier tummelnden Wild nachzustellen.

»Solang die Jäger nichts als Jäger sind und ihre Sitten befolgen, ist alles gut«, sagt Frau Bierbichl jetzt. »Aber Nichtjäger – nein, das geht nicht. Und schon gar nicht Frauen!«

Andreas nickt. Dennoch wundert er sich ein wenig, dass die Bierbichlerin kaum über die Trauer über ihren Gatten spricht, sondern sich allein das andere Weibsbild zum Thema auserwählt hat.

»Ja, aber ein Mord …«, sagt er. »Können Sie ihr das denn zutrauen? Und vor allem: Was für ein Motiv hätte denn Theresa Leitner, Ihren Mann zu töten?«

Frau Bierbichl steht auf, geht zum Herd und holt einen Milchkrug. Andreas kann sehen, wie ihre Schultern zucken, so als würde sie, ihm abgewandt, für einen Moment aufschluchzen.

»Bestimmt war sie es!«, stößt sie dann aus, sich ruckartig wieder dem Tisch zuwendend.

Fast schwappt der Krug über, während Andreas' Blick verwirrt in der Gegend herumtastet. Zugegeben: Er kann die genaue Haltung dieser Frau nicht wirklich einschätzen.

»War Ihr Mann denn auch Jäger?«

Frau Bierbichl nickt stolz. »Oh ja!«, ruft sie laut aus. »Aber er war kein *Wilderer*«, setzt sie hinzu.

Andreas bemüht sich, freundlich zu bleiben, und nickt. Alle wollen sie Jäger genannt werden, heute, denkt er.

»Ich verstehe das nicht mit der Jagd«, murmelt er. »Die Tiere sind tot, das Wild gegessen, die Jagd vorüber. Was bringt das Ganze?«

Frau Bierbichl sieht ihn an. »Nun: Die hohen Herren, sie stellen Trophäen aus, einzelne Raritäten werden sogar verkauft.«

Wie lächerlich, das alles, denkt Andreas. »Hat Theresa Leitner denn auch Trophäen verkauft?«, fragt er aber nur laut. »Wissen Sie das zufällig?«

Frau Bierbichl schüttelt entschieden den Kopf. »Angeblich hat sie das nie getan«, sagt sie, und es scheint sie zu wurmen. »Sie hat wohl ihren Stolz, munkelt man«, fügt sie hinzu.

Und es scheint ihr alles andere als recht zu sein, das zugeben zu müssen. Andreas sieht sich noch einmal in der Wohnung um.

»Liebe Frau Bierbichl«, sagt er dann bemüht sanft zu der massigen Frau, die sich da vor ihm aufgebaut hat und ihn immer noch mit schimmerndem Blick fixiert. Ein Blick wie hinter einem Schleier, denkt er und weiß nicht recht, was er davon halten soll. Ist es Trauer? Ist es Schauspiel? Wie auch immer, es gilt, die Formalitäten einzuhalten, gilt, die wichtigen Fragen zu stellen.

»Denken Sie, dass es jemand anderen geben könnte, der versucht hat, Ihrem Mann zu schaden?«

Frau Bierbichl verneint.

»Wie steht's mit den Bauern, die da oben leben?«, fragt Andreas. »Was halten Sie von ihnen?«

»Das sind keine Menschen, das sind Fliegen! Vor allem diese Theres«, antwortet die Bierbichlerin erbost. »Das hat auch der

Emil gesagt. Und der muss es wissen. Gelogen hat er bestimmt nicht, dazu kenn ich ihn zu gut. Schließlich hilft er uns immer so brav mit dem Holz und ist so ein redlicher Mensch.«

Andreas horcht auf. Sie meinen Emil Müller, der die Leiche und das Tuch gefunden hat?, möchte er schon ausrufen. Doch er kommt nicht dazu, eine weitere Frage zu stellen, denn da bricht es endgültig aus der Bierbichlerin heraus, und sie verfällt in bebendes Weinen. Andreas merkt, wie er weich wird, denn seine verstorbene Mutter fällt ihm ein.

»Es tut mir leid«, murmelt er noch einmal sanft und greift kurz liebevoll nach dem Oberarm der Frau.

Diese nickt nur und zieht schwer Atem auf. »Ich danke, Herr Inspektor«, sagt sie tonlos, mit einer Stimme, die kaum mehr als ein leises Streichen durch die Stille ist. Dann, nach einigen kurzen Atemmomenten, fügt sie hinzu: »Nein, wer hätte ihm denn schaden wollen?«

Andreas nickt. Rainer Bierbichl muss wohl ähnlich einfältig wie seine Frau gewesen sein, und insofern scheint es wirklich schwer vorstellbar, dass der brave Mann Feinde gehabt haben soll.

»Hatte er Schulden?«, bohrt er dennoch nach.

Frau Bierbichl schüttelt heftig den Kopf, dass sich noch mehr blonde Locken aus dem Häubchen lösen und ihr den Nacken krausen.

»I wo. Und viel zu gut war er doch auch!«, ruft sie aus. »Niemandem hat er was Böses wollen.«

Andreas steht auf und legt ihr die Hand auf die Schulter. »Ich empfehle mich, gute Frau.«

Ein zustimmendes Wimmern begleitet ihn zur Haustür.

»Sie melden sich, so Ihnen noch etwas einfällt?«, sagt er noch, bevor er den Heimweg antritt.

Und Frau Bierbichl schickt ein verweintes Nicken in seine Richtung.

7

Früher. Theres

Das gejagte Vieh hilft der Familie Leitner, den nächsten Winter zu überstehen – und bald schon zieht die Wärme ein ins Land. Im Sommer hocken Theres und Anna im Hof und verrichten brav wie eh ihre Arbeit. Sie hängen gerade die Wäsche auf, die sie eben in einem Zuber geschrubbt haben, als sich das Licht um sie herum verdunkelt. Denn auf einmal streifen zwei Schatten an sie heran.

Sie betreten den Garten und stellen sich mit verschränkten Armen vor die Mädchen hin. Theres schluckt, als sie den einen der beiden Knaben erkennt: Emil ist's, der Bursche, der mit einer derartigen frechen Selbstverständlichkeit vor ihr in den Schnee gepisst hat. Mit triumphierendem, funkelndem Blick sieht er Theres und ihre Schwester an, die viel zarter aussieht und deren Gesicht wie Milch davonzufließen scheint.

»Was macht ihr da?«, will er wissen.

»Arbeiten«, erklärt Anna. »Denn wir sind immer brav und artig.«

Emil stößt ein höhnisches Lachen aus, dass seine Nasenflügel nur so beben. »Artig? Dass ich nicht lach! Die Theres, die packelt doch mit den Saligen, diesen gefährlichen Zauberweibern!«

Anna will schon empört eine Antwort geben, doch Theres bedeutet ihr zu schweigen.

»Stimmt nicht!«, sagt sie laut und selbstbewusst und fixiert den Jungen, der sich so grob vor ihnen aufgebaut hat. Als sie ihn ansieht, muss sie die Augen zusammenkneifen, so sehr sticht die Sonne ihren Blick. Wieder hat sich der Sommer mit seiner Trockenheit übers Tal gelegt, und die Dürre ist hart wie die Lawinen; sie wütet, wenn auch auf eine andere Art.

»Das Gegenteil musst mir erst beweisen«, meint Emil, und wieder blähen sich seine großen Nasenflügel und zittern wie das Gefieder eines Vogels, der über den Himmel gleitet.

Anna steht mit einem Ruck auf.

»Lass uns doch«, sagt sie und will die Schwester wegziehen, doch Theres ist schneller in ihrer Wut. Rasch und drohend bewegt sie sich auf den grinsenden Emil zu, der ihr wie ein Krampus vorkommt mit seiner verzerrten Miene. Und tatsächlich: Er und sein Kumpan erschauern und machen zwei Schritte zurück. Da ist es an Theres, zu grinsen. Denn sie weiß: Sie ist Emil und dem anderen überlegen. In ihren Augen lodert ein Feuer, wenn sie wütend ist, dem sich keiner entziehen kann.

»Lass uns gehen«, piepst der zweite Bursche.

Emil jedoch ignoriert ihn, obwohl er tatsächlich ein bisschen Angst vor Theres zu haben scheint.

»Ich hab da was«, sagt er und nimmt den Rucksack ab, den er geschultert hatte.

»Interessiert uns nicht«, entgegnet Anna mit brüchiger Stimme und greift nach Theres' Hand.

Wie schwitzig ihre Finger sind, denkt Theres, doch sie weiß, dass sie unmöglich gehen kann. Nein: jetzt erst recht nicht.

Da wird das Grinsen Emils noch breiter. Mit einer betont lässigen Geste zieht er ein Gewehr aus dem Lodenrucksack. Theres spürt ein Ziehen und Zerren an ihrem Herzen, und sie spürt, wie ihre Augen auf einmal vor Freude aufblitzen.

»Eine Waffe!«, ruft sie begeistert aus.

»Die gehört meinem Vater«, erklärt Emil nickend.

In dem Moment erfasst Theres die Anerkennung. »Großartig«, sagt sie, und dann: »Mein Vater hat auch so eine.«

»Ich weiß.« Emil spuckt angeberisch aus. »Wenn ich mit diesem Gewehr auf dich ziele und abdrücke, ist dein Kopf weggepustet«, sagt er dann sachlich.

»Das getraust dich nie!« Theres ballt ihre Hände zu Fäusten.

»Lass uns gehen«, sagt Anna zittrig, die blass und papieren an ihr dranhängt und ein wenig an ihrer Hand zerrt. Theres aber steht fest und verwurzelt da, gerade so, wie sie es von den Bäumen gelernt hat, und blitzt Emil an.

»Denkst du«, entgegnet er und richtet die Waffe gegen Theres.

»Na, dann drück doch ab«, sagt sie jedoch nur.

Ja: Sie kennt den Igel des Hungers, und sie kennt die Klaue des Todes. Die Theres hat überhaupt keine Angst.

Emil kann ihr Funkeln sehen, und er lächelt.

»Gut«, sagt er, und dann: »Ich mach dir einen Vorschlag. Siehst du den Hasen da drüben?«

Theres schaut sich um, und tatsächlich: Ihr Blick fällt auf ein kleines felliges Wesen, das in einer Ackerfurche kauert.

Sie nickt energisch, die langen Locken fallen ihr dabei ein wenig in die helle Stirn.

»Den hab ich eben freigelassen«, erklärt Emil. »Er gehört meinem Vater. Du hast zwei Schüsse. Wenn du den Hasen triffst, lass ich euch in Ruh. Was meinst?«

Theres legt grimmig die Stirn in Falten. »So Gott will.« Sie nickt.

Immer noch zieht die Schwester, ein klebriges, kleines Wesen, an ihrer Hand, doch sie ignoriert sie, denn Theres brennt. In ihr züngeln wie wild die Flammen, und sie hat nur noch Augen für das eine: die Waffe.

Und Emil, der ihren Blick freilich erkennt, reicht ihr auch sofort das Gewehr. Wie hüpft es da in Theres' Herzen! Ja, auf und ab gehen die Wellenbewegungen. Mit einem Male ist sie selig. Sie lächelt, betrachtet das Gewehr für einen kurzen Moment – und dann setzt sie die Waffe an. Aus den Augenwinkeln kann sie beobachten, wie Emils Augen in Anspannung schmal werden.

Theres vollführt jede Geste in vollem Bewusstsein, sie genießt jeden Moment: Wie der Finger sich um den Abzug herum krümmt, ihn langsam nach hinten drückt. Ein Schnalzen ertönt.

Und auf einmal geschieht alles sehr schnell. In der Anspannung klappt Theres den Kiefer ein Stück weit nach unten, Schilf wird zur Seite gefetzt, und siehe: Der Hase stößt ein Geräusch aus und hoppelt davon. Ob er am Bein verletzt ist?, fragt sich Theres. Für einen Moment ist es sehr still. Nichts als Annas stoßweiser, hechelnder Atem ist zu hören in der trockenen Ackerlandschaft.

Teufel noch eins!, denkt Theres und beißt sich auf die Unterlippe. Sie hat den Hasen nicht erwischt.

»Versuch's ein weiteres Mal«, meint Emil schließlich großzügig und deutet auf Anna. »Sie soll schießen«, meint er.

»Ich? Warum?«, stammelt die Schwester.

Plötzlich weiß Theres nicht, wie ihr geschieht. Die Handlungen verlangsamen sich, der Augenblick fühlt sich zerdehnt an. Alles ereignet sich, als bewege sie sich im Wasser. Das Gewehr liegt groß und schwer in ihren Händen, doch sie gibt es nicht frei. Im Gegenteil: Sie hebt es in die Höhe und sucht erneut nach dem Hasen.

»Hab dich«, sagt sie dann leise.

Und tatsächlich. Da kauert er, ein kleines pelziges Bündelchen zwischen ausgedörrten Halmen. Eins, zwei, drei!, zählt Theres innerlich, und sie bemüht sich, regelmäßig zu atmen. Dann drückt sie ab.

»Gib her!«, schreit Emil in dem Moment, doch es ist zu spät.

Ein Knall ertönt. Der Hase strauchelt. Kippt zur Seite. Stille.

»Du hast ihn …«, wispert Anna und beginnt zu würgen, als Theres sich gefasst hat und erstaunt in die Runde blickt.

Emils Lippen zittern. »Salige!«, stößt er schnaubend aus, und Theres weiß mit einem Mal nicht, ob sie stolz darauf sein soll, dass er sie so nennt. »Wusst ich's doch!«

Nach einigen Momenten der Stille nähern sich die Kinder dem Tier. Eine Lache aus Blut hat den dürren, kerbigen Boden rot gefärbt. Der Himmel spiegelt sich darin.

Wie schön das aussieht, denkt Theres. Emil indes stößt ein Zischen aus.

»Alle Achtung«, meint er, »du bist wirklich ein Hexenweib!«
»Ich weiß!«, entgegnet sie stolz.

Anna jedoch hat zu weinen begonnen. Theres legt zart den Arm um sie, doch das scheint ihr kaum aufzufallen. Sie starrt paralysiert den toten, am Hinterlauf zerfetzten Körper an.

»Lass uns schlafen gehen«, meint Theres.

8

Andreas

Verschlafen und verfallen liegt sie da, diese Hütte, von der sie die Verdächtige holen sollen. Bereits von Weitem kann Andreas erkennen, dass die Menschen, die hier leben, das Wildern tatsächlich nötig haben müssen. Das Schindeldach scheint morsch und zerfetzt von etlichen Wintern, karg und ärmlich mutet der Verschlag des Stadls an, und die rostige Gartentür knarrt und ächzt, als Rosenstiel sie mit seinen hageren Fingern öffnet.

»Nur weiter, Kollege!«, meint er forsch, während er Andreas mit wackeligem Kopf betrachtet. Dieser seufzt wieder einmal.

Warum nur ist Rosenstiel dermaßen nervös?, fragt er sich. Wie ein gehetztes Tier schreitet dieser den vom Regen etwas matschigen Kiesweg zum alten Bauernhaus im Wildspitzenschlag entlang, seine Füße stochern förmlich im Boden, und er sieht dabei staksig aus, erinnert ein wenig an ein Klappmesser, wie Andreas findet. Er hat alle Mühe, seinem Chef zu folgen. So eilt er der hageren Gestalt nach, die bereits die Türe erreicht hat und mit knochigen Fingern gegen das Holz pocht.

»Ja?«, tönt es nach einigen Momenten seltsam verschlafen. Rosenstiel legt die Stirn in Falten. »Polizei!«, blafft er, malmt dann mit den Kieferknochen und erinnert dabei an einen gefährlichen Hund.

Nun sind sanft und etwas tapsig Schritte zu hören, und mit einem rostigen Knirschen öffnet sich die Türe. Ein Frauengesicht zeigt sich, das Andreas ein wenig staunen macht. Zugegeben: Etwas wirr ist das Haar, das sich braun und schlangenhaft um ihr Haupt windet, und die Lippen scheinen etwas Gefährliches zu haben in ihrer Sinnlichkeit – aber abgesehen davon wirkt diese Frau weder so, als stünde sie, wie man im

Dorf munkelt, mit den Saligen in Kontakt, noch, als würde sie diesen stämmigen Rainer auf dem Gewissen haben. Oder?

»Sie wünschen?«, sagt sie und sieht Rosenstiel mit klarem Blick ins Gesicht.

»Was wir wünschen – das sind Sie!«, sagt er bissig. »Tür aufmachen.«

Die Frau schüttelt den Kopf, dass ihr Haar nur so wallt. »Das geht nicht«, meint sie. »Ich bin noch im Unterhemd.«

»Und wie es geht!«, fällt Rosenstiel ihr ins Wort und drängt sich an der schlanken, groß gewachsenen Frauengestalt vorbei in die dürftige Stube hinein. Andreas ist die Handlung seines Kollegen ein wenig peinlich, doch er gibt sich geschlagen und folgt mit zögernden Schritten. Und ist geschockt. Denn das Zimmer gleicht eher einer Höhle.

Wie verwahrlost diese Kammer doch ist!, denkt er, während er sich umsieht.

Tatsächlich: Das Fenster lässt kaum Licht hereindringen, und steil fällt die Hofwand dahinter ab. Kahl kommt ihm alles vor. Ärmlich und kahl. Er betrachtet die Leitnerin mit dem Schlangenhaupt. Zermartert sieht ihr Antlitz aus, mit spitzen Backenknochen. Dennoch: Die Lippen sind sinnlich, die Augen blitzen hell und froh. An den Gegenständen aber scheint der Verfall zu kleben wie alter Tran. In der Ecke sitzt ein junger Bursche auf einem Stuhl, und es sieht aus, als wüchse er aus ihm heraus, nein, als sei er vielmehr in ihn hineingewachsen.

»Alles in Ordnung, Mutter?«, fragt er, und Theresa Leitner sagt mit rauer Stimme: »Das sind die Herren von der Polizei!«

Erstaunt blickt der Junge Andreas an. Dieser indes wagt kaum Luft zu holen in diesem Zimmer, in dem alles aus grauem modrigen Papier zu sein scheint.

Moder!, denkt er. Es ist das einzige Wort, das ihm im Moment in den Sinn kommt. Erneut lässt er den Blick streifen. Hässlich und schief ist das Zimmer, doch diese Theres Leitner …

Nein, wie eine Mörderin sieht sie nicht aus, denkt er.

Und er hat einen gesunden Menschenverstand, das weiß er.

So beäugt er Theres mit offenem Blick. Grau in grau sieht alles aus, auch diese Frau. Und dennoch: Sie wirkt nicht traurig oder unsympathisch.

»Wir«, sagt Rosenstiel, ehe die Leitnerin noch Luft holen kann, mit scharrender Stimme, »sind dazu verpflichtet, Sie mitzunehmen. Sie sind des Mordes angeklagt!«

Sanft und neugierig mustert die Leitnerin Andreas' Kollegen, in ihren Augen ist keine Spur von Angst zu erkennen.

»In Ordnung«, meint sie.

Ihr Sohn, der eben noch wie festgewachsen auf dem Stuhl gesessen hat, will sich aufrichten, etwas tun, doch Theres Leitner bedeutet ihm mit einer bestimmten Geste, er möge sich wieder hinsetzen.

»Martin, lass«, sagt sie und dann: »Ich werde mich ankleiden, ja?«

Erstaunt zieht Rosenstiel eine Augenbraue in die Höhe. Mit so wenig Widerstand haben weder er noch Andreas gerechnet.

»Wunderbar.« Er nickt, und Theres Leitner geht in eine Kammer, die sich rechts von der Küche befindet. Der Boden ächzt unter ihren vorsichtigen, aber sicher gesetzten Schritten.

Der Sohn, dieser Martin, scheint indes nicht recht zu wissen, wie ihm geschieht. Mit stumpfem Blick betrachtet er die beiden Männer. Andreas schaudert. Der Knabe hat ein Gesicht, das jung ist, aber dennoch so aussieht, als wäre es von jeher alt gewesen. Zu früh hat der Hunger die eigentlich noch weichen, milchigen Züge gefurcht. Mit einem Mal empfindet Andreas Erbarmen. Er räuspert sich und betrachtet seinen Kollegen, der sich stramm in der Küche aufgebaut hat. Zeit verstreicht. Hin und wieder knarrt der Boden. Sonst Stille.

»Frau Leitner«, ruft Rosenstiel da, der wie immer keine Geduld hat.

Doch es folgt nichts als Schweigen. Andreas kann erkennen, wie sein Kollege zornig wird. Mit einer ruckartigen Kopfbewegung bedeutet er ihm, er möge ihm folgen – und stakst kurzerhand auf die Türe zu, reißt sie auf und stiefelt in die ärmliche

Schlafkammer. Andreas, peinlich berührt, folgt ihm – und sofort fällt sein Blick auf ein Bett, in dem, splitternackt und nur zwischen ein faltiges Laken gekauert, die Leitnerin sitzt!

»Was ... was ...«, stammelt Rosenstiel.

Die Leitnerin sieht ihn aus großen, wachen Augen an und meint nur, die sinnlichen Lippen leicht verziehend: »So wollen Sie mich doch nicht abführen, oder?«

Rosenstiel kann es kaum glauben – und auch Andreas ist herzlich irritiert. So hat er seinen Kollegen noch nie erlebt. Der Revierinspektor taumelt, strauchelt – und weicht zurück, als säße tatsächlich eine Salige da zwischen den Laken. Dann schiebt er Andreas fast brutal, wohl aus Wut über seine eigene Unfähigkeit, angemessen zu reagieren, aus der Schlafkammer.

»Mutter?«, tönt es.

Es ist der Sohn. Doch noch immer herrscht Totenstille in dem Zimmer. Andreas betrachtet seinen Kollegen, wie er sich mit fahrigen Händen das Haar aus der mit einem Mal schweißigen Stirn schiebt. Tatsächlich hat diese Frau es geschafft, dass der stets so bissige Rosenstiel völlig die Fassung verloren hat.

Unbegreiflich!, denkt Andreas.

Und siehe: Für einen Moment hechelt der Inspektor, dann stößt er ein Räuspern aus und sagt in abgehacktem Befehlston: »Wir gehen. Aber wir sehen uns wieder, und zwar vor Gericht.«

Andreas nickt bemüht ernst. Doch kaum dass der Kollege ihm den Rücken zugekehrt hat, merkt er, wie ein leichtes Lächeln seine Lippen kräuselt.

»Sie ist durchtrieben, aber irgendwie wirkt sie auch nicht böse«, sagt er später zu Rosenstiel, als die beiden Inspektoren wieder den verschlungenen Weg ins Tal hinabwandern.

»Wirken tut vieles«, entgegnet dieser nur barsch.

Sofort zieht Andreas den Kopf ein, denn er merkt, dass Rosenstiel seine Sicherheit rasch wiedergewonnen hat.

»Sie haben schon recht«, bemüht er sich zu sagen.

Immer klein beigeben, oder?, denkt er dann und ärgert sich

heimlich. Ja: Es ist ein Spiel zwischen ihnen, das stets wieder in Ernst abgleitet. Kein leichtes Unterfangen für Andreas, denn er kann nicht ermessen, wo die Grenze dessen ist, was er sagen, wie er sein darf, obwohl er Rosenstiel nun schon so lange kennt. Rosenstiel indes sieht Andreas an – und sein Blick allein scheint ihn schon zu verkleinern. Mit einem Mal hat Andreas wieder Angst vor seinem Chef, ja, wird sogar ganz von der Angst besessen. Die Angst ist eine Art Wolke, die ohne Laut auf ihn zurast, sich dann über ihn schiebt und verschluckt. Eine ständige Bedrohung in seiner Arbeit. Rosenstiel mustert ihn, und der Blick ist eine Presse, er pfercht Andreas förmlich zusammen.

Andreas senkt die Lider.

Manchmal kommt es ihm vor, als sei er bloß ein Ding zum Herumreichen.

»Herr Kollege dies – Herr Kollege das«, heißt es dann.

Ja, Rosenstiel braucht bloß jemanden, der ihm zuarbeitet, denkt Andreas. Eigenständig denken darf er nicht. Andreas atmet schwer und traurig.

9

Früher. Theres

In diesen Tagen kommt immer wieder ein besonderer Mann zum Berggipfel. Ja, die Theres kennt ihn bereits länger. Immer wieder hat er den Vater bei der Jagd begleitet, und bereits als sie ihn das erste Mal erblickt hat, hat sich etwas in ihr umgedreht. Denn die Theres ist voller Sehnsucht nach der weiten Welt, und wenig geschieht hier jenseits des harten Alltags und des Jagens.

So begibt es sich, dass sie immer sehnsüchtiger das Herannahen dieses Gerhards erwartet, von dem sie wenig weiß, außer dass er dem Vater bei der Treibjagd hilft und wohl einer reichen Familie aus dem Tale entstammt. Wie sie sich manchmal aufbaut im Garten, das Haar keck zu Zöpfen geflochten – Anna ist ihr wieder einmal zu Hilfe gekommen – und die Taille eng ins Mieder geschnürt. Wohlgerundet, das weiß sie, sieht ihre Brust aus, ja, sie ist recht stattlich geraten für ein Mädchen in so jungen Jahren. Stattlich und flatterhaft. Wie ein Schmetterling will sie sein: einfach nur umherfliegen.

»Nachtfalter«, sagt man daher auch über sie unter den wenigen Jägersleuten, die sie manchmal bei ihrem Treiben begleiten darf.

»Sie stiehlt den Männern die Unschuld und fliegt dann einfach damit davon«, wird da immer wieder gemunkelt. Auch wirft man ihr vor, eine Art Hexe zu sein, die in Kontakt mit den Saligen steht. Theres kann darüber nur lachen. Und dennoch: Ähnlich wie diese Geisterweiber, so weiß sie, hat sie Leben und Tod in der Hand. Denn sie kann schießen, kann mit Waffen umgehen – und das macht sie mächtig wie kaum eine andere Frau in der Umgebung. Ja, eine Amazone ist sie, eine kleine Wildbrut, hat stets die Hosen an – und bleibt dabei doch rund und schön.

So sitzt sie vor der Hütte im Garten des Hofes und blickt in die Weite, und da sieht sie ihn kommen, noch ein kleiner Fleck in der Ferne, der sich ihr langsam, aber zielstrebig nähert.

»Der Gerhard ist's«, wispert da auch Anna, die gerade mit dem Melkschemel in den Stadl gehen möchte. Die Theres nickt. Ja, längst hat sie ihn doch gesehen!, denkt sie und wirft ihren Blick aus, der blau und leuchtend ist. Voller Geheimnis sieht sie den jungen Mann an, der da zum Tor hereinschreitet. Schön ist er, denkt Theres, das schwarze Haar steht in leicht vom Winde verwirrten Locken vom Kopf ab, und dunkel liegen die Augen im hellen Gesicht. Fast wie zwei Walnüsse oder braune Knöpfe sehen sie aus, findet Theres, und sie kichert leise.

»Tag, Theres!« Gerhard lächelt sie an, während er den Blick ein wenig gegen die Sonne hin zusammenkneift. »Ist der Vater da?«, fragt er.

Theres schüttelt den Kopf. »Auf der Alm ist er heut, leider.«

Gerhard setzt sich neben sie auf einen der Korbstühle und betrachtet sie neugierig.

»Das ist aber schad!«

»Was gibt's denn Wichtiges?«, mischt indes Anna sich ein, der der junge Mann auch zu gefallen scheint. Doch zarter ist sie, viel weniger lebendig und leuchtend als die Theres, und so hat er nur Augen für die kleine Wildbrut.

»Ein Geschenk hab ich für ihn«, sagt Gerhard, die Schultern ein wenig hochziehend, und betrachtet Anna gar nicht. Sein Blick fixiert Theres, und es scheint ihr, als würde er ihr förmlich das Mieder aufknöpfen wollen mit den Augen. Sie merkt, wie sie ein wenig unter dieser Betrachtung zu erröten beginnt.

»Was denn?«, fragt sie dennoch neugierig, während Anna, die spürt, dass sie keine Chance hat, von dem jungen Manne wahrgenommen zu werden, mit hochgezogenen Schultern und leicht hängendem Kopf kehrtmacht und zum Stall geht.

Gerhard lächelt schelmisch. Dann legt er zart seine Finger an ihre Lippen. Wie süß das riecht! Die Theres vermeint ihn förmlich zu schmecken, ja, es ist, als steige der Duft dieses Mannes wie Honig in ihre Nase, benetze ihre Lippen, als wäre er süßer Tau. Sie schaudert.

»Darfst es aber niemandem sagen«, wispert er nun und zieht dann lächelnd einen Gegenstand aus dem Rucksack hervor. Die Theres kann es kaum glauben.

»Ein Gewehr!«, ruft sie begeistert aus.

Gerhard lacht schallend und blickt sie bewundernd an. »Ich wusste, du würdest es mögen«, meint er dann.

Theres nickt mit großem, begeistertem Blick. »Oh ja!«, ruft sie.

»Nun …«, beginnt Gerhard, indem er sich neben sie ins Gras sinken lässt.

»Nimm einen Schemel«, ruft Anna da, die eben wieder aus dem Stadl streift, doch Gerhard entgegnet nur: »Nein.«

Wie zauberhaft seine Locken flattern, denkt sie und wünscht sich, sie wär ein Schmetterling, sich auf seinen Lippen niederzulassen, die an Blüten erinnern.

»Nun«, setzt Gerhard erneut an, »ich hab's auch ein wenig wegen dir hergebracht, wenn ich ganz ehrlich bin, Theres.«

Da flattert es in der Herzgegend! »Ja?«, meint Theres zart.

Und sie weiß nicht, wie ihr geschieht – doch schon hat sie der Gerhard an der Hand genommen, und er ist ein Körper, auf den ihrer antwortet. Das geht einfach. Kein Gedanke hat jetzt mehr Platz. Theres lässt sich von Gerhard mitziehen. Es geschieht wie selbstverständlich. Es ist das erste Mal, dass es zwischen ihnen geschieht, und doch wissen die Finger, was zu tun ist, finden einander wie selbstverständlich. Es rauscht im Gebüsch, und die Lippen schmecken noch süßer als der Finger. Ja: Gerhards Mund schiebt sich an den ihren heran. Er atmet sie. Dann presst er zu. Mit einem Mal spürt Theres, dass sie eine Zunge im Mund hat. Die Welt riecht nach Honig. Die Welt hat krause Locken und braune Augen. Sanft biegt er seinen großen, etwas stämmigen Körper zu ihr herunter und betastet sie mit dunklen, feurigen Augen. In der Theres lodert es.

»Schön bist!«, wispert der Gerhard da.

Sie lacht, da er sie ein wenig an den Wangen kitzelt.

»Gefall ich dir«, meint sie, doch es ist keine Frage, eher eine Feststellung.

»Ja. Gut gebaut. Und schön braun deine Haut«, entgegnet der Gerhard, während seine hellen Finger ihr das Mieder aufknöpfen. Sie nickt. Ja, viel dunkler als er ist sie, weiß sie, denn in ihrer Haut sind die vielen Sommer gefangen, und die frische Luft des Winters hat sie rosig gemacht mit den Jahren.

»Deine Hände sind hell«, sagt sie. »Wie die Schwäne unten. Im großen See, da im Tal.« Sie streicht ihm über die geschäftigen Finger.

Gerhard lacht. »Das sind die Finger der Adeligen«, meint er. »Finger, die nie arbeiten mussten. Du aber bist anders. In dir pocht das Leben.«

Theres nickt. »Da hast recht!«

»Das g'fallt mir so.« Gerhard lächelt, und wieder bildet sich ein Grübchen in seiner Wange. Mit zartem Griff beginnt er, ihr das Oberkleid auszuziehen. »Darf ich?«, fragt er leise, fast ehrfürchtig.

Und Theres, irgendwie mit einem Mal beklommen, nickt. »Ja.«

Kaum mehr als ein Wispern, ihre Stimme. So lässt sie Gerhard spielen, mit dem Saum ihres Rockes, bis es keine Grenzen mehr gibt. Bis sich Körper ineinanderschieben, hin von sich. In einem Schaudern. Einem Schauer, der ein wenig an Regen erinnert.

»Ich liebe dich«, wispert Gerhard ihr leise ins Ohr.

Nackt sind die Worte, nackt und klar wie diese Begegnung. In ihnen ist kein Platz für Verwirrungen. Theres fühlt sich mit einem Mal glücklich, fremd und neuartig. Als wäre sie der Wind und seine Lippen ein Segel, das sie bläht, wieder und wieder. Für einen Moment scheint alles zu rauschen, zu versinken. Dann eine Art Blitz zwischen den Schenkeln, eine Explosion, die sie trunken macht. Theres schreit. Was folgt, ist Stille.

Später, als Gerhard längst gegangen ist – nur einen Ring hat er dagelassen, der silbrig in Theres' Händen schimmert –, beschließt sie, ein wenig zu wandern, um all das Erlebte in ihrem Kopf zu ordnen. Theres liebt es, auf Berge zu gehen. Wie klar da die Gedanken werden. Zwar ist es mühselig, doch sie ächzt nie. Sobald sie den Gipfel erklommen hat, ist sie der Adler. Faltet die gesamte Welt sich vor ihr auf. Frei fühlt sie sich, wenn sie hinabsieht ins Tal. Dass sie hierhergehört, denkt sie, zu den Wesen des Waldes, den Saligen. Dass sie im Dorf nicht viel verloren hat. Oder?

Traurig schwimmen allein die Toten in ihrem Kopf: Zwei Brüder sind gestorben am Hunger. Doch die Theres bleibt unbeirrt, jetzt erst recht, denn sie hat eine Liebe erlebt.

So tut sie brav, was gefragt ist, um am Leben zu bleiben: hilft der Mutter weben, füttert die Kühe, melkt und hängt Wäsche auf. Es verstreichen die Monate. Etwas hat sich verändert. Noch hat Theres keine Worte dafür. Aber es ist hell und groß. Eine Frucht im Bauch. Erst nach einiger Zeit begreift sie, dass sie schwanger ist.

10

Andreas

Rosenstiel beschließt nach der peinlichen Begebenheit auf dem Berg, Theresa Leitner lieber nicht mehr aufzusuchen. »Sie wird sich einfach vor Gericht äußern müssen«, sagt er grimmig zu Andreas.

Andreas indes lässt die Frage nicht los: Ist Theresa Leitner schuldig? Hat sie den Mord begangen? Rauchend sitzt er an seinem Schreibtisch und überlegt.

Nein, diese Frau sieht mir einfach nicht wie eine Mörderin aus, denkt er, während er die Pfeife frisch stopft. Normalerweise brennt er kaum für seine Fälle, zeigt wenig Ehrgeiz, was ihm dabei hilft, seine Arbeit nicht zu verlieren – denn Rosenstiel duldet keinen Stärkeren an seiner Seite. Nun aber hat er aus irgendeinem Grund Feuer gefangen.

Was ist nur mit mir los?, fragt er sich.

Ob es am Ende doch die Saligen, diese seltsamen Naturwesen, sind, die ihn verhext haben, wie die Frau des Schusters gesagt hat? Immer wieder unterstellt das gemeine Volk besonderen Frauen, dass sie mit diesen weiblichen Dämonen des Berges ein Bündnis eingehen. Eigentlich hält er das für nichts als Aberglauben – aber gerade ist ihm doch ein wenig bang bei der Überlegung. Ja, für einen Moment scheint es, als würden fremde Mächte durch sein Zimmer dringen, ihn beuteln und schütteln. Andreas legt die Pfeife zur Seite und betrachtet eingehender die Lebensgeschichte der Frau, die in den Akten zusammengefasst ist. Was er da liest, erfreut ihn wenig – und bestärkt ihn letzten Endes noch darin, dass es sich bei der Wilderin eher um ein Opfer ihrer Umwelt als um ein Monster handeln muss. Mehrere Kinder der Theresa Leitner starben, an Krankheiten wie Diphtherie oder bei schrecklichen

Unfällen; ein Junge wurde von einer Seuche hinweggerafft. Andreas stutzt.

»Todesursache soll laut Theresa Leitner ein Gewand gewesen sein, das der leutselige Doktor auf Anraten des Pfarrers hin ihrem Sohn geschenkt habe«, liest er da.

Für einen Moment hält Andreas inne. Ob man diese Theres auf dem Wildspitzenschlag vielleicht tatsächlich hasst und versucht mundtot zu machen?, überlegt er und fährt umso neugieriger mit der Lektüre fort.

»Andere wieder behaupten, er habe einen über den Durst getrunken«, steht es geschrieben.

Da muss Andreas hell auflachen. Todesursache Alkohol? Nein, das kann er bei so einem jungen Opfer kaum glauben. In seinem Hirn rattert und rotiert es, er blättert immer wieder durch die Schriften, atmet schwer, vergisst dabei ganz seine Pfeife. Schließlich dringt die Dämmerung in sein Büro herein – und er kann einfach nicht mehr an sich halten. Ruckartig schiebt er den Sessel von sich, steht auf und setzt seinen Hut auf, der neben ihm auf dem Tisch liegt, während er gedankenverloren die Pfeife in seine Tasche packt.

Es hilft nichts, sagt er sich.

Ja: Er muss aufbrechen. Allein. Auch wenn das Rosenstiel bestimmt nicht gefallen würde. Aber etwas ruckt und ruckelt in ihm. Ist es Gerechtigkeitssinn? Ist es Neugier? Er weiß es nicht. Er weiß nur: Er muss mit dieser Frau reden. Und wenn es sein soll, dann eben oben. Oben, bei ihr auf dem Berg. Doch eines darf er nicht vergessen: das rote Tuch, das Rosenstiel bei seinem ersten Gespräch mit Emil Müller beschlagnahmt hat. Sorgfältig verstaut er es in seiner Tasche, bevor er die Tür seiner Kammer hinter sich verschließt.

So verlässt Andreas zielstrebig, fast so, als durchwehe ihn die fremde Macht eines Untoten, sein Büro. Mit raschem Tempo schreitet er den Waldweg entlang. Langsam steigen die Abendnebel in die Höhe, kommt die Nacht gezogen. Dämmer hat begonnen, das Tal zu bedecken. Blass sieht der Mond am Firmament aus. Andreas schließt die Augen, doch das Bild schleicht sich mit einem Mal hinter seine Lider, hämmert im Kopf nach. Und plötzlich hat er Angst vor dem Mond.

Endlich hat er den Hof erreicht. Auf einmal fällt Andreas die Leiche seiner toten Mutter ein – er versteht selbst nicht, woher die Erinnerung auf einmal kommt, die er doch in den letzten Tagen so gut verdrängen hatte können –, und ihn schaudert. Das Grauen wird größer, als er sich der Behausung der Leitnerin nähert. Ja: Wie ein dunkler Traum steht es da, das Haus dieser Theres. Es gleicht einem Schatten. Für einen Moment möchte Andreas wieder umkehren. Aber etwas in ihm drängt ihn weiter. Grau weht ihm die Luft entgegen, als er den Kiesweg zum Tor hin entlanggeht. Der Nebel sieht aus wie ein Mantel, der die Hütte einzuhüllen scheint. Er zieht Schlieren. Und mit einem Mal scheint der Mond ihm ein Begleiter zu sein. Andreas legt den Kopf in den Nacken, sieht, wie die Sterne über ihm schimmern. Lichtpünktchen sind es, die den Nebel durchdringen.

Er seufzt, fasst seinen Mut zusammen, dann pocht er an der Türe. Schon nach wenigen Augenblicken wird geöffnet.

»Ja?« Im dämmrigen Licht kann Andreas das Gesicht der Leitnerin erkennen. »Ich geh nicht mit!«, sagt sie, noch bevor Andreas etwas sagen kann.

»Aber nein, keine Sorge, ich will Sie nicht mitnehmen«, entgegnet er, und die Leitnerin, ihre großen Augen zusammenkneifend, öffnet zögerlich die Türe, bloß einen Spaltbreit.

Andreas fasst sich ein Herz. »Ich sah Ihre Akte«, erklärt er. »Sie haben so viel gelitten!«

Für einen Moment ist keine Reaktion auf dem lang gezogenen, hageren Gesicht der hochgewachsenen Frau sichtbar. Dann aber lacht sie bitter.

»Ach, was wissen denn Sie, Herr Inspektor«, tönt es rau aus der Frau.

»Nichts. Deshalb: Erzählen Sie mir von Ihrem Leben«, sagt Andreas ehrlich.

Seine Herzenswärme scheint Theresa zu erreichen. Sie öffnet die Türe noch ein Stück weiter und blickt ihn an. Andreas wird mulmig zumute.

Wie weit ihr Blick ist. Unendlich fast, als wär er der Himmel. Aber nur für einen Moment. Dann reißt etwas. Wie wilde Sterne scheint ihre Seele zu sein. Ihre Worte sind brennend, wie Flammen, als sie sagt: »Ich habe das meiste vergessen. Steht's denn nicht in Ihren Akten drin?«

Der Satz kommt wahrhaftig, jegliche Bitterkeit ist aus ihrer Stimme gewichen. Was Andreas hier hört, ist nichts als Müdigkeit gepaart mit einer gewissen Traurigkeit vielleicht.

»Mich interessieren keine Akten«, entgegnet er.

Die Leitnerin lächelt, sanfter werdend. »Das spricht für Sie.«

Wieder herrscht kurz Stille, nur der Wind pfeift durch die Bäume auf dem Berggipfel.

»Ihr Sohn – kam er denn wirklich durch eine Seuche zu Tode?«, fragt Andreas nun wacker.

Kurz kann er sehen, wie in dem starken und tiefen Blick der Frau etwas auseinanderbricht. Sie schweigt. Nun sieht Andreas die Gelegenheit gekommen. Er greift nach seinem Rucksack, holt das rote Tuch heraus und zeigt es der Leitnerin. Für einen Moment sieht sie es an, beißt sich aber dann auf die Lippe.

»Ich weiß nicht«, murmelt sie. »Kann sein, dass es meins war, dieses Tuch.«

Andreas schnaubt. »Kann es sein, oder ist es so?«, fragt er.

Theres Leitner zuckt mit den Schultern und schweigt.

»Die Toten soll man ruhen lassen«, sagt sie irgendwann matt.

Andreas betrachtet ihr Antlitz, das leicht vom Mond erhellt wird und dessen Schatten für einen Moment zu wachsen scheinen. Da flackert kein Hass auf in diesem Gesicht. Da ist nichts als der Rest einer Wunde, der irgendwie fremd durch die Züge schauert – und wieder verschwindet.

»Haben Sie Feinde?«, fragt Andreas.

Die Theres lacht rau. »Wer hat die nicht, in so einer Welt?«

Andreas verneint. »Der Pfarrer …«, beginnt er.

Theres aber winkt, mit ihren hageren Fingern ruckartig die Luft zerschneidend, ab. »Mein Feind ist der Hunger«, sagt sie barsch. »Mein Feind ist der Tod. Sonst nichts.«

Andreas aber hat Feuer gefangen. »Was sagen Sie zu dem Vorwurf, dass Sie im Bund mit den Saligen stehen?«

Wieder dringt ein kurzes Lachen aus der Frau. »Die Leut reden, wissen Sie doch!«

Nun muss auch Andreas schmunzeln.

»Ja. Aber der Dorfpfarrer, hat er das Gewand Ihres Sohnes –«

Erneut fährt Theres barsch mit ihrer Hand durch die Luft. »Mein Sohn ist tot«, entgegnet sie bitter. »Was helfen Mutmaßungen?«

Andreas greift nach ihrer Hand. Es geschieht plötzlich, ohne viel Nachdenken. »Bitte«, sagt er.

Die Theres lässt es geschehen und blickt ihn klar und wach an.

»Was wollen Sie?«, fragt sie dann leise.

Wieder rauscht nur der Wind durch die Bäume. Mit einem Mal denkt Andreas, dass er es selbst nicht weiß. Aber er spürt, wie die traurige Geschichte dieser Frau – sosehr sie ihm auf ihre besondere Art und Weise auch fremd erscheint – sein Herz erweicht hat.

»Erzählen Sie mir von Ihrem Leben!«, bittet er noch einmal inständig.

Da fallen die braunen Locken wieder wie Schlangen über das Haupt, während die Leitnerin den Kopf schüttelt.

»Schauen Sie«, sagt sie, »da ist nicht viel. Die Kühe, das Heu, die Schweine, die Ernte. Hin und wieder ist der Winter harsch. Das ist alles. Dann schieße ich Gämse.«

Andreas nickt. »Sie geben es zu.«

Theres lacht. »Hab ich eine Wahl? Ich schieße sie vom Fenster aus. Ich bin eine gute Wilderin, wenn es darum geht, dass meine Kinder nicht verhungern. Sie verstehen?«

»Ja«, sagt Andreas, fast tonlos. »Ja, das verstehe ich.«

Theres schweigt für einen Moment. »Haben Sie Kinder?«, fragt sie dann.

Andreas verneint. Dann muss er an seine Mutter denken, die im letzten trockenen Sommer verstorben ist. Plötzlich fällt ihm das Schlucken schwer. Er sieht zum Mond hinauf. Der Nebel scheint gewichen, mit einem Mal liegt das Firmament klar vor ihm, und die Sterne blinken vom Himmel.

»Ich bin keine Mörderin!«, sagt Theres, die nicht recht zu wissen scheint, was sie noch entgegnen soll.

»Ich weiß«, sagt Andreas.

Kurze Stille.

»Nun, Sie wissen, wo Sie mich finden, wenn Ihnen zu dem Tuch noch etwas einfällt«, fügt er dann hinzu, und im Dämmerlicht kann er ein leichtes Nicken erkennen, bevor er der Leitnerin mit den Worten »Ich empfehle mich« den Rücken kehrt.

11

Früher. Theres

Neun Monate trägt Theres nun schon die Frucht in sich. Die Frucht vom Gerhard, der sich nicht wieder blicken lässt. Und dann scheint dem Kind der Raum in ihrem Bauch zu eng zu werden. Alles beginnt so: Da ist ein Schmerz im Unterbauch. Scharf, schneidend. Theres, die gerade auf dem Weg zum Stall ist, krümmt sich unter den Wehen. Grad, dass sie nicht zu Boden sinkt. Sie weiß Bescheid: Es ist die Leibesfrucht. Sie will raus.

»Vater!«, ruft Theres und merkt, wie ihr Körper strauchelt. »Vater!«

Sie will noch einige Schritte machen, doch die Schmerzen überwältigen sie. Messer im Leib! Theres schwankt, kippt gegen die Wand des Stadls. Rau fühlt sich das Holz an.

»Mutter!«, kommt es nun aus ihr.

Theres tastet die Rinde ab, versucht, sich am Stadl emporzuwinden. Es gelingt nicht. Mit einem Mal erscheint eine Gestalt am Gartenweg.

»Anna!«, ruft Theres, doch sie braucht gar nicht mehr zu schreien. Nein, es ist, als habe die Schwester es geahnt. Gewittert wie ein Tier, dass die Theres bald niederkommen würde. Anna springt mit leicht federndem Schritt auf Theres zu, ihr Haar wippt im Wind, einzelne Strähnen haben sich aus dem Häubchen gelöst und flattern nur so.

»Theres!«, ruft sie aus und nähert sich keuchend der Schwester.

»Es ist so weit!«, sagt Theres, die sich wieder gefasst hat.

Was das für Schmerzen sind! Es ist, als hätte ihr wer ein Gewehr zwischen die Schenkel gesteckt und einfach abgedrückt. Theres atmet schwer. Warum das alles ertragen? Ein Kind auf die Welt bringen, dessen Vater sich nie wieder gezeigt hat? Doch es hilft nichts, denn die Natur hat sie zur Mutter gemacht, und der Natur muss gehorcht werden. Es hat keinen Sinn, gegen sie zu kämpfen. So viel weiß Theres längst.

»Vorsichtig!«, meint Anna und greift nach ihrer Hand. Theres versucht ein Lächeln und stemmt sich langsam an Anna hoch. So zart sie ist, scheint sie mit einem Mal eine Wand zu sein. Stark und klar. Theres blickt in das milchige Gesicht der zierlichen Schwester und lächelt matt.

»Danke«, sagt sie, doch da würgt sich wieder ein Schmerz durch ihre Eingeweide. Theres taumelt.

»Geht's?«, fragt Anna sanft und stützt sie.

Theres nickt tapfer und lässt sich von der Schwester halb ziehen, halb tragen. Endlich erreichen sie die Stube. Der Boden knirscht unter ihren Füßen, mit einem Mal ist alles bedrohlich laut und intensiv, kommt Theres nahe. Es scheint, als habe sie die Welt immer hinter einem Vorhang gesehen, der jetzt weggezogen ist.

»Herrgott!«, ruft die Mutter aus, die am Ofen steht, den Teig fürs Brot zu kneten, und kommt rasch auf Theres zu, die sich keuchend auf die Bank legt.

»Atme!«, sagt sie, während sie Theres' Rocksaum in die Höhe schiebt. Und dann: »Anna, hol ein Wasser!«

Die Schwester nickt mit vor Aufregung geröteten Wangen und greift schnell nach dem Eimer, der in der Ecke steht. Verlässt mit raschen Schritten die Stube.

»Atme!«, wiederholt indes die Mutter und beginnt, an Theres' Strümpfen und Unterhose zu nesteln. Mit einem Ruck zieht sie der Tochter die Kleider vom Leib.

»Ja«, will Theres antworten, doch aus ihr kommt kein Ton. Und mit einem Mal merkt sie, wie sie auszurinnen beginnt. Tatsächlich: Da presst sich etwas aus ihrem Unterleib heraus. Sie richtet sich auf. Sieht eine helle Flüssigkeit, die ihr zwischen den Beinen hervorschießt.

Wie grausam die Natur ist, denkt sie.

Doch zum Denken hat sie wenig Zeit, denn der Schmerz

durchzuckt sie erneut. Biegt sie. Eine Art Zerreißen im Unterleib. Ja: Die Theres ist jetzt nichts anderes als dieser Schmerz. Sie möchte aufschreien, aber eine Wilderin ist tapfer, oder? Und so beißt Theres sich nur auf die Lippen, verzerrt sie zu einem Strich und bemüht sich, einen klaren Gedanken zu fassen.

»Pressen musst«, sagt die Mutter wieder, die Theres' Kleidung auf den Boden geworfen hat.

Da geht die Türe auf, und Anna erscheint, in der Hand einen Kübel voll Wasser. Rasch eilt sie zur Anrichte, holt einen Schwamm und stellt dann den Kübel neben Theres ab. Anna liebt sie, begreift Theres da mit einem Mal. Sie kann es genau sehen, an der Art, wie sie den Schwamm benetzt, ihn sorgfältig und doch rasch ins Wasser taucht. Mit einer liebevollen Geste legt Anna ihr das kühle Nass auf die Stirn.

»Danke«, sagt Theres leise.

Anna nickt nur, pustet sich dann die hellen Haarsträhnen aus dem Gesicht. Was folgt, ist ein erneutes Würgen des Unterleibs. Theres krümmt sich, doch nun hat sie sich an die Lage gewöhnt. Sie beginnt zu pressen. Weiß, dass es jetzt nur noch um das eine geht: Sie muss atmen. Ja, gegen den Schmerz muss sie anatmen, der in Wellen kommt, wie jeder Schmerz. Das kennt sie vom Hunger, von der Kälte, vom Frost.

Wie gut, dass die Natur mir alle diese Härte beigebracht hat!, denkt Theres da.

Ja: Diese Härte ist notwendig. Denn schmerzhaft lang dauert eine Geburt. Theres verliert mehr und mehr das Zeitgefühl, die Welt scheint zu zerfließen. Kaum gelingt es ihr, einen klaren Blick zu bewahren. Sie schließt immer wieder die Augen, doch das Licht flackert von außen durch die Lider hindurch. Am liebsten würde sie einschlafen, weg sein, doch es geht nicht. Das Leben, es will aus ihr heraus. So verhält sich Theres tapfer. Schließlich weiß sie ja auch: Irgendwann wird's vorbei sein.

Einige Zeit später kehrt Alois von der Alm heim, und er sagt nichts. Er greift bloß nach Theres' Hand. Und die Hand ist ein Band, das sie ans Leben knüpft. Theres hat Leben bekommen, jetzt muss sie es weitergeben. Sie weiß, dass das ihre Pflicht ist.

Irgendwann wird der Schmerz unerträglich, Theres stemmt sich nach oben.

»Der Kopf!«, ruft Alois und springt in die Höhe.

Theres reckt sich noch ein Stück weiter empor, blickt über den Berg ihres Bauches hinaus, und siehe: da glänzt etwas, rosig und schleimig, zwischen ihren Beinen. Fleisch ist es, Fleisch von ihrem, ein kleines Wunder, ein eigenständiges Wesen. Wie Licht, das aus Nichts wird, aus der Nacht herauskriecht, einfach so! Theres kann es kaum fassen. Und mit einem Mal steht der Anblick für allen Schmerz. Jetzt gilt es, erneut zu pressen. Theres hechelt.

»Brav bist!«, meint der Vater, und sie nickt.

In dem Moment begreift sie: Alois, er ist der Ersatz für den Mann, den sie nicht hat. Ist jetzt der stellvertretende Vater für das neue Wesen. Und er ist es gern. Das stärkt Theres, und sie hat Kraft für den letzten Schwung der Schmerzen, der wie eine Welle über sie schwappt. Schreien. Kommt es aus ihr? Nein, es ist das Kind, das schreit!

»Schnell, das Messer!«, ruft die Mutter da laut.

»Ja!«, nickt Anna und rennt rasch zum Schrank, holt ein großes Messer heraus.

Theres blickt nach vorne und erkennt eine weiße, runzelige Schnur, die aus ihrem Leib hängt. Die Mutter nimmt das Messer in die Hand, zertrennt sie. Das Schreien schwillt an. Theres betrachtet für einen Moment hilflos ihren Vater, dann ihre Mutter, die ein kleines Bündel zwischen den Händen hält, dessen Kopf nach hinten kippt.

»Ist es denn gesund?«, fragt Theres.

Plötzlich hat sie eine namenlose Angst, kann sich vor innerem Zittern kaum halten. Sie sinkt in die Laken zurück. Da schiebt sich das Gesicht der Mutter über sie. Und siehe: Die Mutter lächelt.

»Ein Mädel ist's«, sagt sie nur, und diese Worte reichen.

Da weiß die Theres, dass ihr Kind gesund ist, und sie spürt, wie Tränen in ihr aufsteigen wollen.

»Wie wunderbar!«, hört sie Anna wispern.

Die Mutter reicht ihr den kleinen rosigen Körper, der voller Schleim ist. Theres betrachtet ihn. Ihr Kind also! Ihr Kind, das da weint. Alt sieht es aus, wie ein Greis fast, und verzerrt ist das kleine Gesichtchen.

»Ja, das war für uns beide anstrengend!«, flüstert Theres, deren Atem nach und nach ruhiger wird. Und dann ist es mit einem Mal, als wär die Stube erfüllt von Licht. Wie gern sie jetzt die Zither bei der Hand hätt!, denkt sie, und sie beginnt zu singen: »Still, still, still, weil's Kindlein schlafen will!«

Ja: Theres singt. Sie singt ein Lied, und das ist wie Blumen, die sie dem Kind schenkt. Die Sonnenstrahlen spielen mit ihrem Haar, und für einen Moment ist sie glücklich, ganz und gar bei sich. Wie der Himmel die Wolken hat, denkt Theres, so hab ich diese Liebe zu meinem Kind. Sie nestelt mit ihrem Blick in der Luft, sieht verträumt die blaue Himmelsdecke an, die hinter dem Fenster der Stube zu sehen ist, und ist zufrieden.

Und die ganze Natur rund um das Haus freut sich gleichsam mit. Ja, als würden die Blumen draußen auf der Wiese kichern, heimliche Märchen erzählen!

Eine duftende Rose ist das Leben, ein Märchen die Welt!, denkt sie.

In Theres leuchtet es. Wie die Sonne ist ihr Herz, flammt und taucht sie in helle Gluten. Ja: Aller Nebel des Schmerzes ist zerronnen. Wie ein Himmel kommt ihr die kleine pochende Brust des Kindes vor.

Das Glück ist nah, denkt Theres.

Fast wie ein Mund schwappt die Seligkeit kurz über ihr zu – und dann die Müdigkeit.

Schade, dass das Leben so schnell vorüberfliegt, sagt Theres sich mit einem Mal. Und sie schwört sich, gut für das Kind zu sein, bevor sie einschläft.

12

Früher. Theres

So verstreichen die Tage nach der Geburt, und sie sind eingebettet in ein stilles Glück. Keiner fragt nach dem Vater, denn Alois liebt seine Tochter zu sehr, als dass er ihr Vorwürfe machen würde. Für kurze Zeit herrscht Freude in Theres. Doch kaum ein Glück ist von Dauer. Bald schon schlägt das Leben wieder zu.

Es ist ein Morgen, an dem alles gut zu sein scheint, vorerst. Vom Duft wohlriechender Kräuter ist der Tag gewürzt, über die Bergwiesen weht er zu Theres durchs Fenster herein. Die Luft ist still. Dann zerschneidet das fröhliche Geläute der Frühmesseglöckchen die Luft.

»Ich werd wieder zur Bergweide aufsteigen«, meint Anna, die eben zu Theres in die Kammer hineingeschneit kommt, ihr ein Glas Milch zu bringen.

»Ich freu mich schon, wenn ich dir wieder zur Hand gehen kann!«, entgegnet sie lächelnd.

»Ja. Bald schon werden wir gemeinsam das Heu auf die Tristen geben, Schwesterlein«, sagt Anna.

»Oh ja!« Theres richtet sich ein Stück weit auf.

Wie herrlich warm und gut die Milch mundet!

»Danke«, sagt sie und merkt, wie ein behagliches Gefühl in ihr hochsteigt. Doch mit einem Mal, gerade als sie sich wieder nach hinten sinken lassen möchte, ertönt ein Schrei aus der Küchenstube. Das Kind, das da in seiner Wiege liegt, beginnt zu weinen.

Theres schreckt erneut hoch, wirft die Decke von sich und möchte laufen, doch ihre Beine versagen. Sie sackt auf dem Boden zusammen.

»Ruh dich aus!«, ruft Anna aus, doch eine Mutter ahnt, wenn

das Wesen, das aus ihr kommt, mit dem Leben ringt. Theres begreift, dass der Schrei, der von draußen zu ihr drang, nichts Gutes meinen kann, und sie spürt, wie sich Schweiß auf ihrer Stirn bildet.

»Bring mir meine Tochter her!«, ruft sie.

»Leg dich hin«, wispert indes die Schwester, greift nach Theres' Arm und führt sie zurück ins Bett. Theres jedoch ist untröstlich.

»Meine Tochter!«, ruft sie. »Ich will sie sehen, sofort!«

Da öffnet sich die Türe, und Alois betritt den Raum. Am Gesicht des Vaters kann Theres erkennen, dass ihr Bauchgefühl sie nicht getrogen hat: Etwas ist mit ihrem Kinde geschehen. Sie schaudert. Mit klapperndem Kinn setzt sie sich zurück aufs Bett und betrachtet den Vater. Braun und faltig liegt sein Gesicht da, und ein Ausdruck der Sorge kerbt ihm die Haut.

»Mein Mädel«, sagt er, und Theres begreift.

Dann bricht sie in leises Weinen aus.

»Fieber ist's«, flüstert er. »Das Kind hat Fieber.«

Theres nickt erschöpft.

So verstreichen die Tage in Schrecken und Angst. Ihre Mutter versucht, Theres' Tochter mit einer zähflüssigen Masse zu heilen, die sie aus Honig, Milch, Wasser und Kräutern auf dem Herd zubereitet.

Theres ist verzweifelt. Kein Wiegen, kein Singen scheint den Säugling beruhigen zu können.

»Das wird schon«, sagt die Mutter bemüht zuversichtlich und beginnt, den kleinen Leib behutsam mit der lauwarmen Paste einzureiben.

»Ja«, nickt Theres bang und betrachtet sie, wie sie das kleine Wesen mit dem altbewährten Heilmittel behandelt. Alles würde noch gut werden, oder?

»Wir halten jetzt zusammen«, sagt auch Anna, die der Schwester immer wieder Milch bringt, dass sie zu Kräften kommen möge.

Die Theres aber ist untröstlich. Ihr Dasein ist getaktet von

Schlaf, Wachen und Bangen. So fällt sie erschöpft von einem Traum in den nächsten, verliert jede Form von Zeitgefühl.

Als sie ein paar Tage später wieder hochschreckt, weiß Theres nicht mehr, welches Jahr ist – und wo sie sich befindet. Durch das Fenster dringen die ersten Sonnenstrahlen zu ihr herein, unschuldig, als wär nichts. Doch in dem Moment beginnt das Kind, das in der Wiege neben ihr liegt, wie verrückt zu schreien. Theres schreckt hoch, steht strauchelnd auf, holt ihr kleines Mädchen zu sich und beginnt mit zitternder Stimme zu singen.

»Still, still, still, weil's Kindlein schlafen will!«

Doch ihr Atem bricht bald schon ab, er ist ein Faden, der reißt, in der Stille bleibt jedes Wort hängen, schonungslos.

Denn dann beginnt es: Der Atem des Kindes erstarrt. Es verliert für einen Moment das Bewusstsein. Theres presst ihre Hände an den Körper des Säuglings, hilflos tastend in ihrer Verzweiflung. Die Stirne ihrer Tochter glüht!

»Mutter!«, ruft sie aus, blind vor Panik.

Die Sekunden kommen ihr unendlich lang vor. Sie kann nichts anderes tun, als den reglosen Körper mit schierem Entsetzen anzustarren. Aber da: Ihr Kind, es öffnet erneut seine Augen! Was jedoch dann folgt, das ist noch schauderhafter: Zuckungen an Armen und Beinen durchfahren den kleinen Körper, der uralt aussieht. Das Kind, dessen Augen geschlossen sind, wird gebeutelt und von blitzartigen Strömen geschüttelt.

»Nein!«, ruft Theres. »Nein!«

Sie findet keine anderen Worte. Kann nichts tun als atmen und warten. Doch zum Glück ist der Anfall bald schon vorüber, und siehe: Ihre Tochter wird ruhiger. Das kleine Mädchen schläft, schläft den tiefen Schlaf einer Leidenden. So sinkt auch Theres, für einen Moment erleichtert, zurück in ihre Laken und lauscht mit ringendem Atem dem Jochwind, der vom Tale her weht.

Wenn nur das Kind überlebt!, denkt sie und wird wieder von ihrer Erschöpfung übermannt.

Einige Stunden später schreckt Theres hoch. Die Wiege neben ihrem Bett ist leer.

»Mutter!« Theres schnappt nach Luft.

Wer jedoch die Kammer betritt, das ist der Vater. Und Theres begreift es sofort an seinem bleichen Gesichtsausdruck: Es ist zu Ende gegangen.

»Theres«, murmelt Alois dann auch leise. Dann setzt er sich an den Bettrand. »Theres!«

Für einen Moment herrscht Stille. Theres kann nichts anderes tun als den Vater anstarren. In ihr ist kein Gefühl mehr. Es ist, als hätte ein Schlag sie getroffen. Da beugt sich der Vater ein Stück weit zu ihr hinüber und legt seine alten, runzeligen Lippen auf ihre Stirn. Er küsst Theres, aber es ist bloß, als würde er den Schmerz ihrer Seele damit wachküssen, und seine Lippen scheinen zu bluten.

»Tot ist es, das Kind«, sagt er. »Tot. Diphtherie war's. Dagegen haben wir kein Mittel.«

In Theres' Kopf schwirrt es, sie kann einfach nicht glauben, was geschehen ist. Dann beginnt sie, haltlos zu schreien, zu schluchzen.

»Diese Schand, die ich euch mach«, ruft sie. »Ein uneheliches Kind – und jetzt hat's nicht mal überlebt!« Verzweifelt ringt sie nach Atem und gleitet ein Stück weit in die Kissen zurück.

Der Vater indes lächelt nur. »Gar nicht, Theres, das weißt!«, sagt er und streicht ihr zart übers Haar. »Schand nur für den Vater, der sich nicht mehr blicken hat lassen.«

Stille.

»Du aber«, fährt er lächelnd fort, »du bist die Starke!«

Theres schüttelt verzweifelt den Kopf. Mit einem Mal kommt sie sich weit weg von sich selbst vor. Starr sitzt sie so in den Kissen, die Tränen rinnen noch, doch aus ihr dringt kein Laut mehr. Das Begreifen geht langsam, und es ist still.

Dumpf liegt auf den Bergen das Gewitter, und es ist, als zucke die gesamte Welt durch eine Wolkenwand. Der Donner grollt heran, und die Sonne scheint herabzustieren, als wär sie ein schwarzes Auge. Der Mond verzieht sich hinter die Wolken, verbirgt sich schließlich ganz. Es wogt das Gewölk.

Bösartig ist diese Welt, denkt Theres. Und dann fällt ihr nur noch ein Wort ein: »Diphtherie«.

Der Rest ist Leere. Es ist, als wäre ihre Seele zerschnitten und ein Teil im Kinde geblieben. Der Vater kommt immer wieder, küsst sie auf die Stirn, versucht, ihr Leben einzuhauchen, doch in ihr ist ein Loch. Sie hat das Gefühl, dass der Winter auf ihren Wangen liegt, kühl. Sie will ihn umschlingen. Der Wind saugt ihr das letzte Lied aus den Ohren. Vorbei ist alles, noch bevor es begonnen hat.

»Du musst zu Kräften kommen«, sagt der Vater.

Theres blickt beschämt zu Boden.

»Du begreifst nicht«, entgegnet sie, die Lippen zu einem Strich verkniffen. »Denn du wirst nie eine Mutter sein. Was weißt du vom eigenen Blut und dem Schmerz, wenn es zugrunde geht?«

Der Rest ist Stille. Traurig schweigt das Haus in diesen Tagen. Sonst nichts.

13

Früher. Theres

Von nun an ist das Dasein der jungen Leitnerin in Wehmut gebettet. Die Tage vergehen langsam, Theres sieht alles wie hinter einer Glaswand. So geht der Winter hin. Dann aber naht erneut ein Frühling heran, und der Himmel ist getönt mit hellem, zartrosigem Schein. Die Blüten bauschen sich an den Bäumen auf, die Wolken ziehen verträumt und langsam über den Himmel, und in Theres keimt mit einem Mal erneut eine gewisse Freude auf. Diese Freude hat mit einem Gesicht zu tun. Ja, Georg heißt er, und immer wieder trägt er brav das Heu zum Sommerberg. Dass er auf eine der beiden Schwestern ein Aug geworfen haben muss, das ist rasch klar, und insgeheim hofft Theres, sie sei gemeint. Auch wenn sie einmal gehört hat, wie der Vater den jungen Mann warnte: »Halt dich fern von der Jüngeren.«

Insgeheim hofft also die Theres, hofft immer wieder auf den strammen Mann mit dem rotblonden Haar und dem rötlichen Stoppelbart, der sich da in diesen Tagen des Öfteren so groß und wohlgeformt vor ihr aufbaut, dem Vater zur Hand zu gehen. Hell und teigig ist seine Haut beim Arbeiten, und das leichte Bäuchlein, das sich unter seinem Trachtenhemd wölbt, erzählt von Wohlstand und guter Gesundheit.

Wie leicht das Leben ist, wenn ich ihn betrachte!, denkt Theres und erwartet stets mit klopfendem Herzen die Ankunft des jungen Mannes. Und eines Abends geschieht es: Theres, die, müde von der verrichteten Arbeit, im Stadl einschläft, fühlt, wie ein Körper an sie herankriecht. Es knistert und raschelt in der Dunkelheit, und mit einem Mal spürt Theres Hände, die ihr das Kleid aufzuknüpfen beginnen.

»Theres, bist du's?«, wispert da eine Stimme, und ein Schauern durchläuft ihren hochgewachsenen Körper.

»Georg!«, flüstert sie.

Das ist alles. Was folgt, ist eine Begegnung von Mund zu Mund, sind Arme, Finger, Lippen, die Bescheid wissen. Das Heu sticht, die Körper schwitzen, und als es dämmert, sehen die beiden einander wortlos an. Mit großen Augen, die staunen, lachen und tasten.

»Schön bist«, sagt Georg, »schön und fremd.«

Theres lächelt. »Ja«, wispert sie leise und streicht ihm kurz über das igelartige Haar. »Ja!«

Daraufhin wird in der guten Stube gefrühstückt. Wie herrlich warm Theres mit einem Mal die Milch erscheint! Keiner unter den Leitnern ahnt von der besonderen Begegnung der Nacht, Anna ist, müde vom Tagwerk, am Tische eingeschlafen und kann sich an nichts erinnern, und der Vater ist erst spät des Nachts aus dem Dorfe heimgekehrt.

»Nun«, meint Alois da und klopft Georg, der gierig und mit roten Wangen seine Milch schlürft, auf die Schultern, »wie gefällt dir die Anna?«

Georg verschluckt sich, während Theres kaum merklich aufzuckt.

Aus den Augenwinkeln kann sie erkennen, wie Georgs Unterlippe für einen Moment bebt, doch dann scheint er sich zu beherrschen und betrachtet, ohne von Theres Notiz zu nehmen, ihre Schwester mit großen Augen.

»Ja, fesch ist sie«, sagt er und schiebt dabei bemüht siegessicher den Kopf in die Höhe.

Anna indes senkt beschämt den Blick. Ihr Antlitz scheint, wie es das so oft tut, zu verfließen im ersten Sonnenlicht.

»Wusste ich's!« Alois klopft mit der Hand auf den Tisch. Und dann meint er, die Augenbrauen schelmisch in die Höhe ziehend: »Wennst willst, so geb ich sie dir zur Frau.«

Georg reckt den Kopf noch weiter in die Höhe und sieht Theres nicht an. »Abgemacht!«, ruft er laut aus.

Und so ist's beschlossene Sache. Nie wird Theres begreifen, was da geschehen ist und warum. Doch in dem Moment beginnt sie zu verhärten. Ja: Nicht das erste Mal ist es, dass das Leben zugeschlagen hat, und die Theres kann inzwischen umgehen mit der Trauer. Dennoch scheint es in den nächsten Wochen, als wäre das Haus ihres Inneren nur aus geballter Luft gebaut.

Nun ist deine Schwester seine Braut!, tönt es in ihrem Kopf, wieder und wieder.

Theres kann es kaum glauben, in ihr ist der Schmerz namenlos. Doch sie beißt sich auf die Lippen, denn sie weiß, dass ihre Schwester Anna einen Mann nötig hat.

Eingesperrt in uns selbst rufen wir nach uns, denkt sie, während sie die Menschen und Dinge um sich herum betrachtet und versucht, zu einer Antwort zu kommen – nichts.

Die Schwester ist freudig und lieb zu ihr in diesen Tagen, aber jede Umarmung scheint ein Würgen zu sein und jeder Kuss ein Biss.

Wer wird uns retten vor uns selbst?, denkt die Theres.

Wie nah an der Lust der Schmerz gebaut ist, erkennt sie nun, und es ist ihr, als wohnten fremde Geister und böse Stimmen in ihr. Doch damit nicht genug: Bald schon zieht dieser junge, starke Mann, mit dem sie eben noch im Heu herumgetobt hat, zu ihnen auf den Sommerberg, und nun ist Theres dem Anblick der beiden den ganzen Tag ausgeliefert.

Sie betrachtet Anna und Georg, sieht die Sprache ihrer Hände und Augen, sieht die wachsende Vertrautheit, und sie ist einsamer denn je.

So reden Frau und Mann!, begreift Theres, und sie ahnt, dass Anna Georg lieben muss.

Theres versucht, die Gefühle zu verdrängen. Sie will das Eisstück aus ihrem Herzen haben, endlich. Es ist doch Sommer!, möchte Theres schreien, doch in ihr bleibt alles stumm. Und die Hoffnung auf Veränderung wird immer weniger. Blank geistert das Wesen der Saligen durch ihren Schädel.

So verstreichen die Wochen. Die Dorfmühlen klappern, und die Tratschweiber schnattern. Bald weiß es ein jeder: »Die Anna ist schwanger!«, munkelt man im Tal, wieder und wieder, und tatsächlich: Die Haut, die Augen, die Lippen der Schwester – alles beginnt zu blühen, sie scheint zu erstrahlen wie eine Blume im Morgentau.

Einige Tage vor der Niederkunft, an denen Anna früh ins Bett geht, geschieht es: Noch einmal wagt es Georg und nähert sich Theres, die gerade am Herd steht und das Geschirr putzt. Er kommt mit sicheren Schritten zu ihr, zieht sie an seinen strammen Körper und lächelt sie an. Theres aber schiebt ihn von sich.

»Dein Lächeln kommt zu spät«, sagt sie.

»Ich bin so gern in deinen Armen, lieg so gern an deinem Herzen!«, entgegnet er und riecht nach Wein in ihre Richtung.

»Scher dich zum Teufel!«, ruft Theres bitter.

Da beginnt Georg zu flehen. »Dein Vater war's. Ich wollt die Anna ja nie!«

Theres schüttelt den Kopf, dass die lockigen Haare nur so in ihren Blick fliegen. »Zu spät«, meint sie bitter.

Georg indes will davon nichts hören. »Stern bist doch, meiner, Theres«, lallt er in ihr Haar hinein, während er sie erneut an sich reißt.

Da wird Theres wütend, drückt ihn mit den Fäusten von sich. »Geh, bleib mir vom Leib!«, schreit sie und stürzt aus der Stube.

Draußen zittert das Laub. Von Mondlicht umflimmert sind die Wipfel des Waldes. Theres hastet, als gelte es das Leben. Doch Georg rennt ihr nach und presst seinen Leib an sie. Er küsst sie, und der Kuss reißt sie auf, berührt sie, sinkt hinab wie ein Pfeil an den Grund ihrer Seele. Und für einen Moment wird Theres schwach.

»Immer ist es nur um dich gegangen«, flüstert Georg und streicht ihr über das aufgelöste Haar, wieder und wieder. Theres spürt, wie sie weich wird unter den tastenden Bewegungen seiner Hände. Für einen Moment glaubt sie, ihm nicht widerstehen zu können. Doch dann stößt sie ihn erneut erbost von sich, flieht und findet Zuflucht in den Bergen.

Lang liegt die Theres dann wach in der Nacht, und die Saligen scheinen ihr aus den Bäumen etwas zuwispern zu wollen, das sie jedoch nicht genau verstehen kann. So starrt Theres stumm und ratlos den Mond an.

Zwischen den Übeln wählen, denkt sie, das ist das Leben. Das kann doch nicht alles sein, oder?

Sie wünscht sich nichts anderes als das: neu zu beginnen! Aber wie?

Im Juni dieses Jahres – das Paar ist noch unverheiratet –, da setzen die Wehen ein, und bald schon gebiert Anna einen Buben, den man auf den Namen Peter tauft. Theres indes ist brav und erledigt fleißig ihre Arbeit. Sie hilft dem Vater im Stall und bemüht sich, das Vieh zu versorgen. Dennoch: Theres hat wenige lichte Momente. Die Musik scheint in solchen Momenten die einzige Begleiterin zu sein.

So sitzt sie manchmal des Abends an ihrem Instrument und spielt, tritt ein in ein anderes Leben, geschützt durch den Klang der Zither. Das ist ihre einzige Freude in diesen Tagen. Traurig und schwer zieht es ihr sonst meist im Herzen. Der Vater, der ihren Schmerz zu erkennen scheint und ihn wohl mit dem toten Kind in Verbindung bringt, greift sanft nach ihren Händen.

»Sei nicht wehmütig, Theres«, sagt er, »wir werden bald wieder wildern gehen.«

Und die Theres, tapfer wie eh, nickt.

14

Andreas

Was in Andreas Schmidts Terminkalender steht, sind weitere Vernehmungen. So möchte er auch Emil Müller noch einmal detaillierter befragen. Es dauert nicht lange, bis der Bauer im Wirtshaus erscheint. Andreas erkennt ihn bereits von Weitem, denn immer wieder ist er ihm im Purgstaller Hof bei einem Bier begegnet. Andreas weiß, dass Emil als Kind in den höchsten Höhen des Berggipfels gelebt hat. So betrachtet er den eher untersetzten Kerl mit den abstehenden Ohren, der sich auf ihn zubewegt und an dem runden Holztisch Platz nimmt, der mit einer gehäkelten, mit Karos gemusterten Decke ausstaffiert ist.

»Guten Tag, Herr Inspektor«, sagt Emil, und es klingt auf eine komische Weise artig.

Wie ein braver Schuljunge, denkt Andreas, während er Emil Müller betrachtet. Man kann sehen, dass er sich emporgearbeitet hat. Sein Backenhaar ist frisch geschoren, und er trägt eine lederne Joppe mit Manschetten, die durch schmale Riemen und Ketten festgehalten sind. Nicht nur die Joppe sieht ganz fesch aus – dazu trägt er auch noch einen Hut mit einer Hahnen- und einer Pfauenfeder, die schaukeln, während er geht.

Auf sein Aussehen scheint er was zu halten, sagt sich Andreas.

Emil reicht ihm die Hand, die Andreas mit sanfter, aber bestimmter Geste drückt, und setzt sich.

Die Wirtin stellt zwei Krüge mit Bier vor die beiden hin. Sie scheint Bescheid zu wissen, was deren Begehr betrifft. Wen wundert's, handelt es sich bei Emil schließlich um einen Stammgast.

»Nun«, meint Andreas, während er kurz an dem Bier nippt

und sich dann den Schaum von den Lippen wischt, »erzählen Sie mir mehr über das schreckliche Ereignis.«

Emil nickt und blickt ihn aus dunklen Augen heraus an.

»Die Leitnerin war's«, sagt er dann übergangslos. Und: »Sie hat den Bierbichl auf dem Gewissen.«

Andreas zieht eine Augenbraue in die Höhe. Das kommt aber rasch!, denkt er.

Und laut sagt er, wieder nach seinem Bierkrug greifend: »Was macht Sie da so sicher?«

Emil Müller schüttelt den Kopf, sodass sein Doppelkinn über den Kragen lappt, und sagt wispernd: »Wissen S', die hätt doch der Anna, ihrer eigenen Schwester, fast den Mann weggenommen!«

Seine Augen werden finster, das Blut steigt ihm ins Gesicht, als er Andreas ansieht.

»Eine solche, das sag ich Ihnen«, fügt er hinzu, »die ist des Mordes fähig!«

Andreas ist ein wenig irritiert ob der robusten, direkten Art und lässt seinen Blick in die Leere gleiten. Betrachtet dann Geweih, Häkeldeckchen und Heiligenbilder, die das Innere der einfachen Kneipe zieren.

»Nun, zurück zum Anfang«, mahnt er dann den Bauern mit bemüht warmer Stimme. »Wie genau hat sich denn das überhaupt alles zugetragen? Erzählen Sie.«

Emil nimmt einen großen Schluck von seinem Bier, bevor er sich über die Lippe wischt und fortfährt.

»Also, just vor drei Tagen, da geh ich wie immer heim vom Acker. Und da stößt mein Fuß auf was Weiches. Ich, in der Meinung, dass das ein toter Hund ist oder eine … Ich bück mich – und da liegt der Bierbichl vor mir!«

Andreas nickt. »Sie haben ihn sofort erkannt? Obwohl es Abend war?«

»Nun, gedämmert hat's«, antwortet Emil. »Und an seiner Mütze, der Jägermütze, da hab ich ihn sofort erkannt. Wissen S'.«

»Sie waren des Öfteren gemeinsam auf der Pirsch?«, fragt Andreas weiter.

»Freilich!« Emil grinst und verzieht das Gesicht zu einer fleischigen Fratze, die nun ganz und gar nicht mehr ordentlich aussieht. »Diese Leidenschaft hat uns über viele Jahre verbunden.«

Andreas nickt.

»Und da«, fährt Emil fort und fuchtelt mit einer kurzen Geste in der Luft herum, »da seh ich, dass ein Tuch neben ihm liegt, in einer Blutlache.«

»Und dann?«

»Nun, erst war ich kopflos. Aber dann«, sein Blick fährt für einen Moment hastig in der Luft umher, »dann hab ich gleich den Herrn Rosenstiel geholt.«

Andreas nickt erneut. »Und das Tuch?«

Emil sieht ihm in die Augen. »Das hab ich eingesteckt. Ich wusste ja, wem's gehört: der Leitnerin!«

Andreas nimmt einen weiteren Schluck von seinem Bier und legt sinnierend die Stirn in Falten.

»Gut«, sagt er. »Aber was macht Sie so sicher, dass sie den Bierbichl auf dem Gewissen hat?«

Da beugt sich Emil ein Stück weit nach vorne, dass die Federn auf seinem Hut nur so wippen, und wispert eindringlich: »Ich weiß, dass die beiden immer wieder mal gemeinsam wildern waren! Vor allem, seit ihr Mann, der Josef, tot ist.«

»Gut«, sagt Andreas, »aber was beweist das denn?«

Emil lacht laut und ein wenig hämisch auf. »Nun, das Weib hat allen Männern den Kopf verdreht. So auch dem Bierbichl. Ich bin sicher, sie hat ihn kurzerhand umgelegt, als er sie nimmer wollt.«

»Eine interessante These«, sagt Andreas. »Aber kann es sich nicht auch einfach um einen Unfall gehandelt haben? Vielleicht hat Theresa Leitner auch allein gejagt und Herrn Bierbichl irrtümlich für einen Hirsch gehalten?«

Emil winkt ab. »Das ist nicht möglich. Die Frau ist wie eine der Saligen. Sie weiß, was sie tut. Ihre Augen leuchten im Dunkeln!«, ruft er und blitzt Andreas mit grimmigem Blick an. Dann wendet er sich erneut seinem Bierkrug zu. Er scheint dermaßen überzeugt zu sein, dass er eine Art Wand errichtet zwischen dem Inspektor und sich, und Andreas ist es fast unmöglich, zu ihm zu gelangen.

So stellt er einige weitere belanglose Fragen, versucht, mehr über Emils Leben herauszufinden. Durch die Herstellung von Käselaiben hat sich dieser ein wenig Geld erwirtschaftet, woraufhin er den Wildspitzenschlag verlassen und einen größeren Hof im Tal erstehen konnte. Geehelicht hat er außerdem die Resi Birkenstock, eine stramme und wohlhabende Bäuerin, die zwar hässlich ist wie er – Andreas kennt sie vom regen Treiben auf dem Markte –, doch wohl in jeder Hinsicht eine gute Partie.

Andreas fährt also fort, Fragen zu stellen, Emil bleibt nun jedoch völlig unbeteiligt. Von sich selbst zu reden scheint er zu verweigern und bedient sich fortan bloß gängiger Redewendungen. So spricht man noch ein Weilchen über die erneute Ernte, die nächste große Jagd, die der Herr Graf geplant hat, und verabschiedet sich dann. Andreas ist ein wenig enttäuscht, denn das Verhör war alles andere als ergiebig, und im Hinterkopf hört er bereits Rosenstiel zetern.

Er will sich schon abwenden, da ruft Emil ihm plötzlich mit leicht angeheiterter Stimme nach: »Und halten Sie auch bei Nacht die Augen offen, Herr Inspektor!«

Andreas stutzt.

»Was soll das denn heißen?«, fragt er irritiert.

Emil zuckt mit den Schultern.

»Ich mein nur.«

»Sind ja bloß zwei Augen, das werd ich schon schaffen!«, entgegnet Andreas dann scherzhaft, nach einem Moment der Stille, und bemüht sich, kurz zu grinsen.

Emil aber erhebt mit einem Mal die Hand und winkt in der Luft herum. Fast drohend sieht es aus. Der schwarz verdunkelte

Blick verrät Hass, als er zischt: »Es gibt böse Mächte hier. Und wie gesagt, die Theres, die packlt mit den Saligen ...«

Nachts kann Andreas lange nicht schlafen. Eine Unruhe ist in ihm wie das Brausen eines Meeres. So dreht er sich von rechts nach links, immer wieder. Vergebens. Weggefegt sind alle anderen Gedanken, er kann nur noch über den Fall nachdenken. Es sind Flammen, die in seinem Bauch aufschlagen. Unwillkürlich setzt er sich auf, hebt das Haupt, spannt die Arme an. Der Atem stockt ihm. Irgendetwas an Emils Worten hat ihn unendlich beunruhigt, begreift er mit einem Mal. Andreas denkt nach.

Was ist die Wahrheit?, überlegt er. Wie all diese Erzählungen und Berichte zurückverwandeln in eine Realität?

Er möchte seine Gefühle in Worten zusammenfassen, doch es geht nicht. So legt er sich nachdenklich wieder hin. Schließlich fasst er einen Entschluss: Er muss unbedingt Anna, Theresas Schwester, vernehmen! Dieser Gedanke tröstet ihn ein wenig. Dennoch: Es dauert, bis der Schlaf kommt. Die Nacht ist laut.

15

Andreas

In den nächsten Tagen studiert Andreas Schmidt erneut die Akte über Theresa Leitner, bevor er zum Haus ihrer Schwester Anna Heimschmidt aufbricht. Ob er vielleicht irgendetwas übersehen hat? Ja, tatsächlich: Eine Heiratsurkunde fällt ihm in die Hände, und sofort recherchiert er. Schließlich findet er im Archiv einige Informationen über Theresas Mann, Josef. Inzwischen ist Josef gestorben, wie er weiteren Akten entnehmen kann.

»Kerkerhaft wegen Wilderei«, liest Andreas weiter und versucht sich an die Zeit zu erinnern, in der dies geschehen ist. Ja: Es war ein strenger Winter, in dem man den Mann eingesperrt hat.

Kein Wunder, dass dieser angesichts seiner siebenköpfigen Familie gesetzeswidrig einige Hirsche und andere Tiere erlegt hat, oder?, überlegt Andreas, während er kurz darauf zum Anwesen Anna Heimschmidts geht.

Zwar hat er selbst nie Hunger leiden müssen, doch seine geliebte Mutter, Gott hab sie selig, hat ihm oft von der Härte ihrer Kindheit in den Bergen berichtet, den Fetzen, die sie sich an die Füße hatte binden müssen im Winter, um die harte Arbeit am Hofe und im Stall zu verrichten.

Schließlich hat er den Hof erreicht. Grün umsäumt liegt das schlichte Gebäude da. Andreas pocht an das hölzerne Tor. Keine Reaktion. Er pocht erneut, lauscht in die Stille hinein. Nichts regt sich. Und nun? Andreas weiß nicht recht weiter. Wen könnte er denn noch zu dem Fall vernehmen? Doch ihm fällt niemand ein. Mit eingezogenen Schultern streift er zurück in sein Büro und denkt nach.

Auch nach Feierabend jedoch lässt der Fall ihm keine Ruhe. Es zieht ihn weit hinaus in die Berge. Der Atem kommt Welle um Welle, als er das Tal verlässt, und der Horizont, an dem es zu dämmern beginnt, erscheint ihm mit einem Male hart und schneidend wie eine Kante. Andreas spürt, was die Füße wollen. Sie hasten auf der Erde, gehen den Weg gleichsam mechanisch und allein ab. Ja, zum Wildspitzenschlag zieht es ihn erneut hin, und er weiß selbst nicht genau, wieso. Denn dass da oben keine Antwort zu erwarten ist, scheint klar.

Dennoch: Etwas ruft nach ihm, und so erklimmt er den Berg. Es wird dunkler und dunkler, die Gipfel gleiten vor seinem Blick zur Seite, wie er so geht. Mit einem Mal beginnt der Wind zu rauschen, und Andreas, der keine besonders gute Konstitution hat, gerät in Atemnot. Schließlich hat er eine kleine Lichtung erreicht und möchte schon auf sie zueilen, da hält er inne. Denn plötzlich scheint die Dunkelheit zu lärmen, und ein Knacken und Zischeln ertönt, so, als entzünde jemand ein Feuer. Andreas weicht ein Stück zurück, weicht ins Dickicht aus und schleicht sich zwischen den Bäumen näher an die Stelle heran, von der das Geräusch zu kommen scheint. Da beginnt es zu knistern, und das Wesen, dessen Gesicht im Feuerschein auflodert, dreht kurz sein Antlitz in seine Richtung. Er erkennt ein Gesicht, das seltsam zerstört und verwüstet aussieht, während die Lichter und Schatten des flackernden Scheins auf ihm wandern.

Die Leitnerin!, durchfährt es ihn wie der Blitz.

Und ja, tatsächlich: Mit halb gekrümmtem Leib steht die Theres da, vor einen Haufen Reisig geneigt, und beginnt ihren Körper in rhythmischen Bewegungen zu wiegen. Wie ein Ungeheuer erscheint sie ihm, eine Untote, aus den Wiesen oder den Bäumen gekrochen.

Plötzlich ist es schauerlich still. Kein Wind weht, kein Tier scheint sich zu rühren. Es wirkt, als würde die Welt sich in regloser Stille auflösen, und trügerisch und konturlos mutet sie mit einem Mal an. Da gibt es nur Theresa Leitner, die sich fremd und hin von sich mit nach oben verdrehten Augen wiegt, und das Prasseln des beginnenden Feuers. Bald schon erfasst es das Holz und nagt sich voran. Weite Flächen schweren und gelben Qualms sind zu sehen. Doch damit nicht genug, bricht das Weib nun beim Anblick der Flammen in ein Geschrei aus, das schrill durch den Wald hallt.

»Ihr Saligen!«, krächzt sie, und ihre Stimme klingt ganz anders, als Andreas sie in Erinnerung hat, fast scheint sie die eines Tieres zu sein, hat die Dringlichkeit des Röhrens eines Hirsches und des Heulens eines Wolfes. Schaudernd betrachtet er die Szenerie. Das Herz der Flamme arbeitet sich voran, und Theres erhebt sich, beginnt, hin und her zu springen in dem zittrigen Licht. Andreas lüpft die Blätter, um besser erkennen zu können. Meilenweit scheinen die Rauchwolken über die Wälder zu ziehen! Nun fängt Theres auch noch an zu knurren und sich aufzubäumen.

»Ihr! Ihr! Kommt und nehmt!«, ruft sie laut aus, kippt den Kopf nach hinten und richtet ihre verdrehten Augen gen Himmel. Da explodiert ein brennender Ast. Andreas schaudert, schreckt hoch. Für einen Moment peitschen ihm Zweige ins Gesicht, denn ein weiterer Ast hat sich gelöst und ist in seine Richtung geflogen, er zieht sich zurück. Ringsum nur Unterholz. Sollte er die Flucht ergreifen? Andreas schiebt sich am Boden entlang, will schon umkehren. Doch seine Neugier ist stärker.

Was nur treibt diese Frau hier?, fragt er sich, während er das Dickicht vor seinem Blick wieder ein Stück weit auseinanderschiebt. Theres indes ist geschäftig unterwegs. Sie huscht wie ein Schatten durch die Dunkelheit, kriecht am Boden, bäumt sich wieder auf, rast in Zuckungen über die Lichtung.

Einen Augenblick lang hallt der Wald noch von dem Geheul der Leitnerin, und dann ist es still. Mit einem Mal scheint die Luft schwarz zu sein, und das Schwarz dehnt sich aus. Theres bläht ihre Backen wie ein Ballon und beginnt mit wirrer Stimme zu brabbeln: »Ich dank euch für alles. Hier die Gaben des Holzes. Ihr Frauen. Seid mir weiterhin gut gesinnt!« Dann wirft sie sich auf den Boden und sieht mit einem Mal wie ein Brocken glänzender Kohlen aus. Sie pustet über das Feuer, und fedrige Asche breitet sich aus, wirbelt auf unter ihrem Hauch. Ein steter Strom heißer Luft weht Andreas entgegen, und er muss sich beherrschen, nicht zu husten. Dann, mit einem Mal, durchfährt ein schleierartiger Schein die Bäume, und Theres bricht in unwirklich klingendes Lachen aus, das eher an das Rauschen von Blättern oder Rascheln von Laub erinnert als an das Lachen eines Menschen. Andreas kann sehen, wie Theres wieder ihre Augen öffnet, doch nun scheint ihr Blick leer zu sein. Ja: Es ist, als habe sie keine Iris mehr! Andreas reibt sich die Lider.

Du träumst!, mahnt er sich zur Ruhe und bemüht sich, genauer hinzusehen.

Aber nein: Im Schein des Feuers blitzen sie, diese Augen ohne Inhalt, blitzen tatsächlich leer vor ihm auf. Nun fängt Theres an, sich wieder zu bewegen, so, als wolle sie das Wehen des Windes bezwingen, der jetzt über die Lichtung hereinbricht. Da spürt Andreas einen Schwindel, ein Ruck scheint den Erdboden zum Erbeben zu bringen, alles dreht sich. Er betrachtet die Theres, die sich da so vor ihm gebärdet. Ihre Glieder scheinen zu zittern und die Haut nur zusammengehalten zu sein von Knochen und Wildheit. In dem Moment beginnt das Feuer einen modrigen, unerträglich starken Gestank zu verströmen – und nun ist es dem Inspektor doch zu viel. Er nimmt Reißaus. Quer durch die Büsche rast er in Richtung Tal. Der Wald scheint undurchdringlich zu sein, schließlich aber verlässt er das Dickicht, kommt an eine weite Fläche, unterbrochen von Gestrüpp und hohen Bäumen.

Nun kann das Tal doch nicht mehr weit sein, oder?, denkt Andreas und will weiterhasten, doch da macht eine Windböe ihn straucheln. Schwach kommen ihm mit einem Mal seine Beine vor, und es scheint, als wäre er gefangen in der Blase eines seltsamen Alptraums. Das zittrige, helle, unwirkliche Gelächter der Wilderin gemischt mit dem Säuseln der Bäume begleitet ihn noch lange, bis er schließlich das traute Dorf erreicht hat. Endlich wagt er es: Er blickt sich schaudernd um. Wie ein Stück

Eingeweide scheint der Berg dazuliegen, eine fremde, gespenstische Welt, weit hinter ihm. Andreas versucht einen klaren Gedanken zu fassen. Er verlangsamt seinen Schritt, lauscht den Wellen seines Atems und merkt, wie seine Ruhe zurückkehrt. Mit einem Mal findet er sein Verhalten beinah ein wenig lächerlich.

»Es gibt keine Geister«, murmelt er wie zu sich selbst.

»Was haben Sie gesagt?«, tönt es da neben ihm.

Andreas zuckt zusammen und erblickt – Rosenstiel! Auch das noch, denkt er und wischt sich über die müden Augen.

»Guten Abend, Herr Kollege«, sagt er bemüht freundlich und betrachtet Rosenstiel, der wohl gerade aus einer der Kneipen gekommen sein muss.

Dieser indes grinst. »Sie sollten aufpassen«, meint er, »Sie reden schon mit sich selbst!«

Andreas nickt, schiebt sich verlegen seine Brille zurecht und wünscht Rosenstiel, der die rechte Weggabelung nimmt, rasch einen guten Abend.

Du bist lächerlich!, sagt sich Andreas, als er die Tür zu seiner Stube aufsperrt.

Doch die Verwirrung sitzt ihm immer noch in allen Gliedern.

»Es gibt keine Geister«, wiederholt er immer wieder, wie eine Art Rechtfertigung, bevor er zu Bett geht.

16

Früher. Theres

So verstreichen die Wochen nach Annas erster Niederkunft, und Georg, der doch eigentlich vom Heiraten gesprochen hatte, lässt sich mit einem Mal nicht mehr blicken am Sommerberg – doch damit nicht genug: Bald schon verliert Anna den Knaben, den sie auf die Welt gebracht hat. Ein großer Schmerz scheint fortan in der Schwester zu kauern. »Petrus«, so steht es noch auf dem Totenschein.

Nun hat die Diphtherie auch ihr Kind dahingerafft!, denkt die Theres, und sie weiß nicht, ob sie sich freuen oder eher leiden soll. Was bleibt, sind die alltäglichen Verrichtungen. Während Anna ergeben den Schmerz erträgt – wie Milch oder Wasser ist sie ja stets, kaum greifbar und gleichsam ein Schleier –, kippt ihr Blick nach innen in diesen Tagen.

Und siehe: Bald schon kommen Gerüchte vom Tal her zum Wildspitzenschlag hinauf. »Rübezahl« nennt man den Georg jetzt, und man munkelt im Dorfe über sein seltsames Auftreten. Ja: Er habe sich in ein kleines Häuschen zurückgezogen und lebe da wie ein Eremit! Mit langem Bart und ungewaschen! So tratschen die Weiber beim Wasserholen, beim Heuen und auf dem Markt, wie es ihr Alois schon bald mit ergrimmter Miene berichtet. Was sie darüber denken soll, weiß Theres nicht. Fremd und bizarr scheint ihr das Leben zu sein. So geschieht alles mechanisch, ein Jahr lang. Anna ist wie eine wandelnde Untote, und Theres kommt ihren Pflichten nach und spielt Zither, das ist alles.

Der Raum frisst die Zeit, wie Blöcke stehen die Wälder, und die Wochen und Monate wechseln einander ab und sind getaktet durch harte Arbeit wie eh. Immer wieder lassen Regen und Gewitter die Luft erzittern, in den Bäumen zischelt der Wind, zischelt das Leben, und Theres bemüht sich, zufrieden zu werden. Wenn Blitze am Himmel züngeln, so läuft sie manchmal wie irr in den Bergen umher, das Haar aufgelöst, nestelt mit ihrem Blick an der diesigen Sonne, die als graues Schleierband am Horizont hängt wie fremd.

»Helft mir!«, schreit Theres die wilden Weiber an.

Und noch einmal, in die rauschende Stille des Sturmes hinein: »Helft!«

Die Saligen aber: Sie schweigen. Leer steigen die Nebel durch die Bäume, und so streift sie, rastlos suchend, weiter.

»Helft!«

Immer wieder schmettert der Wind sie nieder, als wär sie ein Regentropfen.

Seufzend blickt Theres sich um. »Ihr Saligen!«, ruft sie erneut. »Sagt, was ihr von mir wollt!«

Und siehe: Eines Tages geschieht es. Da durchzuckt ein Blitz das Firmament, und mit einem Mal scheint es, als zeige sich ein bildschönes Antlitz, über und über von bleichem Haarschleier umhüllt, dessen Augen bösartig aufzucken. Ein Ruck durchfährt Theres, und für einen Moment kippt sie ein wenig kraftlos nach hinten. Beinahe wäre sie in den reißenden Wildbach gefallen, der aufgrund des Regens nur so überströmt. Erschüttert von dem schauerlichen Anblick, der nur einen Sekundenbruchteil gedauert hat, ergreift sie, gerade noch rechtzeitig, die Flucht. Denn nun scheint der Regen dem wütigen Himmel nicht mehr genug zu sein, nein, vielmehr toben und tosen jetzt auch noch Hagelwetter übers Firmament, knicken Baumwipfel ab und brechen Äste, die mit lautem Krachen an den schroffen Felskanten zum Bersten kommen.

Nur fort hier!, denkt die Theres.

Und sie rennt, rennt.

Für einen Moment jedoch ist es, als hocke ihr eine Stimme im Nacken, laut und dröhnend.

»Wir werden dir eine Hilfe schicken«, wummert es, eine Mischung aus Wispern und Schreien, unendlich laut, tönend wie das Erz einer Kirchenglocke und gleichzeitig behutsam wie das Säuseln des Windes. Ein Schauer durchläuft den Rücken der Theres, als sie nach Hause eilt.

»Heut kriegen wir Besuch!«, ruft die Mutter, als Theres mit nassem, aufgelöstem Haar die Stube betritt. Erstaunt betrachtet die Tochter sie.

»So?«

Die Mutter schmunzelt, und mit einem Mal begreift Theres, die gut ist im Wittern, ahnt, dass das nur eines bedeuten kann: Ein Mann muss sich angekündigt haben! Theres seufzt, weiß nicht recht, ob sie sich freuen oder traurig sein soll, doch es hilft nichts. Es gilt, das Leben zu akzeptieren, sagt sie sich und wendet sich ihrer Arbeit zu. Denn das Gras muss gewendet und dann in die Triste gegeben werden. Wie gewohnt erledigt die Theres also brav ihre Arbeit und wartet auf den Angekündigten.

Des Abends steigt ein wohliger Geruch nach Geselchtem herauf, der an pechige Scheite erinnert, und dann lässt ein Donner die Luft erzittern.

Da bitten die Eltern einen schon etwas reiferen Mann zu sich herein. Extra aus Mayrhofen ist er angereist, den Vater Alois zu besuchen. Theres betrachtet den Herrn und weiß nicht recht, was sie fühlen soll. Das Gesicht hat einen offenen und klaren Blick, der sie aus tiefblauen Augen heraus mustert. Sie betrachtet ihn aufmerksam. Und plötzlich erinnert sie sich: Ja, vor einigen Jahren hat dieser bereits über vierzigjährige Mann den Hof besucht, um dem Vater eine Kuh zu verkaufen. Und da fällt ihr auch wieder ein, dass der Hüne ihr damals recht sympathisch gewesen ist.

»Grüß dich, Josef«, sagt Theres und spürt, wie ein sanftes Lächeln ihre Lippen umspielt. Sie setzt sich, bemüht geschäftig, an den Tisch und beginnt, mit dem Strickzeug zu hantieren, doch die Wolle will ihr immer wieder entgleiten. Verlegen senkt Theres, die sonst so gar nicht beschämt ist, den Blick. Der Josef indes lacht.

»Das Stricken«, meint er, während er nach den langen, zerfledderten Strümpfen greift, »ist nix für eine Frau wie dich, Theres!«

Theres merkt, wie sich ihre Wangen röten, und zieht bemüht locker eine Augenbraue in die Höhe. »Ach nein?«, sagt sie.

Josef schüttelt lachend den Kopf, und ein Grübchen drückt sich dabei in seine linke Backe hinein.

Wie gewinnend er aussieht!, denkt Theres. Da regt sich plötzlich etwas in ihr, und sie wird schelmischer. Mit einem spitzbübischen Grinsen steckt sie ihre Finger durch die Löcher der Strümpfe und spielt ein wenig hin und her. Dem Josef scheint diese Geste zu gefallen. Mit einer zarten Bewegung streicht er ihr, kaum merklich, über die Kuppen. Seine Berührung ist nicht mehr als Wind, wie Theres findet, und sie schiebt die Nadel von sich.

»Wofür«, fragt sie dann ein wenig herausfordernd, »bin ich denn deiner Meinung nach gemacht?«

Er lächelt. »Fürs Tanzen in der Natur«, meint er und blickt sie mit Augen an, die leuchten wie die Sonne.

Theres lacht.

»Ach so?«, bohrt sie nach.

Er nickt, dass die rotblonden Locken ihm nur so in den kristallblauen Blick fallen.

»Oh ja!«, ruft er aus. »Denn du bist eine Fee! Ein Wesen wie die Naturgeister!«

Da merkt die Theres, wie eine Freude über sie kommt, das erste Mal seit Langem wieder, und in ihr breiten sich Wellen angenehmer Gefühle aus. Dieser Mann, begreift sie, hat sie erkannt. Mit einem Schlag hat Josef so ihr Herz erobert.

Was folgt, sind sanftere Tage, vielleicht auch, weil der Frühling ins Land zieht und mit rosigem Schein über den Wildspitzenschlag hereinbricht. In Theres ist etwas neu geworden, aufgesprungen wie eine Blüte, und sie hütet es als fremdes und großes Geheimnis. In diesen Tagen erscheint Georg wieder am Hofe. Mit lauten Schritten, seltsam hart aussehend, betritt er die Stube. Theres zuckt zusammen und merkt, wie Anna, die am Tisch sitzt und mit der Nadel an einem Schal hantiert, in sich zusammenfällt.

»Was willst?«, fragt Theres da barsch und stellt sich schützend vor ihre Schwester.

»Meine Frau will ich holen!«, ruft Georg und drängt Theres' Körper grob zur Seite.

Dann wendet er sich an die Schwester.

»Anna?«, sagt er fragend, und Theres kann erkennen, wie seine Unterlippe zittert.

Ihre Schwester aber, wie eh, ist ungreifbar und blass, eine Art durchlässiger Vorhang, mager und müde.

»Lass«, flüstert Anna da und betrachtet Georg eingehend.

Und Theres, die der Schwester nicht im Weg stehen möchte, weicht einen Schritt zurück.

Schon in den nächsten Tagen ist es beschlossene Sache: Georg wird Anna nun doch ehelichen und sie mit zu sich ins Tal nehmen. Theres merkt, wie sich eine Last von ihrem Herzen löst. Und plötzlich wird alles einfacher. Ja, die Vögel beginnen zu zwitschern, an den Bäumen springen die Knospen der Blüten auf, und eine seltsame Erregung durchfährt Theres' Leib, wieder und wieder. Mit einem Mal spürt sie, dass nun die Zeit ist, ein neues Leben zu beginnen, spürt, wie etwas in ihr aufkeimt.

Jetzt hast deinen Neuanfang!, sagt sie sich. War es nicht das, was du von den Saligen wolltest?

Doch damit nicht genug: Bald schon erscheint Josef wieder am Sommerberg, und diesmal ist es sicher: Er will, wie er sagt, Theresa Leitner ehelichen. Zwar brennt das Feuer der Leidenschaft in Theres diesmal anders, ist weniger stürmisch und bewegt als mit Georg, doch man muss im Leben nehmen, was einem geschenkt wird, weiß Theres. So bemüht sie sich, zufrieden zu sein mit dieser so anderen, viel sanfteren und bescheideneren Liebe. Und siehe: Bald schon beginnt sie, den scheuen Josef tief zu begehren. Ja: Nach und nach wird sie, ganz heimlich, seine Wilderin – und später die Mutter seiner Kinder. Das Wildern verbindet die beiden. Es ist eine Art Feuer, das lodert wie ihre Lust. Dem Sterben nahe sein. Gemeinsam töten, gemeinsam zeugen. Das, weiß Theres, schweißt sie zusammen.

17

Andreas

Da er weder Anna noch Georg Heimschmidt antrifft, klappert Andreas Schmidt alle möglichen anderen Personen ab, die Theresa Leitner besser gekannt haben muss. Ein wichtiger Mann auf seiner Liste – die ihm freilich, wie alles, Rosenstiel zugespielt hat – ist der Dorfpfarrer. Früh bricht Andreas also auf, streift die Landstraße des Dorfes entlang. Im Garten des Nachbarn rauschen die Bäume, der Pfad ins Zentrum ist von Brombeeren schwer, deren Hecken sich bis zur Landstraße hin entlangziehen, und er betrachtet das Häuschen von Anna und Georg, das, aus trockenem Lehm erbaut und mit Ziegelchen bedeckt, vor ihm auftaucht, für einen Moment recht nachdenklich.

Alles spricht von Armut bei den Heimschmidts, denkt er und empfindet Mitleid für die beiden, die er vom Sehen her kennt. So streift er weiter und bemerkt wieder einmal, wie vertraut ihm doch alles ist. Ja: Andreas kennt das Dorf wie seine Westentasche, die Häuser, die Gärten, dahinter die Weizenfelder. Alles wiegt sich in großer Heimeligkeit.

An sich ist die Gemeinde klein, verstreut sind die Gehöfte, gesprenkelt von Mulden und Marchen. Umrahmt von einem grünen Saum. Andreas weiß, wo sein Ziel ist, und er steuert geradlinig darauf zu, auch wenn er kein Mann ist, der besonders viel mit Gott am Hut hat. Als wäre sie ein Schiff, liegt die Kirche da, und auf der Ebene dahinter befindet sich ein Haus. Groß, gepflegt, wunderschön. Es ist das Haus des Pfarrers.

Zweifellos gehört dieser Mann zu den Reichen der Region!, denkt Andreas wieder einmal und betrachtet die Szenerie, während er sich nähert. Das Haus besitzt eine hohe Terrasse, und der Weg durch den Garten ist mit Linden bepflanzt. Die Treppe der Terrasse und die Säulen und Mauern, die sie stützen, sind in Terrakotta gehalten, Efeu schlingt sich an ihnen empor. Im Mauerwerk erkennt er vereinzelt Ritzen und Spalten, ausgebreitet hat die Natur sich als eine Art Teppich aus Farnen, Löwenmaul, Natterkopf, während die Zweige sich plustern, als wären sie Gefieder. So streift Andreas weiter und betrachtet die Weinhecken am Eingang, die sich in seinen Blick schieben.

Als er näher kommt, sieht er den Dorfpfarrer feist und klein und eine Pfeife rauchend im Schaukelstuhl sitzen und winkt ihm.

»Jemine, Polizei«, ruft der Pfarrer leicht spöttisch und lacht. Wie er in sich zusammengeschrumpft ist mit den Jahren, denkt Andreas. Und gleichzeitig scheint er in die Breite gewachsen zu sein – wohl ob des vielen Weins, den der Gottesmann so gern konsumiert.

»Setzen Sie sich«, sagt der Dorfpfarrer mit rauer Stimme, und Andreas nimmt in einem Schaukelstuhl neben ihm Platz und blickt in den Garten. Der Pfarrer bedeutet der Wirtschafterin, frische Milch zu bringen, die Andreas auch mit großem Appetit leert.

Der Pfarrer betrachtet ihn skeptisch.

»Mein liebes Schäfchen«, sagt er dann gespielt sanft, »sagen Sie, gibt's einen Grund, haben Sie etwas auf dem Herzen? Nicht oft erblicke ich Sie ja in der seligen Messe in diesen Tagen.«

Andreas versteht den Seitenhieb, bemüht sich jedoch, den alten Mann freundlich anzusehen. Dessen faltige Hände zittern ein wenig, während er erneut eine Ladung Tabak in die Pfeife schiebt, und Andreas starrt für einen Moment ins Leere.

»Es geht, wie Sie vielleicht erahnen können, um den mutmaßlichen Mord«, sagt er dann.

Der Pfarrer blickt scheinbar erstaunt auf.

»Aber Herr Inspektor«, meint er, »was soll ich denn damit zu tun haben?«

Andreas lächelt. »Nun, angeblich haben Sie sich doch des

Öfteren negativ über die Leitnerin geäußert – oder?« Er merkt, wie diese Information, die ihm Rosenstiel, ein regelmäßiger Kirchgänger, zugesteckt hat, den Pfarrer aufzucken macht. Er betrachtet Andreas mit großen, staunenden Augen. Dann greift er nach seiner Hand und drückt sie fest.

»Aber lieber Inspektor Schmidt«, sagt er dann, »Sie wollen mir doch nicht unterstellen, ich hätte etwas mit diesem Mord zu tun?«

»Aber nein!«, entgegnet Andreas, den heuchlerischen Tonfall des Gottesmannes imitierend. »Ich hörte nur, Sie hätten über sie gesagt, sie stünde mit den Saligen und anderen Dämonen in Kontakt.«

Lange schweigt der Pfarrer und nippt an seiner Pfeife. Andreas wartet – denn er hat Zeit, oder er nimmt sie sich, ohnehin würde ihn in seiner Kammer nur ein zeternder Rosenstiel erwarten – und sieht sich die Umgebung an, die sich vor ihm auftut. Im Hintergrund des Gartenzauns leuchtet bronzefarben der Wald. In den Steinspalten des Gemäuers haben sich Falken angesiedelt.

»Nun?«, fragt er nach einer Weile.

Der Dorfpfarrer pafft Rauch aus und schüttelt den Kopf.

»Was Sie mir unterstellen!«, sagt er dann erneut.

Wie eine weiche Masse kommt Andreas das Gesicht des Pfarrers vor. Als wäre es aus Teig. Üppig emporgeschossen ist das Haar auf seinem Kopf, und über seinen Lippen hängt ein wuchernder Bart.

Ein Bart, der an einen Wald erinnert, denkt Andreas.

»Nun, nicht ich, sondern mein Kollege Rosenstiel«, sagt er dann umständlich, beißt sich jedoch sofort auf die Lippe. Seinen Vorgesetzten bezichtigen sollte er freilich nicht! »Also, ich dachte …«, stammelt er.

»Ja?«

»Ich dachte, Sie wissen möglicherweise etwas über den Mord … Oder vielleicht hat Gott eine Antwort?«

Der Pfarrer schweigt.

»Was meinen Sie aber, auf welcher Seite Gott steht?«, bohrt Andreas mit Behutsamkeit weiter.

»Selig, wem ungerechterweise alles genommen wurde«, sagt er dann. »Ihm muss vor dem Gottesgericht nicht mehr bangen!«

Andreas seufzt. Sollte das eine Rätselaufgabe werden?

»Über wen reden Sie?«, fragt er, etwas eindringlicher.

Der Pfarrer jedoch weicht weiterhin aus. Das scheint er im Laufe seines langen Lebens als Gottesmann perfektioniert zu haben.

»Mir geht es nicht um mich selbst. Ich bin ein Mann und sehe das Naheliegende«, sagt er nur und verzieht das Gesicht zu einem faltigen, falschen Lächeln. »Die Leitnerin ... Sie hat schon ein gewinnendes Wesen, wie Sie finden, oder?«

Andreas ist wie vor den Kopf gestoßen. »Was ich finde, darum geht es jetzt nicht«, beeilt er sich dann zu sagen.

Der Pfarrer nickt lachend. »Doch, doch. Und ich muss Ihnen recht geben: Sie ist im Geist wachsam und offenen Auges. Aber im Herzen ist sie verschlossen.«

Andreas atmet tief ein und aus. »Sie meinen also, sie hat den Mord begangen?«, will er wissen.

»Das weiß allein der Herr«, meint der Dorfpfarrer jedoch nur mit fratzenartigem Lächeln und blickt dann seine Wirtschafterin an, die eben mit einem Topf aus dem Hause kommt. »Glauben Sie es denn?«, fragt er dann nach einem Moment der Stille.

Am liebsten würde Andreas gehen, doch er gibt sich Mühe, nicht unhöflich zu sein.

»Ich weiß nicht«, sagt er darum.

Der Pfarrer lächelt, dabei schiebt sich seine schwulstige Haut in Röllchen über das Gesicht. »Sehen Sie, mit dem Glauben ist es so: Man muss es nur wollen«, erklärt er und fuchtelt kurz mit der Hand, in der er immer noch die Pfeife hält, in der Luft herum.

»Meinen Sie?« Andreas beißt brav die Zähne zusammen.

»Ja!«

»Aber wie steht es denn mit dem Gerücht, dass sie einen ihrer Söhne auf dem Gewissen hat?«, will Andreas nun wissen.

Da aber schüttelt der Pfarrer vehement den Kopf.

»Oh nein, den kannte ich gut«, meint er, »ihn hatte eine Seuche erwischt. Ich hab ihn sogar noch einmal im Lateinunterricht gesehen, bevor er starb, ganz übersät war er mit roten Pusteln!« Er lacht bitter. »Die Leitnerin hat mir sogar unterstellt, ich hätte ihn vergiften wollen. Doch man kann's ihr nicht krummnehmen, es ist eben schlimm, ein Kind zu verlieren. Und die Leitnerin hat ja nicht bloß eines verloren, sondern drei.«

Andreas nickt. Also ist es nichts als üble Nachrede, denkt er. Aber einen Mord an ihrem Kind hätte er der Leitnerin auch nicht zugetraut.

Erneut nähert sich die Wirtschafterin, diesmal mit dem Besteck, das sie auf dem Holztisch aufschichtet.

»Essen Sie mit?«, fragt der Pfarrer, während er sich eine Serviette um den Kragen schlingt.

Andreas winkt ab. »Danke. Ich empfehle mich.«

So reicht er dem Dorfpfarrer, sich zusammenreißend, die Hand. Dann verlässt er den Pfarrgarten, streift weiter und überlegt dabei. Nichts als Fassade. Eines jedenfalls scheint klar zu sein: Der Pfarrer schätzt die Leitnerin nicht besonders. Aber dass er irgendjemanden gegen sie aufgehetzt hätte, das wäre doch zu heftig formuliert, oder?, denkt Andreas.

Er starrt auf den Boden, während er zu seinem Arbeitsplatz zurückschlendert. Die Natur ist ihm mit einem Mal unsympathisch.

Nichts als Gräser am Weg!, denkt er. Und: Wie umständlich diese Welt doch ist!

Ja: Die Gräser scheinen ihm in diesem Moment genauso im Weg zu sein wie die Menschen, sperrig und versperrt sind sie.

Als er schließlich das Revier erreicht, sein Zimmer betritt, fühlt er sich mit einem Male unwohl. Jetzt scheinen es nicht mehr die Gräser zu sein, sondern die Wände, die ihn behindern.

Ja: Es sind einfach zu viele Wände rings um mich!, denkt Andreas. Eine der härtesten Wände kommt ihm in dem Moment auch schon entgegen.

»Herr Kollege!«

Andreas möchte am liebsten kehrtmachen, nach Hause gehen und sich schlafen legen. Denn es ist natürlich Rosenstiel, der sich da mit zerfurchtem, eingefallenem Gesicht an ihn heranschiebt.

»Und, wie war das Treffen mit dem Dorfpfarrer?«, bellt er.

Natürlich, denkt Andreas, gleich muss er aufs Ganze gehen! Er beobachtet den hageren Mann und überlegt für einen Moment, ob dieser ihn vielleicht tatsächlich hasst.

»Nun«, sagt er dann ehrlich, »nichts Neues ...«

»Was erwartet man auch von den hohen Herren, oder?«, erwidert Rosenstiel. »Hauptsache, sie haben ihre Schäfchen im Trockenen, nicht?«

Rosenstiel scheint einen guten Tag zu haben, denkt Andreas. Und dieser Eindruck verstärkt sich noch, als sein Kollege ihn mit einem Grinsen anblickt. »Mäh!«, macht er.

Und Andreas – lacht.

Dann tritt man gemeinsam den Heimweg an. Andreas und Rosenstiel streifen an einem hölzernen Haus mit naturfarbenen Wänden vorbei. Solide gebaut ist es, das Haus eines Bauern.

Dass Emil Müller hier wohnt, erinnert sich Andreas mit einem Mal und betrachtet es genauer: Die Holzwände sind mit einfachen Schnitzereien versehen. Zierrat zwar, aber fest und solide. Er sieht durch den Zaun. Sogar einen Brunnen aus Eichenholz besitzt der Mann.

»Arm scheint der Emil Müller nicht zu sein«, überlegt er laut.

Rosenstiel nickt. »Nicht mehr. Jetzt nach der Heirat. Aber früher, da hat er offenbar oft gewildert!«

Erstaunt blickt Andreas auf.

»Tatsächlich? Also hätte er auch ein Motiv, die Leitnerin anzuschwärzen, oder?«

Rosenstiel aber winkt bloß ab. »Welches denn?«

»Rivalität!«, ruft Andreas aus.

Sein Kollege aber schüttelt nur entschieden den Kopf. »Suchen Sie doch noch die Akte über Emil heraus, damit wir mehr Klarheit über seinen Fall haben. Sie befindet sich im Archiv.«

Schmidt seufzt. Schon wieder Akten, denkt er. Wie wenn das etwas brächte! Aber er nickt nur.

18

Früher. Theres

In den nächsten Jahren bleibt das Leben hart, aber auch rege: Theres bringt drei Kinder zur Welt, und mit ihnen gehen neue Aufgaben und fröhlichere Zeiten einher. Ja: Klar wie eine stille Welle ist das Land nun, und es rauscht lustig durch die Blätter, als der Frühling kommt.

Theres liebt den Frühling, und den letzten Winter haben alle Kinder heil überstanden. Was gibt es also zu fürchten? Hurtig verrichtet sie ihre Arbeit, lacht mit den Augen die Waldvögelein aus, fühlt sich ihnen überlegen. Theres weiß, dass sie schön ist in diesem Moment – denn die Saligen waren in der harschen Jahreszeit auf ihrer Seite und würden es nun bleiben. Ja, Theresa Leitner weiß, dass ihr Blick eine stille, mächtige Welle ist. Der einer Hexe. Sie hat die Welt verzaubert, und das Leben scheint gnädig zu sein für einen Moment.

Die Luft schauert, und ein Bächlein springt unter ihren Füßen, als sie so einherschreitet. Doch als es Abend wird und sie ihren Mann am Tische vorfindet, müde und mit grauen Schläfen, wird ihr mit einem Male wieder ein wenig bang ums Herz.

Wie schön er doch geworden ist!, denkt Theres, obwohl er alt und ergraut ist, ich lieb ihn einfach mehr denn je, denn er ist mehr er selbst geworden! So viele Sommer sind im Gesicht meines Josef gefangen!, sagt sie sich wehmütig. Ja, Josef ist neben mir älter geworden.

Und insgeheim hofft sie, dass er, der doch um drei Jahrzehnte älter ist als sie, noch lange leben möge.

»Du solltest dir neue Schuh kaufen«, sagt sie.

Seufzend blickt er sie an. »Recht hast, Liebe«, meint er schwer atmend. »Es kommt ja auch bald der Winter.«

Theres nickt, während sie ihm einen Milchkrug zuschiebt. »Weißt was«, ruft sie dann, »ich verkauf die Gams! Wir haben ja Käse und Erdäpfel genug dieses Jahr!«

Ungläubig sieht Josef sie an – und in seinem hellen Blick scheint es dabei spielerisch zu plätschern wie in einem Gebirgsbach.

»Im Ernst?«, fragt er.

Theres nickt.

»Die ganze Gams?«, fragt er ungläubig. »Wie willst die denn loswerden?«

»Lass das nur meine Sorge sein«, meint Theres und lächelt spitzbübisch.

Und schon am nächsten Tag geschieht es. Bereits mit der Dämmerung bricht die Theres, einen riesigen Korb mit Käselaiben bei sich, auf und schlendert frohgemut ins Tal. Währenddessen verfolgt sie das Auf- und Abebben der Hügel, die am Horizont verschwinden. Je näher sie sich ans Dorf heranbegibt, desto mehr zerfließen die Felsen, und nach und nach sehen sie aus, als wären sie platt gewalzt unter dem weiten, brach daliegenden Himmel. Ja, sie hat wieder eine Gams erlegt – und sie ist stolz darauf. Denn damit würde sie ihrem geliebten Mann nun endlich etwas Gutes tun können.

Und schwierig ist es tatsächlich nicht gewesen, das Tier zu erlegen, denkt sie frohgemut. Nein: Inzwischen ist das Schießen für Theres sogar so einfach wie ein Bein stellen, dennoch ist sie nach jedem Mal, da sie ein Stück Wild erlegt, etwas verwirrt, fast wie ein junges Tier, das sich noch nicht ganz gut auskennt in der Welt. Aufgeregt ist sie auch jetzt, denn sie hat Großes vor – und so merkt sie, wie ihr das Herz bis in den Kopf hinein pocht. Mit zittrigen Händen presst sie den Korb mit den Käselaiben an sich.

Wie eingezwängt zwischen Wald und Moor kommt das Dorf ihr vor, als sie es erreicht, und kaum nähert sie sich der Hauptstraße, da kommt ihr aus dem diesigen Licht ein mageres Gesicht entgegen, das sie mit skeptischem Blick anstiert.

Dieser Mann muss der Dorfinspektor sein, begreift Theres da, als sie weitergeht. Rosenstiel heißt er, so hat ihr der Josef einmal erzählt. Vorsichtig betrachtet sie ihn. Seine Augen scheinen keinem Lebewesen zu gehören, wirken wie Stahl oder Eisen in dem ausgehärteten, gefurchten Gesicht. Sie lächelt ihn bemüht freundlich an.

»Guten Tag, Herr Inspektor«, sagt sie brav.

Dieser betrachtet sie skeptisch und will schon etwas sagen, doch da ergreift ein anderer das Wort. Ja, denn auch Hermann Haltersheim, der, wie jedermann weiß, wie viele Männer von jeher eine Schwäche für Theres hat, strebt auf das Dorf zu. Und noch ehe Rosenstiel etwas grummeln kann, bietet er sich charmant an, den Korb für Theres ins Dorf zu tragen.

»Das ist lieb«, lächelt sie.

Und sofort erhellt sich auch die Miene des Inspektors, der sie zunächst skeptisch betrachtet hat. Dass er sie wegen Wilderei am liebsten verhaften würde, ist Theres klar, doch durch den Revierjäger fühlt sie sich geschützt. Und zugegeben: Auch ist sie froh, den schweren Korb nun endlich los zu sein. Die starke Männerschulter hilft, und so schreiten die beiden zusammen einher, während der Inspektor in Richtung Kirche abbiegt.

»Die bringt doch gewildertes Fleisch zum Metzger!«, ruft Sepp, der Dorfidiot, aus, der gerade am Brunnen steht und sich das Gesicht wäscht.

Theres lacht jedoch nur, denn sie liebt ihn. »Wer glaubt schon so einem?«, sagt sie und zwinkert.

»Da haben Sie recht«, meint Haltersheim. »Ich wette ja, Sie hätten's nie geschafft, eine Gams zu erlegen, geschweige denn, sie ins Tal zu bringen.«

»Ach ja? Das werden wir ja sehen«, sagt Theres herausfordernd und bleibt abrupt stehen. Haltersheim indes hat kaum Zeit, sich zu wundern, denn schon hat man den Krämerladen erreicht.

»Das war aber anstrengend.« Er wischt sich etwas Schweiß

aus der Stirne. Ja: Heilfroh scheint der Waldschütz zu sein, dass er den Korb mit den schweren Laiben endlich losgeworden ist. Schwer atmend betritt er an Theres' Seite den Krämerladen.

»Dank dir«, sagt sie mit einem schelmischen Grinsen, während sich ihr das Haar schlangenartig im Nacken kringelt.

»Nix für ungut, Theres«, keucht Haltersheim.

Dann bestellt er einen Hüttenkäse. Anne Weberin, die an der Theke steht, tut sofort wie ihr geheißen und holt ein gutes Stück aus der Kammer.

»Hab Dank, Anne«, meint der Waldschütz, dessen Stirne immer noch ein wenig von Schweißperlen glänzt.

Die Frau nickt artig und wischt sich ihre Finger an der Schürze ab. Dann wendet sie sich an Theres. Die zieht nun das Tuch von ihrer Ware und platziert es sorgfältig vor der Weberin. Als sie die letzte Lage an Käselaiben herausgeschlichtet hat, da kommt es nun doch zum Vorschein, das große Geheimnis: Fleisch ist's. Ja: ein sorgsam in ein Tuch gewickelter Gamsbock, noch dazu ganz! Der Waldschütz, der neben der in dem Moment blühend schönen Theres steht, kann es kaum glauben. Handtellergroße Augen macht er und ringt nach Atem wie ein erstickender Karpfen.

»Gut, hast gewonnen«, seufzt Haltersheim, der ein wenig verliebt in Theres ist und sie deswegen nicht verhaften lassen will. Und dann, Theres zärtlich betrachtend, fügt er hinzu: »Ich verzichte auf die Beschlagnahme des Fleisches. Das Tragen war mir anstrengend genug.«

Da lacht sie, die Leitnerin, und es ist so gewinnend, dass auch er nicht aus und ein kann.

»Danke!«, jubelt die Theres. Und dann: »Ich hab ja gesagt, ich schaff das: eine Gams ins Tal bringen, ohne dass du sie siehst!«

Der Waldschütz stöhnt und wischt sich übers leicht tropfende Gesicht.

»Recht hast gehabt«, meint er. Und dann: »Gehen wir jetzt was trinken?«

»Weh mir, eine verheiratete Frau bin ich!«, herrscht Theres ihn da, immer noch ein wenig zärtlich, aber sehr bestimmt, an – und mit einem Ruck macht der wichtige Mann kehrt und verlässt fluchtartig den Ort seiner Niederlage.

19

Andreas

Am nächsten Tag beschließt Andreas Schmidt, eine Kutsche ins Archiv zu nehmen. Denn er ist müde und die Poststraße mit Regentropfen nur so besprengt. Es strömt herab wie verrückt. Er mag gar nicht recht aus dem Fenster sehen. So zieht er rasch die ledernen Vorhänge der Kutsche zu, will nichts von dem Unwetter sehen, bis er am Archiv ankommt und aussteigt. Andreas blickt sich um. Im Fenster des Archivs schimmert ein Licht auf, das bis hin zum Zaun reicht. Offenbar ist er nicht der Einzige, der in dieser düsteren Zeit zu recherchieren versucht. Tatsächlich, ein kleiner Mann mit Nickelbrille, wie er selbst eine hat, sitzt in den weiten Räumen, einen großen Ordner vor sich. Andreas nickt ihm freundlich zu und begibt sich dann auf die Suche nach den Unterlagen. Zunächst recherchiert er, was Emil Müller betrifft. Aber bis auf einen läppischen Zwischenfall in Sachen Wilderei, den man ihm nachsagte, aber nicht beweisen konnte, findet er nichts.

Es hilft nichts, ich muss noch einmal mit der Leitnerin reden, denkt er und hastet, so rasch es geht, aus dem Archiv. Winkt den Kutscher heran. Es dauert nicht lang, da setzt dieser ihn vor dem Hofe ab, der im Regen noch viel trostloser und kaputter erscheint. Theresa Leitner öffnet ihm, wie immer, mit diesem leeren und auf gewisse Art und Weise magischen Blick die Haustüre.

»Nanu, guter Freund«, sagt sie dann und zwinkert verschmitzt. »Sie wollen mir wohl meine Milch wegtrinken?«

Beschämt möchte Andreas etwas erwidern, doch sie bittet ihn herein und bedeutet ihm, Platz zu nehmen.

»Ich weiß … der Hunger …«, murmelt er und will die Milch zurückweisen, die sie ihm mit freundlichem, aber distanziertem Blick hinstellt.

Theres zieht eine Augenbraue in die Höhe.

»Was wissen Sie?«

Andreas zieht die Schultern ein, weicht unsicher aus.

»Nun … Sie haben so viele Kinder verloren, ich wollte Sie noch einmal zu Ihrem Sohn befragen …«

Mit einem Mal werden die Augen der Leitnerin eisig, scheinen in weite Ferne zu gleiten. Der Blick: Er stürzt ab, kippt ins Nichts.

»Die Kinder sind gestorben, und sie bleiben tot. Das ist wie eine zerstückelte Leiche, die man nicht mehr zusammensetzen kann. Was bringt es, davon zu reden? Trinken Sie Ihre Milch«, sagt sie, und ihre Züge verhärten sich für einen Augenblick. Dann geht sie ein paar Schritte zur Seite. Sie zündet das Öfchen an und schürt immer wieder nach. Die Flamme hechelt, erlischt.

Sie schichtet dann Holz auf Holz und legt ein paar dicke Scheite auf die Kohlen obenauf.

»Der Kohlennot wegen heize ich nur, wenn Gäste da sind«, sagte sie leise und kauert sich kurz vor das Feuer. Das ist Andreas peinlich.

»Danke«, sagt er.

Und dann fragt er noch einmal nach: »Aber das Tuch, war es Ihres?«

Sie schüttelt den Kopf.

»Ich hab doch schon gesagt: Mit dem Mord hab ich nichts zu tun. Was weiß ich von dem Tuch! Ich habe doch gesagt: Kann sein, dass es meines ist. Oder war. Was soll's?«

Da zieht Andreas das Tuch wie beim letzten Mal heraus und hält es der Leitnerin hin. Ihre Augen flackern, sie zuckt kurz zusammen. Dann beißt sie sich auf die Lippen.

»Ist es nun Ihres?«, fragt er.

Sie senkt den Blick.

»Es war …«, murmelt sie.

»War?«

»Nun …« Sie gerät kurz ins Stottern. »Ich habe es meiner Schwester schenken wollen, vor Jahren.«

Andreas blickt sie irritiert an.

»Tatsächlich?«, fragt er.

Sie nickt. »Ja. Und dann hat ihr Mann es mir im Streit entwendet«, sagt sie bitter. »Aber das ist Jahre her. Es muss jedoch meins sein«, sagt sie dann, als sie es ein wenig wendet. »Denn ich hab darin ein kleines Zeichen eingestickt – ein T.« Sie dreht das Tuch, und tatsächlich kann Andreas ein kreuzartiges winziges Emblem erkennen.

Da erhebt sich Theres mit einem Ruck und sagt: »Ich habe noch Arbeit im Stall, lieber Herr Inspektor.«

»Aber«, Andreas springt auf und bemüht sich, sie nicht zurückzudrängen, »wie ist die Beziehung zu Ihrer Schwester? Und zu deren Mann?«

Sie zuckt mit den Schultern.

»Wir sehen einander kaum noch. Sie lebt ja im Tal, und wir haben beide viel Arbeit.«

»Was war das für ein Streit?«, fragt Andreas eindringlich.

Theres betrachtet ihn.

»Ich weiß nicht. Zu lang her.« Sie blickt ins Leere.

Andreas greift nach ihrem Oberarm.

»Kann es sein, dass Ihre Schwester Ihnen schaden möchte?«, fragt er leise.

Kurz ist nur das Knacken des Feuers zu hören. Dann lacht Theres laut auf.

»Nicht mehr, als das Leben selbst einem schaden will. Und jetzt muss ich wirklich in den Stall. Die Toten sollen die Toten begraben!«

Doch kaum will Andreas aufstehen – da steht auch schon eine hagere Gestalt an der Türe und stolpert mit verdrehtem Schritt herein.

»Sepp!«, ruft Theres lachend aus.

Es ist der Knabe, bei dem es sich um den allen bekannten Dorfidioten handelt, der angeblich in einem Verschlag nahe der Berggipfel-Alm haust und ein verlottertes Leben in Wahnsinn und Einsamkeit führt.

Doch damit nicht genug: Er trägt ein Gewehr in der Hand! Andreas schaudert. Aus den Augenwinkeln kann er erkennen, wie das Gesicht der Leitnerin mit einem Male in sich zusammenfällt.

»Sepp …«, sagt sie.

Der aber lacht nur, stürzt auf Theres zu und umhalst sie etwas zu stürmisch.

Sie schiebt ihn von sich. »Das tut man nicht!«, sagt sie. »Das ist Josefs Gewehr. Wie konntest du es wagen, es aus meiner Kammer zu entfernen?«

Sepp schüttelt den Kopf. »Tiere. Schießen!«, sagt er.

Theres nimmt ihm die Waffe ab und sieht ihn ein wenig ratlos an.

»Nun«, meint sie zu Andreas, »ich weiß, was Sie denken. Ich hab nichts zu verbergen. Ich wildere. Hab ich doch immer schon gesagt. Und es ist auch mein gutes Recht. Soll ich sterben?«

Mit einem Mal ist es still zwischen den beiden. Andreas senkt beschämt die Augen, weiß nicht recht, was er ihr entgegnen soll.

In dem Moment ist es, als käme der Himmel ihnen zu Hilfe. Denn nun zieht ein Gewitter auf – so schnell kann Andreas gar nicht schauen, da beginnt es zu grummeln und grollen. Es regnet. So als würde die Erde selbst Blitze schleudern. Überall Donner, Rauch, schwarzer Nebel. »So lass ich Sie nicht gehen«, meint die Theres lächelnd und holt einen weiteren Becher Milch. Andreas bleibt sitzen, wippt ein wenig im Lehnstuhl hin und her und nippt an seiner Milch.

Seltsam, denkt er, so wohl habe ich mich lange nicht mehr gefühlt. Und das bei einer mutmaßlichen Mörderin.

So vergeht die Zeit. Erst nach und nach weicht die rauchschwarze Finsternis, die Nacht wird dichter, und der Himmel verschmilzt mit der Erde. Andreas sieht Theres an, und sie scheint sich zu verändern, genau wie das Wetter. Mit einem Mal sieht sie aus wie eine alte Frau. Dann wieder hat sie Ähnlichkeit mit einem Federchen, das wie ein Hauch durch die Luft fliegt.

Einen Moment später jedoch wieder wirkt sie stark und hart. Andreas weiß nicht, was er von der Leitnerin halten soll.

Wie seltsam wir Menschen sind, denkt er und weiß selbst nicht, was ihn nicht loslässt an dieser Frau.

Plötzlich fühlt er sich sehr müde. Schließlich schickt er sich an, den Heimweg anzutreten.

Doch auch in seiner guten Stube findet er in dieser Nacht keine Ruhe.

Er will schlafen, aber die Zeit hat ihr Gleichmaß verloren. Diese geschaffene Welt, diese Dörfer, sie sind kein Bestandteil der Natur!, begreift er da. Ja: Wie komisch kommt ihm mit einem Mal sein Heim im Vergleich mit dem verwilderten Wildspitzenschlag vor.

Aber was ist schon Natur?, sinniert er weiter und lacht sich selbst aus. Ja, sie scheint natürlich, wie das Wort schon sagt – doch alles andere nicht.

Dann überlegt Andreas, wie er Rosenstiel erklären soll, dass Theres das Tuch angeblich bei ihrer Schwester Anna gelassen habe. Er sieht schon dessen gerunzelte Brauen und das unwirsch aussehende Gesicht und merkt, dass ihm komisch wird.

Mit einem Mal ist ihm ganz schwül in diesem Zimmer, mit allen seinen Ängsten, die da so herumzuliegen scheinen. Dieser Rosenstiel, immer schimpft er an den anderen herum, während er sich selbst schonend und gut behandelt. Wie eigenartig das doch ist. Die eigenen Schwächen scheinen manche Menschen einfach nicht zu sehen.

Lang noch ist er schlaflos, von Gedanken gepeinigt. So grübelt er nach über nichts und wieder nichts und ist dabei seiner selbst überdrüssig. Je später es wird, desto träger fließen seine Gedanken, reißen dann jäh ab. Müde guckt der Nachthimmel zum Fenster hinein, nur Andreas kann wieder einmal nicht schlafen, bis die Hähne krähen.

20

Früher. Theres

Der Verkauf der Gams hat sein Übriges getan, und Theres ist guter Dinge.

So zieht ein weiterer Frühling ins Land, und er bringt nur Gutes. Nach der Geburt des nächsten Sohnes fühlt die Theres sich mit einem Male wieder wie von Zauberflügeln umweht, ist Schmetterling und leicht.

Wie lieb ich doch die Kinder hab!, denkt sie. Endlich entriegelt sich ihr Herz. Denn es ist warm, und draußen scheint die Sonne. Die Theres liegt im Bett, den kleinen Knaben schlafend neben sich. Sie sieht nach draußen.

Irgendwie gehört doch alles zusammen, das Helle ist in das Dunkle verliebt, der Tod in das Leben. Es muss wohl so sein, oder?, sagt sie sich.

Und sie schöpft neuen Mut.

Das Zimmer ist hell, beinahe wunschlos für einen Moment, riecht nach Frühling. Es ist, als würde das Gewölk des Himmels hereindringen.

Einmal darf auch alles leicht sein, oder?, sagt sich die Theres.

Ja: Zum Glück hat sie die Kinder durch den letzten Winter gebracht, und sie werden nach und nach größer. Da rasseln sie auch schon heran. Ihre Haare fliegen, rot sind die Wangen, ohne Atem sind die Kinder.

»Mama, wir haben dir was mitgebracht!«, ruft Hansl lachend und reicht der Mutter einen großen, geschliffenen Stein. Die Augen der Theres beginnen zu leuchten.

»Oh, danke!«, sagt sie freudig.

»Im Fluss war er, als wir von der Schule hinaufkamen!«, meint Karl, fast atemlos vor Stolz, und die Theres lächelt.

»Tatsächlich?«, sagt sie.

»Ja!«, ereifert sich nun auch Tochter Rosie. »Und weißt, wie schön der Fluss singt?«

Theres betrachtet sie und spürt, wie sie zart wird unter dem hellen Augenaufschlag ihrer Tochter. Dass sie die Natur doch liebt, denkt Theres da, auch wenn es wieder Winter werden würde. Oder? Sie möchte schon etwas sagen, doch die Kinder haben ein riesiges Sprechbedürfnis, plaudern, plappern. Mit einem Mal – wie so oft, wenn die Kleinen von der Schule heimkehren – wird Theres mit Satztrümmern beworfen, und sie liebt es.

»Jetzt ist es aber Zeit zu kochen«, meint sie dann und erhebt sich von ihrem Bett, auf dem sie einen kurzen Schlaf gehalten hat, denn noch ist sie müde von der Niederkunft. So beginnt sie mit dem Zubereiten der Mahlzeit.

Doch das Plappern der Kinder nimmt kein Ende, und Theres bemüht sich. Ja: Sie hört so genau zu, dass die Erdäpfelsuppe am Herd übergeht. Doch schnell hat sie sich gefasst.

»Angebrannt ist die Suppe«, sagt sie, als sie den Topf auf den Tisch stellt und lacht.

»Schmeckt trotzdem gut!«, ruft Rosie laut.

Kein Wunder, weiß man doch, was es heißt, wenn der Hunger ein Igel ist im Magen, oder?, denkt Theres.

Sie sieht sich um und ist für einen Moment zufrieden. Alle sind sie da, und sie liebt es, wenn sie durcheinanderschreien.

Doch bald schon zieht eine neue Sorge in den Wildspitzenschlag ein: Denn auch wenn man den Winter überlebt hat und das neue Kind sich einer kräftigen Konstitution erfreut, so schlägt das Leben bald wieder zu. Im Sommer bricht eine große Dürre über das Land herein.

»Wenn es bloß Wasser gäb«, seufzt Theres Josef da abends immer wieder zu, und er nickt. Denn trocken ist dieser August, ja, sogar die Gämse haben sich verkrochen. Und wie Theres es befürchtet hat, so fällt die Kartoffelernte dieses Jahr besonders mager aus.

»Es hilft nix«, sagt sie, als der kleine Michl eines Nachts

nicht schlafen will und in der Wiege greint und schreit bis zum Sonnenaufgang, zu Josef.

Und dieser fixiert sie mit seinem kristallblauen Blick und nickt. »Ja, es hilft nix.«

Und so ist's beschlossene Sache: Man würde den Wildspitzenschlag wohl wieder durch Wilderei unsicher machen müssen. Diesmal jedoch mit den anderen Jägern. Denn eine Gruppe von Leuten, die an Hunger leidet, hat beschlossen, sich zusammenzurotten: Auch Emil ist unter ihnen, Theres' großer Widersacher, dazu Wagner, Greiner, Reimbrandt und der Bierbichler aus dem Nachbardorf. Alle warten im Torbogen, der sich über dem Greinerhof aufklappt wie ein Regenbogen, und die Federn auf ihren Hütchen wippen fröhlich. Sogar Uniformen tragen sie, fällt es der Theres da auf. Was für ein riskantes Wagnis, gilt es doch, unentdeckt zu bleiben! Als Theres Emil sieht, wird ihr für einen Moment ein wenig bang, doch sie beißt die Zähne zusammen, denn sie weiß: Sie tut es für die Kinder.

»Wildbrut«, sagt der Greiner mit seinem aufgedunsenen Gesicht, Theres grinsend betrachtend, »du bist auch dabei?«

Theres will ihn schon, temperamentvoll, wie sie ist, anfauchen, doch Josef mahnt sie mit einer zarten Geste zur Ruhe.

»Und, hast wenigstens die Saligen mitgebracht?«, höhnt Emil, und seine Schweinsnase scheint der Theres mit einem Mal noch abstoßender geworden zu sein mit den Jahren. Doch sie bemüht sich, denn es gilt, an einem Strang zu ziehen. Sie alle plagt der Hunger, den die Dürre hervorgerufen hat, und ausgehöhlt sind ihre Wangen von der Trockenheit der Region.

Dennoch: Auch diese Jagd wird, wie immer, wenn Männer sich horten, zu einer Art Konkurrenzkampf. Man begibt sich auf die Pirsch, umzingelt das Tier, und doch geht es stets darum: Wer sieht die größte Gams, wer schafft es, sich ihr als Erstes zu nähern, wessen Kugel trifft?

Ehrgeizig, wie die Theres ist, denn sie hat stets das Bild ihrer sterbenden Tochter vor Augen, Diphtherie, der Begriff hat sich in ihre Seele gesaugt, ja, ehrgeizig, wie die Theres ist, legt sie sich auf die Lauer im Schauer des Dunkels – und sie ist, vielleicht ob der Hilfe der Saligen und Feenwesen des Waldes, wieder die Erste, die die Gams wittert. Eines der letzten in dieser Region noch lebenden Tiere ihrer Art muss sie sein, ein abgemagertes, dürres Tier mit struppigem Fell, doch das ist egal. Theres' Blick hat sich an den Mondschein gewöhnt, sie weiß sich lautlos zu bewegen, zückt das Gewehr, blickt über den Lauf, der Finger krümmt sich um den Abzug – Peng!

Ein Schrei ertönt.

»Teufelsweib!«, schrillt Emil da, und Theres – sie lacht.

Die Gams, sie hat sie tatsächlich erlegt! Josef stimmt in ihr Lachen mit ein, und gemeinsam ist es viel leichter, das tote Tier zu transportieren. So schreitet man frohgemut zum Greinerhof und verstaut das Wild im Stall, um es am nächsten Morgen auszuweiden. Jetzt aber wird erst einmal gefeiert: Alle scharen sie sich um einen Tisch, und der Greiner karrt einen großen Krug mit Bier heran. Schon schieben sich Münder über Gläser, und Gegröle ertönt.

Das Gerede beim Saufen nachher zerstückt die Stille der Nacht.

»Sieg! Sieg!«, lallt Greiner und klopft dem Bierbichl freundschaftlich auf die Schulter.

So wird es immer später, und die Blicke der Männer werden immer glasiger. Der Theres gefällt es nicht, doch es gehört eben dazu. Sie versucht, sich an Josef zu halten, der ihr wie ein schützender großer Mantel vorkommt, jetzt, da er seinen Arm um sie gelegt hat, während sie da sitzen und ihren Sieg über die Natur feiern.

»Eine Teufelsbrut, dein Weib!«, sagt der Bierbichl anerkennend und lacht Theres zu.

»Eine Salige, so sagt man«, meint diese nur spöttisch und halb scherzhaft, doch aus den Augenwinkeln kann sie erkennen, wie Emil bei dem Wort für einen Moment schreckhaft zusammenzuckt.

»Welche Laus ist denn dir über die Leber gelaufen, Emil, du trinkst ja gar nix!«, ruft der Greiner da und streift sich seine strohblonden Locken hinter die Ohren. »Na, komm schon! Denk dran, wie gut die Gams schmecken wird!«

Über Emils Gesicht schiebt sich für einen Moment ein verzerrtes Grinsen, das fast mehr an einen Schrei erinnert als an einen freundlichen Ausdruck. Doch das ist alles. So wird es spät und später.

Die Männer necken sich und werden grob, keiner weiß, wann wer das Spiel ernst nimmt, und der Alkohol trägt sein Übriges dazu bei. Nur Josef, Theres' lieber und stiller Josef, bleibt sanft und leise. Schließlich ist der Krug geleert. Doch keiner will heimgehen: Denn jetzt kocht der Greiner zur Feier der Nacht eine Eierspeise, die er brüderlich mit den anderen teilt. Dann singen sie alle ein Lied, das nur noch aus Fetzen besteht, weil sie lallen und selbst nicht recht weiterwissen.

Die Theres kennt es noch aus den Zeiten, als sie mit Alois auf die Pirsch ging, und mit einem Male wird ihr traurig und weh ums Herz. Ärmlich kommen ihr jetzt diese Männer vor. Sie sind unter die Rechtecke ihrer Hüte gezwungen, und aufgedunsen und schwammig labbert ihre Haut. Wie sie sich an das Leben klammern und an ihren Sieg – dabei würde der Tod sie ja doch alle kriegen.

Nichtsdestotrotz tönt es jetzt fröhlich durch den Greinerhof:

»Auf, auf zum fröhlichen Jagen,
Auf in die grüne Heid!
Es fängt schon an zu tagen,
Es ist die schönste Zeit.
Die Vögel in den Wäldern
Sind schon vom Schlaf erwacht
Und haben auf den Feldern
Das Morgenlied vollbracht.«

Und ja: Morgenlied, das ist das Stichwort. Denn schon dringen durch die Fenster die ersten Sonnenstrahlen herein, und Josef und Theres beschließen, aufzubrechen.

Eigentlich solltest du jetzt beruhigt sein, denkt die Theres, doch alles scheint unruhig, als sie an Josefs Seite zurück zum heimatlichen Hofe wandert. Beunruhigt betrachtet sie die Landschaft. Es ist, als würde die Moosschicht über dem Weiher diesen ersticken. Sie sieht hinab ins Tal, während sie neben ihrem Mann einherschreitet. Wie Pünktchen gehen nach und nach die Lichter in den Häusern an.

Zumindest kein Hungern, sagt sich die Theres da und bemüht sich, offen und glücklich zu bleiben, denn: Wenigstens hast jetzt das Wild, oder? Und mit einem Mal greift sie sich an den Bauch, und ein helles, glückliches Gefühl erfasst sie. Ich bin schwanger!, denkt Theres mit einem Mal – und sie behält recht.

21

Früher. Theres

Und so passiert es: Die Wilderin bringt wieder einen Sohn zur Welt, den sie Tom nennt. Doch das Glück weilt nicht lange; trügerisch freundlich ist der Tag, an dem es geschieht. Ein lauer Wind weht das Laub von den Bäumen, und der Herbst berührt sanft die Landschaft.

Ja: Beinahe fromm und still fühlt sich die Theres in diesen Tagen. Oft sitzt sie einfach nur an der Wiege, in der ihr Sohn, der kleine Tom, in seligem Schlummer liegt, und betrachtet das Antlitz des kleinen Kindes.

Und für einige Momente scheint alles gut zu sein. Auch die anderen Kinder wachsen und gedeihen trotz der ärmlichen und spärlichen Ernährung – kaum mehr als Erdäpfel und hin und wieder ein wenig Mus kommen auf den Tisch. Nur dann und wann kehrt Josef mit einem erlegten Hirsch heim, von dem sie dann über Monate zehren.

Summend hockt Theres so im Schatten des Baumes und betrachtet ihren kleinen Sohn, der wie ein Engelchen zwischen den Kissen daliegt, das Gesicht in seligem Schlummer.

Wie nah Kinder den Engeln sind – wenn es diese gibt! Theres merkt, dass ein sanftes Lächeln wie von selbst ihre Lippen zu umspielen beginnt. Dann mahnt sie sich, erinnert sich, dass sie ja Arbeit zu tun hat. So erhebt sie sich, während der leichte Herbstwind ihr den Rocksaum aufbauscht, und streift in Richtung Stadl, denn es gilt, einige der Heuballen in die Tenne zu schaffen. In dem Moment fällt ihr auf, dass sie den Riegel beim Schweinestall nicht richtig vorgeschoben hat.

Wie kopflos!, scheltet Theres sich selbst, während sie sich dem Verschlag nähert. Kaum hat sie den Schweinestall erreicht, da ist sie erschüttert: Denn ihre Nachlässigkeit ist bestraft worden. Kein einziges der prallen rosigen Tiere von dem satten Wurf ist mehr im Stall zu finden. Da wird es Theres mit einem Mal heiß, sie spürt, wie ihre Stirn glüht, sofort läuft sie weiter zum Hühnerstall – und schon von Weitem kann sie die Ferkel erkennen. Sie toben sich grunzend im Rasen aus und sprenkeln ihn wie bewegte, riesengroße Blumen. Und so schnell kann sie gar nicht schauen, da saust eines der Tiere auch schon auf die Wiege zu!

»Tom!«, entfährt es der Theres, und sie gerät in Panik. Zu Recht – denn das übermütige Tier rammt die Liegestatt ihres kleinen Sohnes, diese gerät ins Wanken und kippt um. Theres eilt auf das Kind zu, das wie verrückt zu greinen beginnt und zwischen den Jungschweinen liegt, die ihrerseits selbst recht erschrocken wirken. Theres fasst nach Tom, doch da geschieht es: Eines der Tiere rennt auf sie zu, blind vor Verwirrung, und stößt seine Schnauze gegen ihre Schenkel. Theres gerät ins Straucheln, kippt leicht vornüber – und lässt in ihrem Wanken den kleinen Tom fallen.

Die Muttersau, die indes ihren Ferkeln gefolgt ist, scheint mit einem Mal irritiert von dem runzeligen kleinen Bündel, das da am Boden liegt und vor dem ihre Kinder Reißaus nehmen. Mit einem Satz weicht sie zurück, stürmt dann jedoch in ihrer Panik auf den Säugling los, reckt ihr Maul – und beißt zu.

Plötzlich reißt der Schrei des Kindes ab. Nichts als Stille. Von Blut getränkt ist der Boden. Theres möchte etwas tun, sich auf das Tier stürzen, doch sie ist wie gelähmt. Erst als sie sich gefasst hat, stürzt sie sich mit einem markerschütternden Schrei auf das Schwein, doch es ist zu spät. Theres sinkt schon in sich zusammen.

Den restlichen Hergang erzählt man ihr erst später.

Was folgt, ist Lähmung. Theres ist nicht fähig, sich um die einfachsten Handgriffe zu kümmern, geschweige denn nach dem Priester zu senden. Und: Zuvor müssen ja noch die Schweine eingefangen werden, oder? Josef ist es, der alles in die Hand nimmt. Er bestellt Hochwürden für den Totenschein, die

Formalien. Theres betrachtet alles, die Welt, wie hinter Glas. Sie hat sich selbst vom Leben ausgeklammert. Nur kurz, als Josef erscheint, sie in eine Umarmung würgt, lässt sie ihren Tränen freien Lauf.

»Es tut mir so leid!«, wispert er in ihr dichtes Haar. Wieder kann sie nichts als nicken. Nirgendwo ist Trost in diesen Tagen, auch nicht in den Armen des Josef.

Der Tod, denkt Theres da wieder, namenlos ist er.

Es dauert nicht lang, da findet die Beisetzung statt. Den Ostfriedhof hat Josef dafür gewinnen können. Doch Theres, diese einstmals so blühende Wildblume, hat aufgehört zu blühen. Sie bleibt im Bett liegen, unfähig, dem Begräbnis beizuwohnen. Wie gelähmt ist der Körper, gelähmt wie die Zunge, die Sprache, ja sogar den Hunger spürt Theres nicht mehr.

»Kindstod« ist das, was sie später einmal im Totenbuch lesen wird, unten, im Dorf. Das ist alles. Ein Menschenleben, eine Liebe, abgegolten in einem einfachen, abgehackten Wort: »Kindstod«.

Danach kommen hohes Fieber und die Unfähigkeit, zu schlucken. Als würde das Leben nicht mehr an ihrem Gaumen vorbeikommen, um in den Magen zu dringen, denkt Theres.

»Dein Körper lässt ja gar nicht mehr vom Bett los!«, meint Josef immer wieder, während die Wochen verstreichen.

Und Theres nickt. Ja: Sie kann nichts anderes tun als nicken in diesen Tagen. Dass sie diesen Schmerz annehmen muss, begreift sie, immer wieder, schockartig, jäh. Und es ist eine Erkenntnis, die sie schaudern macht. Was bleibt, sind die anderen Kinder: die drei Knaben und die süße Rosie, weiterhin ziehen sie mit ihren perlenden Stimmchen durchs Haus, helfen dem Vater brav am Hofe, stützen die Mutter. Es dauert nicht lang, da fragt keiner mehr. Tom, wer war das? Es scheint, als habe man das Sterben des Säuglings vergessen. Längst sind sie wieder eingesperrt, die Schweine. Sie wachsen brav grunzend heran und werden bald eine Menge Fleisch liefern. Welch eine Freude, oder?

Nur Theres kann sich nicht freuen. Oft streift sie in der nächsten Zeit in den Wald, allein, trägt stumm ihren Schmerz aus. Einzig die Bäume sind ihre Zeugen, sie rauschen und trauern mit ihr. Der Gesang des letzten Vogels scheint tot zu sein.

22

Andreas

Andreas Schmidt ist rastlos. Er klopft erneut bei Anna, doch wieder wird ihm nicht geöffnet. Er kramt in den Akten, kann sie bereits auswendig. Dann beschließt er, sich noch einmal die Leiche anzusehen. Doch an dem eingefallenen Gesicht ist nichts Auffälliges. Andreas verbringt ein wenig Zeit mit dem toten Körper, zeichnet ein paar Skizzen der Schusswunde. Sie weist die normale Größe auf, das Blut ist in den Lodenmantel gesickert, nichts Ungewöhnliches. Aber: eben direkt am Herzen. Der, der ihn verwundet hat, muss ein guter Schütze gewesen sein, überlegt Andreas – und ob man das der Leitnerin zutrauen könne. Er findet wie immer keine klare Antwort.

Nachdenklich streift er durch das Dorf, ohne Anfang und Ende scheint ihm die Region des Berggipfels, fast so, als sei sie eine Art Labyrinth. Als lägen Welten in Welten hier versteckt.

»Ihr Saligen, gibt es euch?«, fragt er hin und wieder leise.

Doch die Bäume tun nur das eine: Sie rauschen. So setzt Andreas seine Streifgänge fort. Dabei ähnelt er, wie es ihm nach und nach auffällt, mehr und mehr der Wilderin – bloß, dass er keine Tiere erlegt, sondern nach Antworten jagt. Er findet einen neuen Weg, geht ihn entlang.

Bei Tag trägt der Wildspitzenschlag ein gänzlich anderes Gesicht als bei Nacht, denkt er zum wiederholten Male. Ja: Alles scheint flirrend und flimmernd vor Leben! Nun hat Andreas eine weite Wiese erreicht, und plötzlich wird er müde. Er legt sich hin und blickt die Lichtung hinauf. Ein paar Schmetterlinge umflattern ihn, bunte Vögel, helles Gezirpe und das Rauschen seines eigenen Blutes sind zu hören. Sonst nichts.

Hier in der Natur kann man doch gut überlegen, oder?, denkt Andreas.

Und ihm fällt ein altes Lied aus seiner Kindheit ein, das die Mutter ihm stets vorgesungen hat, während sie ihn wiegte:

Der Mond ist aufgegangen,
Die gold'nen Sternlein prangen
Am Himmel hell und klar.
Der Wald steht schwarz und schweiget
Und aus den Wiesen steiget
Der weiße Nebel wunderbar.

So beginnt auch Andreas zu singen. Dann aber muss er sich selbst auslachen. Er singt ein Lied über die Nacht, dabei ist er doch vom helllichten Tage umgeben!

Du wirst immer sonderlicher, sagt er sich.

Da fährt auch schon ein ruckartiger Wind durch die Bäume, und ihm scheint es, als ziehe ein grausiges Rauschen durch die scheinbar so friedliche Atmosphäre. Ja, plötzlich fühlt er sich von fremden Augen angestiert und bewacht.

Diese Region ist doch nicht ganz geheuer, denkt er.

Er, der immer skeptisch gegenüber magischen Wesen war, denkt nun mit einem Mal, dass vielleicht doch etwas dran ist an all diesen Erzählungen der wilden untoten Weiber, die diese hohen Gebirgsregionen bewohnen sollen. Ja: die Saligen.

Ein wenig so wie die Theres stellt er sich diese Frauen vor, mit weißem, schlangenartigem Haar, das sie wie ein Vorhang zu umgeben scheint oder wie ein Schatten. Lange sitzt er so da, summend, sinnierend, und er fällt von einem Moment in den anderen, bis der Tag sich dem Ende neigt. Schließlich steht er auf.

Andreas merkt, wie er langsam Bauchweh bekommt. Denn die Gerichtsverhandlung rückt näher, und noch hat keines der Verhöre wirklich neue Ergebnisse gebracht.

Es ist Abend, als die Hitze sich legt und einzelne Sterne zu schimmern beginnen. Ein süßer Duft nimmt die Umgebung in Besitz.

So kann es nicht weitergehen!, sagt sich Andreas und beschließt, Anna Leitner, Theres' Schwester, wieder aufsuchen, um zu berichten, was die Leitnerin ihm erzählt hat. Vielleicht würde er heute Erfolg haben.

Andreas schultert erneut seine Tasche, in der er das wichtige Indiz seit Tagen verstaut hat, rückt den Hut auf sein Haupt und lüpft den Lodenmantel zurecht. Es dauert nicht lang, da hat er den Hof der vormaligen Leitnerin, die jetzt mit Georg Heimschmidt verheiratet ist, erreicht.

Ein breiter Zaun umschließt das Grundstück. Er kann einen Hühnerstall dahinter erkennen, weiters ein Gemüsegärtchen mit Zwiebeln, Kohl und Kartoffeln. Auch Obstbäume rauschen leicht im Wind, Apfel, Kirsche, genau wie einige Haselnusssträucher. Auf einer langen Stange aufgehängt, baumelt eine Vogelscheuche mit breiten Armen, ja, fast sieht sie so aus, als würde sie den Himmel umarmen wollen. Eine Hausfrauenhaube hat man ihr aufgesetzt, was er überaus lustig findet.

Eines der Bauernhäuser eben, die so verstreut zwischen all den Straßen liegen, denkt Andreas. Er räuspert sich und klopft an. Stille.

»Hallo?«, fragt er einige Sekunden später in die Stille hinein. Doch was ihm entgegenkommt, ist nichts als Schweigen.

Seltsam, so spät können die Heimschmidts doch nicht ausgegangen sein?, überlegt er.

Als er den Heimweg antritt, sieht er mit einem Male eine seltsame Gestalt als Halbschatten umhertorkeln.

Das muss Georg Heimschmidt sein, begreift Andreas da. Und dass es wohl stimmt, was die Leute im Dorfe munkeln: Dieser ist offenbar dem Alkohol nicht abgeneigt.

Andreas überlegt schon, ob er den kleinen, feisten Schatten, der da so dahinstolpert, aufhalten soll, entschließt sich aber doch dagegen. Die lange Wanderung hat ihn müde gemacht.

Morgen ist auch noch ein Tag, sagt er sich und streift mit müdem Blick nach Hause. Doch es dauert, bis er Schlaf findet. Ja, es dauert lang.

23

Früher. Theres

Das Wild rettet Theres wieder einmal und sorgt für ein herrliches Mahl – und es schweißt sie und ihren Gatten noch mehr zusammen. So geht die Zeit weiter. Erneut wird es Sommer. Bäume und Blumen blühen wieder, die Gämse springen hin und wieder trotz der Trockenheit, und ein Vogel singt aus laubiger Höhe.

Ja, denkt Theres, das Leben hört einfach nicht auf!

Sie verbringt viel Zeit auf der Alm, geht dem Josef zur Hand. Das Heuen, das Füttern der Kühe, das Melken, alles braucht Zeit, Liebe und Sorgfalt. So treibt Theres die Kühe auf die Weide und beobachtet sie, wie sie so gemächlich umherschreiten, schnauben, ein paar Fliegen verjagen und es zufrieden sind. Dann füttert sie die eine oder andere mit Heu oder klopft ihr auf die warmen Flanken, verscheucht ein paar Fliegen und bemüht sich, ihnen gut zuzureden.

Doch alles geschieht immer noch wie mechanisch. Kaum ist die Arbeit verrichtet, legt Theres sich wie krank ins Gras, hängt ihren Träumen nach. Mit dumpfem Blick sieht sie sich um. Die Rose kommt ihr blass vor und die Natur so, als wär sie ihr eigenes Grab. Öde graue Erde, denkt sie und lacht den Sonnenschein aus.

»Komm«, sagt ihr Mann Josef da, der eben das Holzhacken beendet hat und auf die Weide gestreift ist.

Seufzend steht Theres auf.

»Ich weiß, du magst nicht leben. Aber trauere mit mir, dass unsere Tränen zusammen fließen«, sagt er zärtlich.

Theres nickt. Mit einem Mal macht der Vogelgesang sie weich, und sie beginnt zu weinen.

Das ist wie ein Leichengesang, denkt sie. Aus dem Gesang

dringt nur ein Wort. Es lautet Tom. Theres möchte sterben.
Und dennoch: Alles geht weiter!

Josef indes öffnet die Arme, will sie an sich pressen an diesem
heißen Vormittag. Sie steht auf und möchte sich bewegen, kann
jedoch für einen Moment nicht weiter vor Schmerz. Starr steht
sie da, starr wie ein Baumstamm. Das zernagte Herz. Es jagt
ruhelos und verzweifelt in ihrer Brust.

»Verzeih, ich glaube, ich muss allein sein«, sagt sie dann und
wendet sich ab.

Josef nickt. Er hat Verständnis. Ja: Immer hat dieser Mann
mit den kristallklaren blauen Augen Verständnis für sie, sie weiß
selbst nicht, wieso. So wandert die Theres, und sie sucht irgendetwas und weiß selbst nicht, was. Ganz still sind die Bäume und
sie, während sie durchs Dickicht streift.

»Töte!«, tönt da mit einem Mal ein Ruf in ihr.

»Töte! Hol dir zurück, was das Leben dir genommen hat!«
Und siehe: Als würden die Saligen durch ihren abgemagerten
Leib fahren, so saust die Theres hinab zum Hof, und wie von
fremder Macht geleitet holt sie das Gewehr aus dem Schrank.
Dann begibt sie sich ins Dickicht. Lautlos, getrieben, streift
sie umher. Bahnt sich einen Weg durchs Gehölz. Schließlich
kommt sie an die altbekannte Lichtung und biegt links ab. Theres schleicht weiter, geduckt, nahe am Boden.

Nur keinen Vogel aus seinem Nest aus Reisig aufscheuchen!,
denkt sie.

So pirscht sie durchs Baumgewirr. Aus den Augenwinkeln
kann sie die grauen Pilze erkennen, die aus dem Boden wuchern.
Da entdeckt sie eine heiße Spur: Kot. Grün. Theres tastet mit den
Fingern danach und spürt: Er ist noch warm! Und schon wenige
Minuten später sieht sie sein Gehörn im Dickicht schimmern.
Der Rest ist schnell erledigt: Theres richtet den Gewehrlauf aus,
krümmt ihren Finger auf dem Abzug. Der Hirsch ist sofort tot.

»Du bist mir ja eine!«, sagt Josef mit leuchtenden Augen, als
Theres, den felligen Leib im Gepäck, nach Hause zurückkehrt.
Man kann ihm ansehen, dass er sich freut, seine trauernde Frau

wohlauf zu wissen. Und siehe: Da beginnen Theres' Augen auch schon wieder zu leuchten.

»Hirsche!«, wispert sie, um die Kinder bei ihrem Mittagsschlafe nicht zu wecken, die eben aus der Schule heimgekehrt sind. »Hirsche. Überall.«

Und Josef, der ahnt, wie er seine Theres wieder zum Leben erwecken kann, meint sofort: »Lass uns noch einmal aufbrechen. Das Jagen scheint dir gutzutun.«

Da muss die Theres mit einem Mal lachen. Sie schüttelt ihren Kopf, das Schlangenhaar kräuselt sich nur so im Nacken, als sie nach Josefs starker Hand greift und laut ausruft: »Abgemacht!«

So brechen die beiden gemeinsam in das Dickicht des Waldes auf.

»Es gilt also, die Richtung beizubehalten, die du vorher eingeschlagen hast, oder?«, meint Josef.

Theres stimmt ihm zu, und sie streifen an der Lichtung vorbei und finden bald schon die kotbefleckte Stelle wieder. Theres duckt sich, bewegt sich langsamer, sieht, wie Josef kurz müde wird – eine Blässe huscht für einen Moment über seine Züge –, doch sie gehen weiter. Einzelne Sträucher hecken sich über den Weg, und da erblicken sie im Boden auch schon die Spur des Wildes.

»Ein Hirsch muss es sein, den Hufen nach zu urteilen«, weiß Theres Bescheid. Die Verheißung von Fleisch lässt Theres kaum los. Erregt holt sie Atem. Sie spürt, wie ihr Herz pocht, wie es sirrt an den Schläfen. So pirscht sie sich, gefolgt von Josef, näher an das Tier heran. Nun zücken beide ihr Gewehr. Ein Schuss ertönt.

Nur gestreift!, flucht Theres innerlich, denn sie kann aus den Augenwinkeln erkennen, wie der Hirsch durch das Unterholz wegstürzt. Doch zum Glück hat sie Josef an ihrer Seite. Dieser schießt nun auch. Und mit einem röhrenden Ächzen sinkt der König der Waldtiere nun vor ihnen nieder.

»Getroffen!«, jubelt Theres und fällt ihrem Mann in die Arme. »Wir sind ein wunderbares Gespann«, fügt sie, in sein helles, schütter werdendes Haar wispernd, hinzu. Er umarmt sie, schiebt sie dann von sich und beobachtet sie mit leicht schimmerndem Blick.

»Ich weiß schon, warum ich dich geheiratet hab!«, sagt Josef, und seine Augen blitzen.

Theres lächelt ihn an, wie er so schwer atmend da steht, über und über mit Schweiß bedeckt und das Gesicht von brauner Erde verdreckt.

»Wie gut ist's, nicht allein zu sein«, murmelt sie, wieder ernster werdend.

Doch Josef hat sie nicht verstanden. »Was?«, fragt er.

»Ach, egal!«

Gemeinsam verlassen sie den Wildwechsel und finden einen Pfad, der zum Hofe zu führen scheint. Tatsächlich: Nach und nach lichtet sich auch das Gestrüpp, die Baumgruppen werden heller und heller, und dahinter liegt der weite Himmel.

Bald schon haben sie den trauten Wildspitzenschlag erreicht, und das Erste, was die Theres hören kann, sind helle, klingende Stimmen.

»Mama! Mama! Wo wart ihr?«

Hansl ist es, der ihr da mit aufgelöstem Haar und barfuß entgegenläuft. Sie birgt sein nasses Gesicht an ihrem Rockzipfel und bemüht sich, ihn zu trösten. Der kleine Karli trottet mit eingezogenen Schultern und angstvollem Gesicht hinter ihm her.

»Wir haben euch was mitgebracht, mein Kleiner!«, wispert sie behutsam in die weichen Haarsträhnen hinein und atmet den Duft von warmer Milch ein, den Hansls helle Haut ausströmt. Doch dieser will davon gar nichts wissen.

»Ich bin aufgewacht – und da wart ihr plötzlich weg!«, ruft er.

Theres merkt, wie sich ihr bei diesen Worten das Herz zusammenzieht. Einfach weg – ja, sie weiß genau, wie der Knabe sich jetzt fühlen muss! So schlingt sie ihre Arme noch fester um ihn und flüstert tröstend: »Dafür gibt's heute Fleisch!«

»Das Fleisch ist mir egal, wenn du nur da bist!«, heult jedoch der Hansl verzweifelt in ihren Busen hinein, und sie streichelt, streichelt ihn. Aber die Theres weiß: Es dauert, bis so ein Schmerz weicht.

Dennoch: Bald schon sitzt die ganze Familie beim Abendessen, einen warmen Braten zu genießen. Satt und glücklich begeben sich die Kinder dann ins Bett, denn der nächste Schultag ruft, morgen muss wieder um vier Uhr aufgestanden werden, dass sie rechtzeitig das Tal erreichen.

»Manchmal komm ich mir vor, als würd ich gejagt werden und nicht jagen«, sagt Theres, als sie sich abends neben Josef ins Bett legt.

»Ja«, lacht er, »die Saligen sind hinter dir her. Sie wollen dich für sich haben!«

Theres winkt ab. »So fühlt man sich eben im Wald. Da ist nichts.«

Doch insgeheim weiß sie, dass ihr Mann recht hat. Dieser aber scheint es mit Humor zu nehmen. Er zieht Theres, die seit Langem wieder einmal glücklich aussieht, an sich heran und ruft laut aus: »Da könnt ihr euch noch so bemühen, ihr untoten Weiber! Ich geb meine Theres nicht her!«

24

Andreas

Da er Anna nicht antreffen kann – seltsam verlassen wie die Tage zuvor liegt der Hof heute da –, bleibt Andreas Schmidt nichts anderes übrig: Immer wieder sucht er Theres auf. Ist es die Sehnsucht nach seiner Mutter? Er selbst weiß nicht, was ihn an dieser Frau so berührt. Aber dennoch – es zieht ihn zu ihr hin. Und so wird er mit der Zeit ein gern gesehener Gast oben am Hofe.

Bald schon erfährt er über Theresa Leitner, dass sie die Natur zu lieben scheint. Was folgt, sind hin und wieder gemeinsame lange Spaziergänge. So auch heute. Andreas und Theres steigen gemeinsam auf den Berg und beobachten nachdenklich die Region.

Wie bewegt doch die Welt ist!, denkt Andreas.

Und mit einem Mal wundert er sich, dass er diese Schönheit in den letzten Jahren kaum gesehen hat. Ja: Alles um ihn herum scheint gesund, sprudelnd und voller Fülle zu sein! Munter entspringt eine Quelle, hie und da wandeln ein paar Rehe. Auch das Geweih eines Hirsches kann er durch die Zweige hindurchschimmern sehen.

Die schroffen Felswände sehen aus wie alte, zerfurchte Gesichter, denkt er und muss schmunzeln. Sie erinnern an das Gesicht der Theres, das so grob und hager da vor ihm liegt.

Sie scheint seine Gedanken lesen zu können.

»Das Leben macht unser Antlitz aufgezehrt wie Felsen!«, meint sie.

Andreas nickt, und wieder fürchtet er sich ein wenig vor dieser faszinierenden Frau.

»Der Tod steckt uns alle in die Tasche«, sagt sie da, einen Vogel betrachtend, der aus dem Nest gefallen ist.

»Ja«, sagt Andreas. »Aber dennoch: Die Welt ist schön!«

Theres lächelt, und es sieht ein wenig traurig aus.

»Wie grün und glänzend die Bäume sind«, fährt Andreas fort. »Wie gemalt.«

Theres nickt.

»Und: Man muss nur an das glauben, was gut ist, und es oft betrachten!«, fährt er fort, da ihm der Kummer, der sich immer wieder in Theres' Antlitz spiegelt, traurig auffällt.

»Ja«, sagt Theres, nicht ohne einen Anflug von Wehmut, der sich über ihre Züge legt. »Das macht wohl als Einziges gesund!«

Sie lächelt, und ihre Zähne schimmern wie Perlen.

Seltsam, dass eine Bäuerin solche Zähne hat!, denkt Andreas. Er seufzt und betrachtet die Leitnerin, die da so neben ihm liegt mit ihrem hochgesteckten Haar.

Die Sonne dringt immer wieder durch die Blätter zu ihnen, und die Lichtstrahlen und Schatten wandern in hellen und dunklen Flecken über Theres' Gesicht. Andreas ist wie gebannt. Viel heller sind ihre Augen als alles, was er jemals gesehen hat, und der Mund trotz hohen Alters voll und schwellend. Dann aber ist es wie so oft, als durchwehe eine fremde Kraft den Körper der Frau. Mit einem Mal scheint sie kaum mehr gehen oder stehen zu können, gebeugt sieht ihr Körper aus, sie zieht die Stirn in Falten, die sich tief eingraben. In dem Moment gibt das Flackern der Sonne ihrem Antlitz eine Blässe, die ihm wehtut.

»Alles in Ordnung?«, fragt Andreas, und sie nickt nur.

Doch er kann diesem Nicken nicht glauben. Undurchdringlicher kommt sie ihm vor, nichts als ein milchiger Schatten, der mit einem Mal vor ihm zurückweicht. Das Licht betont die zarten Linien ihrer Brauen. Dann wieder wird in unendlich schnellem Wechselspiel die Unterlippe hart, bildet eine scharfe Kontur.

»Haben Sie eigentlich Freunde?«, entfährt es Andreas da.

Abrupt hält die Leitnerin inne.

»Was soll denn diese Frage?«, meint sie, und mit einem Mal sehen ihre Zähne scharf aus.

Wie die Augen funkeln!, denkt Andreas, und ihn schaudert. Rasch winkt er ab. »Ich mein ja nur ... So ganz allein da oben ...«

Theres lacht, und es klingt ein bisschen hämisch. »Ich habe meine Kinder«, sagt sie dann.

Er beobachtet sie eingehend. Sie scheint sich vor nichts zu fürchten, vor nichts Angst zu haben, diese Theres, oder?

»Ja, aber sonst?«, beharrt er.

»Sie wollen mich zu Anna und dem Tuch ausfragen, hab ich recht?«, meint die Leitnerin da, und es klingt ein bisschen bissig.

»Wie stehen Sie zu Ihrer Schwester?«, fragt Andreas aus ehrlichem Interesse nach.

Da wird Theres' Stimme noch schneidender. »Ist das nun doch ein Verhör, Herr Inspektor?«, fragt sie höhnisch.

Rasch beeilt sich Andreas, ein lautes »Nein!« zu rufen.

Und wieder wandeln sich die Züge in dem undurchschaubaren Gesicht der Frau, und sie entgegnet: »Gut, wenn Sie es wissen wollen: Ich habe ja nichts zu verbergen ...«

Für einen Moment sieht sie Andreas eindringlich an und holt tief Luft.

»Der Dorfdepp«, sagt sie dann mit lauter Stimme und scharfem Blick, während der Wind ihr durch ihr Haar fährt, »das ist mein Freund!«

Andreas kommt fast ins Straucheln und weiß für einen Moment nicht, ob er lachen oder weinen soll.

»Ist das Ihr Ernst?«, will er wissen.

Theres nickt.

Da kann Andreas mit einem Mal nicht mehr an sich halten und beginnt laut und wie verrückt zu lachen.

»Ja, heißt es nicht: Selig sind die Verrückten?«, meint er dann.

»Kommen nicht ausgerechnet Sie mir mit der Bibel!«, entgegnet die Leitnerin und lacht mit.

Grinsend betrachten die beiden einander für einen Moment.

Sie hat Humor!, denkt Andreas, während er die Theres so ansieht. Ja: Allem zum Trotz hat sie Humor!

Dann wird er wieder ernst, denn es fällt ihm auf, dass er mit der Leitnerin nie über seine Skepsis gegenüber der Kirche gesprochen hat.

»Woher wissen Sie, dass ich meine Zweifel an der Kirche habe?«, will er wissen, doch Theres zieht nur schelmisch eine Augenbraue in die Höhe, gleicht für einen Moment eher einem Kobold als einer Saligen und meint: »Es gibt Dinge, die weiß ich eben.«

Andreas betrachtet sie, erneut staunend. Wie wandelbar diese Frau doch ist! Manchmal kommt es ihm vor, als wanderten Hunderte unterschiedliche Gesichter durch ihr Antlitz, als steckten viele Leben in dieser hochgewachsenen, ihm so vertraut und gleichzeitig fremdartig erscheinenden Theres.

Schweigend sieht er sie an. »Denken Sie, dass er Ihnen … vielleicht helfen kann, dieser Sepp?«, fragt er.

Abrupt wendet Theres sich ab und meint: »Es wird dunkler. Wir sollten den Heimweg antreten.«

Andreas aber bleibt hartnäckig. »Haben Sie denn meine Frage nicht gehört?«, meint er, während er, kugelig und ungeschickt, wie er ist, der hageren Frau den Waldweg entlangfolgt.

»Selbst wenn«, entgegnet Theres, die immer alles hört, »wer sollte einem Idioten glauben?«

Andreas seufzt. »Da haben Sie freilich recht.«

Dann überlegt er, hinter der Theres herhechelnd, für einen kurzen Augenblick. Nein: So ganz will er die Hoffnung nicht aufgeben.

»Denken Sie, wir könnten ihn einmal gemeinsam treffen?«, fragt er, gerät ein wenig ins Wanken und Hinken und schnappt nach Luft.

»Was soll das bringen?«, sagt Theres indes, forsch einherschreitend. »Ich bin unschuldig, das muss reichen.«

Andreas seufzt und folgt ihr, nun entmutigt, hinunter zum Hof, der düster wie eh in der beginnenden Dämmerung daliegt.

»Ich empfehle mich«, sagt er rasch, denn er hat Angst, Theres lästig geworden zu sein. Diese jedoch nickt lächelnd.

»Ja, auf bald!«

Andreas hebt die Hand zum Gruße und will sich schon umdrehen, doch da kommt noch ein letzter Satz aus ihrem Mund, unverhofft.

»Vielleicht werden Sie einmal mein Freund sein, wenn alles vorbei ist.« Theres lächelt schief.

Da spürt Andreas, wie ihm das Herz warm wird, und so geht er mit nicht mehr ganz so angestrengtem Schritt heimwärts.

Inzwischen wird es Nacht. Bloß ab und an gleitet noch für einen Moment ein Lichtstrahl über die Schindeldächer der Dorfhäuser, an denen er entlangstreift. Andreas kneift die Augen zusammen, angestrengt, denkt nach. Flüchtig funkelt ein Mond am Firmament, der sich immer wieder zwischen Wolken versteckt.

Andreas seufzt und zieht die Luft tief ein und aus. Wie doch das Schieferdach seines Häuschens glitzert! Als wär es aus Wasser. Er lauscht in die Stille der Natur, so als würde er auf eine Antwort warten. Kein Laut dringt mehr herauf von der Straße. So sperrt Andreas die Türe auf, hört, wie sie ins Schloss fällt. Dann geht er ins Bett, ohne sich umzublicken. Doch mit einem Mal sind die Gedanken wieder sehr laut, und Andreas will nicht im Dunkeln liegen. So entfacht er eine Kerze.

Und da ist ein Wort. Es hämmert in seinem Kopf, immer wieder.

Sepp!, denkt Andreas, und es dauert lange, bis er in einen unruhigen, verschwitzten Schlaf fällt. Sepp! Und: Ich muss ihn zur Rede stellen!

25

Früher. Theres

Trotz der Freude, die ihr Mann und die Kinder ihr bereiten, bleiben die Sommer hart. Dürre sucht immer wieder das Land heim, und sämtliches Getier verödet. Am Morgen sitzen in diesen Monaten überall Fliegen auf toten Kadavern von Gämsen, schimmernd und grün, unzählige von ihnen.

So verstreichen die Jahre, und sie sind voller Verluste. Theres muss immer wieder Menschen loslassen. Denn nun verliert sie auch noch ihren geliebten Sohn Rudi, der von einer unbekannten Seuche hinweggerafft wird; Theres ist außer sich, gibt einem Hemd die Schuld, das der Pfarrer ihrem Sohn geschenkt hat. Doch auch diese Beschuldigung bringt ihr den Sohn nicht zurück, denkt sie traurig.

Die Theres wird älter und das Leben immer härter. Doch sie hat von seinen Schlägen gelernt, nach und nach. Ja: Nie wieder wird sie sich und ihre Liebsten schwächen, das schwört sie sich jetzt. Und sie geht immer unerbittlicher vor gegen die Natur, indes sie doch versucht, sie sich nicht zum Feind zu machen, sondern sich auf ihre Seite zu schlagen – denn was hilft's, man muss sich mit den Mächtigen arrangieren, oder?

Immer dreister wird Theres. Inzwischen schießt sie Gämse von ihrem Fensterbalken aus. Dazu hat sie eine neue Strategie entwickelt: Leicht ist es, Saatgut auf dem Felde zu verstreuen in der Hoffnung, es möge die hungrigen Tiere anlocken. Und es geschieht tatsächlich. Bald schon hüpfen die Wesen herbei, sie riechen die Samen, die sie in alle Windrichtungen verstreut hat.

Einmal, als ein Winter dem Hansl eine schwere Halsentzündung bereitet, beschließt sie, aufs Amt zu gehen. Es hilft nichts: Es gilt, jeden Pfennig herauszuschlagen, weiß Theres.

So richtet sie sich ihr Haar, frisiert es und steckt es zu einer Art Turm hoch, dass das schlangenartige Aussehen ihrer Locken niemanden erschrecken oder an die Saligen erinnern möge. Und siehe: Mit strammen Schritten schreitet die Theres einher, in ein großes Gebäude, Stufen hinauf. So hohe Wände hat sie kaum je gesehen.

Wie reich manche doch sind!, denkt sie und kommt aus dem Staunen nicht mehr heraus. Dabei ist sich die Theres dessen bewusst, dass das ja nur ein einfaches Dorfamt ist. Wie da erst die Residenz des Grafen aussehen muss, dem der Wald gehört und all die Gämse!, sagt sich die Theres da und möchte sich vor Neid fast auf die Zunge beißen. Dennoch reckt sie das Haupt in die Luft. Ja: Es gilt, ihre Kinder zu schützen und das Recht auf Geld einzufordern. Eine Weile hockt Theres unter einem Luster auf einer Bank, sie hat eine Nummer bekommen. Schließlich lässt man sie ein.

Wohlgenährt und ein wenig dumpf sieht der glatzköpfige Mann aus, der da an dem Tisch vor ihr hockt und sie mit einem erstaunten Blick bittet, Platz zu nehmen. Kaum je hat sich eine Frau in sein Gebäude getraut. Theres nennt bemüht artig ihren Namen, und schon schlagen die Finger eine Akte auf, und der Mann beginnt, die Daten der hochgewachsenen Bäuerin zu studieren.

»Sie wünschen?«, sagt er.

Theres zieht eine Augenbraue in die Höhe und hofft, alle guten und bösen Geister der Berge mögen ihr nun die Schultern stützen. »Die Tiere«, erklärt sie dem Herrn, »sie haben mir das Ackerland verwüstet!«

Der Mann sieht sie für einen Moment fragend an und lacht dann auf. »Und?«, entgegnet er, und sein Ton hat etwas von einem, der mit einem kleinen Kind spricht.

»Daher«, meint die Theres und holt tief Luft, dass sie förmlich spürt, wie ihre Schlüsselbeine hervortreten, »möchte ich um Wildschadensgutmachung ansuchen!«

Da bricht der Herr in lautes Gelächter aus. »Sie haben die

Dreistigkeit?«, ruft er, während er weiterhin in den Papieren blättert, die ein fröstelndes Rascheln ausstoßen. »Wie ich hier lese, ist Ihr Mann genauso wie Sie selbst des Öfteren des Wilderns wegen bezichtigt worden!«

Mit gespielter Empörung kneift die Theres die Lippen zu einem Strich zusammen, dann aber faucht sie einer Wildkatze gleich: »Ach ja? Und was soll man Ihrer Meinung nach tun, wenn die eigenen Kinder so dünn sind wie Papier und man denkt, sie werden den nächsten Winter nicht überleben?«

Für einen Moment klappt dem hohen Herrn die Kinnlade herunter, wie ein nach Atem ringender Fisch sieht er aus, schnappt, schnappt empört nach Luft. Dass ein Weibsbild so mit ihm redet, daran ist er nun wirklich nicht gewöhnt! Einen Augenblick lang fühlt sich die Theres überlegen, doch der Beamte ist freilich stärker, denn er ist im Gegensatz zu ihr in einer Position, und so deutet er ihr, sie möge so rasch wie möglich verschwinden.

»Hinaus!«, sagt er, mit den Händen in Richtung Türe fuchtelnd, und der Atem kommt dabei japsend und stoßweise aus ihm.

Theres seufzt. Du hast es übertrieben, sagt sie sich mit einem traurigen Blick auf einen Rest Sahnetorte, der ein Porzellantellerchen sprenkelt, das neben dem Manne steht. Und so zieht sie den Kopf ein wenig ein und verlässt den Raum.

»Warum, ihr Saligen?«, murmelt sie, als sie den Weg hinauf in den Wildspitzenschlag zurückstreift. »Warum nur hab ich mein inneres Feuer nicht unter Kontrolle?«

Doch es kommt keine Antwort. Denn es ist helllichter Tag, und alle Geister schweigen. Und leider: Schon zwei Tage später taucht ein Mann bei den Leitners auf. Sie hat es bereits geahnt: Ihr Besuch beim Amt war alles andere als fruchtbar. Mit festen Schritten schreitet der Herr umher, seine Stiefel knirschen. »Amtsgericht«, schnarrt er bloß, sein Bart wippt, während er geht. Und es dauert nicht lange, da hat er – so schnell kann Theres gar nicht schauen – all ihre Schränke durchwühlt.

»Dachte ich es mir!«, meint der Amtsgerichtsdiener, zwirbelt sein Bärtchen und beginnt, ihr wichtiges Werkzeug auf dem Küchentisch auszubreiten.

»Stutzen, Pulver, Blei, Gewehr«, sagt er und schichtet all die wichtigen Instrumentarien der Wilderin auf. Theres möchte keifen, weinen, schreien. Doch sie beißt sich auf die Zunge. Sie weiß, der Kampf gegen diese hohen Herren ist wie der Kampf gegen die Natur. Sie kann nur scheitern.

Triumphierend fixiert sie der Blick des Mannes, streift von ihren Schultern bis hinab zum Rocksaum, und mit einer Genugtuung, bei der Theres fast erbrechen möchte, sagte er: »Beschlagnahmt!«

Theres sieht ihn an, mit dem klaren, entwaffnenden Blick eines Kindes. Was soll sie anderes tun als nicken?

Zum Glück ist Josef auf der Alm, und die Kinder sind in der Schule, denkt sie. Denn es reicht doch wohl, wenn eine allein mutlos ist und die Verzweiflung für alle trägt, oder?

Mit schweren Lidern blickt die Theres dem Mann nach und setzt sich dann an den Küchentisch. Draußen beginnt es zu allem Überfluss nun auch noch zu regnen. Theres nippt an einem Becher Milch und bemüht sich, einen klaren Gedanken zu fassen.

Gut, nun hat man also dein Werkzeug weggenommen, sagt sie sich. Aber Verluste bist du ja inzwischen gewöhnt, oder?

Und dieser ist keinesfalls der schlimmste!, denkt die Theres und versucht, neuen Mut zu schöpfen. Sie blickt in die dichten Vorhänge des Regens hinaus, und für einen kurzen Augenblick ist ihr, als schimmere im Schleier zwischen den perlenden Fäden das Antlitz einer schlangenartigen Frau, die über und über in langes Haar gehüllt zu sein scheint.

Gib nicht auf!, scheint der Wind ihr zuzuwispern, und die Theres atmet schwer.

Dann nickt sie dem leichten Sturm zu, öffnet das Fenster und lässt die Luft ihr Gesicht umschmeicheln. Das Haar löst sich aus dem Häubchen, kringelt sich, und nach und nach erlangt

Theres so durch das Atmen ihre Wildheit wieder. Was kommt, das sind neue Ideen. Ja, man würde sie nicht so einfach vernichten können!

»Ihr denkt, ihr habt mich?«, zischt Theres leise und grinsend. »Weit gefehlt!«

Und in dem Augenblick hat sie auch schon eine neue Eingebung. Sofort schlüpft sie in ihre Stiefel, zieht den Wollmantel über, schultert den Rucksack ihres Gatten und bricht auf. Das Regenwetter ist ihr egal, jeder Tropfen scheint ein Freund zu sein, denn durch die Nässe singen und lachen die Saligen zu ihr und unterstützen sie in ihrem neuen Vorhaben. Theres läuft am Stall vorbei, grade dahin, wo das Holz gelagert ist, und beginnt, Scheite aus den Packen herauszulösen und sie in ihren Rucksack zu schichten.

Dann streift sie durch das Nieseln hindurch zurück in die Stube, nach Josefs Gewehr zu kramen. Und siehe, schon bricht Theres auf, um die Pfade in höhere Höhen zu besteigen.

Mit einem Mal ist die Theres unendlich vergnügt, fast so, als sei's Frühling. Ja, dieser Plan würde aufgehen! Denn eines weiß jeder hier in der Gegend: Die Gämse, sie lieben die Baumrinden. Und vor allem, wenn diese durchnässt sind! So streut die Theres ihre Fallen aus an den Stellen, an denen sie oft schon diese sprunghaften Wesen gesichtet hat. Dann legt sie sich mit ihrem Gewehr auf die Lauer. Es dauert nicht lang, da erkennt ihr scharfsichtiger Blick auch schon eines der Tiere. Theres ist für einen Augenblick ergriffen.

Wie es mit beinahe kindlichen Schritten über die Felsen angesprungen kommt, das kleine Wesen!, denkt sie voller Ehrfurcht. Doch die Mütterlichkeit übermannt sie nur kurz. Denn Theres hat keine Zeit für große Gefühle. So setzt sie den Lauf an, zwickt kurz die Augen zusammen, und – ein Knall ertönt.

Ohne einen Laut sinkt das Tier in sich zusammen, knickt auf dem Felsen ein, kaum dass es die Rinde mit seinem Maul hat fassen können. Rasch schultert Theres das Gewehr, sieht sich um, ob auch keiner sie gesehen haben mag – denn kaum geschützt ist sie hier oben, in den felsigen Regionen, durch das Dickicht des Waldes –, und ergreift dann rasch das Tier. Schwer ist der Leib, obwohl er der eines Kindes ist, und noch warm von so viel Leben. Inzwischen hat es zu regnen aufgehört, sodass Theres getrost ihr Haupt in die Luft recken kann. Aber siehe – wer kommt ihr da, gerade als sie so vergnügt in den Wind flöten und den Saligen danken will, entgegen?

Ausgerechnet!, denkt Theres und weicht rasch aus.

Doch er, der Feind aus alten Tagen, hat sie längst gesehen, und neidisch beäugt er sie, wie sie vor ihm herhastet.

»Auch dir wird man das Schiedumsglöckl läuten!«, schreit Emil. »Auch du wirst im Gefängnis sitzen, irgendwann!«

Aber Theres lacht nur und sucht rasch das Weite. Denn jetzt hat sie die Saligen auf ihrer Seite.

26

Andreas

Da er Sepp nicht finden kann, besucht Andreas Schmidt erneut
den Hof der Heimschmidts, in der Hoffnung, endlich Anna zu
begegnen. Und tatsächlich: Diesmal trifft er sie an. Fast muss
Andreas lachen. Wenn man das eine sucht, findet man das andere, sagt er sich und schöpft neuen Mut.
»Treten Sie herein!«, meint Anna Heimschmidt, während
sie ihm öffnet.
»Ich habe bereits seit Tagen versucht, Sie zu sprechen!«, sagt
Andreas leicht vorwurfsvoll.
»Das tut mir leid« ist alles, was Anna Heimschmidt antwor-
tet.
Ihre Miene sieht seltsam farblos dabei aus. Ob sie ihn bewusst
gemieden hat?, fragt sich Andreas. Ob sie von der Tat, die man
ihrer Schwester unterstellt, weiß? Andreas kann nichts in den
Zügen lesen. Er forscht und forscht, betrachtet sie genauer, und
ihr Gesicht erscheint ihm so ganz anders als das der Theres. Wie
Milch ist es, scheint vor ihm zu zerfließen, immer gleich und
stets konturlos.
Genau das Gegenteil von ihrer Schwester, denkt Andreas.
Ja, denn diese scheint wechselhaft und bewegt wie das Wetter
in ihrem Antlitz, während sich die Züge Annas kaum fassen
lassen. Sie fließen weg, fort von ihm, sind wie Wasser.
Schweigend folgt er Anna die Treppe hinauf, die sich wie
eine Schnecke windet.
»Wie schön dieses Haus ist im Vergleich zum Heimathof!«,
entwischt es ihm da nicht ohne einen Unterton der Anklage,
als sie oben angekommen sind. Wieso unterstützt Anna ihre
Schwester nicht?, denkt er bei sich.
Er betrachtet Anna Heimschmidt, doch diese sieht ihn nicht

an. Sie hat Augen, in denen alles wie verschlossen wirkt. Sie blicken starr und still, unergründlich. Nie werden sie dunkel. Ob darin überhaupt so was wie Seele brennen kann?, denkt Andreas, während er sich in ein geräumiges Balkonzimmer führen lässt.

»Nehmen Sie Platz«, sagt Theres' Schwester, und dann: »Was wünschen Sie?«

»Nun, ich komme, weil ich Sie etwas fragen will bezüglich des Mordes, den man Ihrer Schwester unterstellt«, sagt Andreas, obwohl er weiß, dass Anna dies bereits ahnen muss.

Sie nickt.

»Ja …«, wispert Andreas nun, ein wenig nervös fast, denn dies ist sein Moment. Er kramt in seiner Tasche und zieht das Tuch hervor, das er nun schon seit Tagen mit sich herumträgt.

»Es geht um dies hier!«

Anna betrachtet es, und zunächst bleibt ihr Gesicht still und fremd wie eh.

»Ach«, meint sie dann leise, mehr gehaucht als gesprochen. Fern und wie fremdgesteuert klingt ihre Stimme. Dann beugt sie sich vor und greift nach dem Stück Stoff. Konzentriert ist sie, für nur einen Moment.

Andreas sieht Anna an, und ihr Antlitz ist wie ein Spiegel. Mit einem Male sieht er sich selbst in ihr – und sein Gesicht ist darin verzerrt.

Verzerrt wie diese gesamte verdrehte Welt bin ich. Und sie auch!, denkt Andreas, und er merkt, wie ihn schaudert. Er sieht aus dem Fenster, wie wenn jenseits geschlossener Häuser noch so eine Art Halt liegen würde. Doch: draußen weißer Himmel, in ihm nur ein Loch.

»Nun?«, bemüht er sich, Herr der Lage zu bleiben.

Doch Anna schweigt. Schweigt ihn an.

Wieso nur ist diese Frau nicht greifbar?, denkt Andreas.

Schließlich sagt er laut: »Es kommt Ihnen offenbar nicht bekannt vor, dieses Tuch?«

Anna presst die Lippen zu einem Strich zusammen.

»Nun, kann schon sein, dass die Theres mal so eines hatte ...«, murmelt sie vage. Ihre Lider flackern.

Andreas schüttelt den Kopf. Nein, denkt er, jetzt gilt es, klarer zu werden!

Und er beugt sich ein Stück weit nach vorne, während er sagt: »Theres jedenfalls behauptet, das Tuch sei schon lange in Ihrem Besitz. Was sagen Sie dazu?«

Da weicht Anna mit einem Male kurz zurück, und die milchige Fläche auf ihrem Gesicht bricht auseinander. Ein Brodeln. Doch es ist so schnell vorbei, wie es kam. Kaum merklicher als ein Schatten.

»Ich weiß nicht.« Sie zuckt mit den Schultern. »Kann sein, dass sie mir mal so eins geschenkt hat. Nicht dass ich's vermissen würde.«

Andreas merkt, wie er wütend wird. »Ich empfehle Ihnen«, sagt er und ist selbst ein wenig erstaunt über seinen forschen Ton, »sich möglichst schnell wieder zu erinnern, liebe Frau Anna!«

Schweigen.

Andreas steht auf und schiebt mit einem krachenden Geräusch den Sessel von sich.

»Wir sehen uns wieder!«, sagt er bitter.

In der Nacht kann er nicht schlafen. So liegt er wach, bis er merkt, dass er nun doch noch einmal spazieren gehen muss, um einen klaren Gedanken zu fassen. Draußen dann, die Wolken am Himmel: Hauchfein sind sie. Früher Morgen ist es und dennoch klar wie ein Mittag.

Er schreitet durch die Dorfstraßen, getrieben von einer Sehnsucht nach Landschaft und Wildheit, die er früher nicht kannte. Ja, mehr und mehr scheint er sich in einen Wilderer zu verwandeln!

So geht er höher und immer höher, bis er die Wipfel erklommen hat.

Und siehe: Endlich steigt die Sonne auf.

Eine Explosion, ja, gleichsam eine Hoffnung.
Ich muss etwas unternehmen!, denkt er da. Ich muss der
Wilderin helfen. Sie ist keine Mörderin. Und mit einem Male
begreift er: Ja, er hat Theres lieb gewonnen.

27

Früher. Theres

Aber die Saligen meinen es nicht immer nur gut mit Theres. Denn bald schon bringt Sohn Karl einen verwundeten Fuchs aus dem Wald mit. Groß sind die Augen des Kindes, als er ihn Theres vor die Füße legt. Weich und flaumig ist das Fell des winzigen Tieres, es passt zwischen zwei hohle Hände. Schwermütig betrachtet sie ihren Sohn.

»Das ... das geht nicht ...«, sagt sie. »Wir können den kleinen Fuchs nicht behalten. Wir müssen zusehen, dass wir selbst überleben.«

Karl aber lässt sich nicht so leicht abwimmeln. Woher er nur diesen Drang nach Leben hat?, fragt sich die Leitnerin, während sie ihren Sohn ansieht.

»Bitte. Du weißt, wie die Winter sind!«, ruft Karl, während seine Unterlippe bebt. »Ohne Mutter wird er es nicht schaffen!«

Theres seufzt. »Ja, ich weiß«, sagt sie streng. »Ich habe aber selbst Kinder!«

Doch da begreift sie, dass das Tier für ihren Sohn genau dasselbe ist: ein Kind. Sie betrachtet das leicht abstehende braune Haar, betrachtet die dunklen, fragenden Augen und stößt einen tiefen Atemzug aus. Es hilft nichts. Wieder einmal ist das Herz der Leitnerin warm geworden, und es ist das Herz einer Mutter.

»Ist gut«, murmelt sie. Und dann: »Wir werden ihn schon irgendwie großziehen.«

An diesem Abend fasst Theres einen Entschluss, und sie bricht ins Tal auf, Anna und ihren Mann Georg zu besuchen. Die Welt erscheint ihr mit einem Mal wieder groß und magisch, als sie den Waldweg entlangschreitet.

Sterne wandeln mit goldenen Füßen am Firmament. Der Himmel ist von Wolkenhaar umwoben. Fern rauschen ein paar

Winde. Nebelmenschen scheinen in der Landschaft zu schwanken.

Als sie den großen Hof der Schwester betritt, ist Georg der Erste, dem sie begegnet. Er sitzt auf seinem Stuhl vor der Holztür und pafft an einer Pfeife. Mit einem Mal wird Theres bang, doch sie tut es. Tut es für ihren Sohn. Wacker streift sie auf Georg zu. Er lächelt, sagt zuerst gar nichts, und dann: »Ich mag die Ruhe in deinen Augen, immer noch.«

Theres schweigt.

»Du bist nicht so schön, aber keine hat ein Leuchten wie du«, fügt er hinzu. »Du kleine Salige!«

Und während er dies sagt, bildet sich ein kleines Grübchen in seiner linken Wange.

Er liebt dich!, begreift Theres da mit einem Mal. Und diese Erkenntnis ist wie eine Offenbarung.

Sie richtet ihre Augen mit den geröteten Lidern gegen diesen Mann, der ihre einst so geliebte Schwester geehelicht hat.

Späht nach etwas Licht draußen am Himmel, um Mut zu finden. Nichts. Sogar die Sterne scheinen mit einem Mal dunkel zu sein. Entsetzlich lang ist dieser Moment. Dann fasst sich die Theres ein Herz.

»Ich bitt dich nur dieses eine Mal«, sagt sie und kramt eines ihrer schönsten Tücher aus der Tasche. Rot ist's und aus feinstem Leinen. Die Mutter hat es einst gewoben, und sie weiß, dass Anna es stets neidvoll an ihr betrachtet hat.

»Ich möchte dir dieses Tuch verkaufen«, sagt sie, Georg klar betrachtend. Auf dessen Antlitz spielt für einen Moment ein Grinsen, dann greift er forsch nach ihrer Hand.

»Ich kann dir schon Geld geben«, meint er und pafft Rauch aus. »Aber für was anderes, Theres!«

Sie erschauert. Mit einem Mal graust ihr vor dem tranigen Atem dieses gealterten Mannes, wie er so in ihr Gesicht steigt. Doch jener scheint kaum Notiz von ihrer Abneigung zu nehmen und zieht sie ruckartig an sich heran. Theres strauchelt, fällt fast auf ihn herab – und entwindet sich dann rasch dem Griff.

»Die Armen bleiben lieber unter sich«, sagt sie bitter. Doch dann versucht sie es noch einmal mit Wahrhaftigkeit, denn der Fuchs und der Blick ihres Kindes fallen ihr ein.

»Bitte kauf es!«, sagt sie und sieht ihn aus großen Augen an. Georg, mit einem Mal wütend, zerrt an dem Tuch in ihren Händen und reißt es an sich. »Ich kauf dein Tuch, wenn du mich noch einmal liebst!«, lallt er.

»Wehe!«, ruft Theres da und legt die Stirn in Falten.

Nein, denkt sie dann, es gilt, Ruhe zu bewahren, wenn du Geld für deinen Sohn und seinen Fuchs bekommen willst.

Und sie möchte erneut zu ihrer Bitte ansetzen. Da zerschneidet ein hämisches Lachen die Luft.

»Wie alt du geworden bist! Richtig hässlich!«, sagt Georg plötzlich.

Theres schüttelt erbost den Kopf. Nun kann sie nicht mehr an sich halten. »Lieber sterb ich, als dir noch mal zu gehören!«, faucht sie.

Da wird der Mann ihrer Schwester noch höhnischer. »Sterben, das ist doch nichts Schreckliches! Ich dachte, die Wilderin hat keine Angst vor dem Tod?«

Theres ringt nach Atem. »Du bist ein Feigling. Du hast schon eine Frau, aber beschützen kannst du sie nicht. Willst lieber eine andere! Schand über dich!«, schreit sie und dreht sich ruckartig um, die Flucht zu ergreifen. Wie ein Knäuel aus Gedärm kommen ihr die Kirschen auf den Bäumen vor, als sie fortrennt.

Herb steigt der Duft von Feldblumen in ihre Nase, als sie so den Hof der Schwester verlässt. Wie nicht wahnsinnig werden in dieser Welt?, fragt sie sich. Und sie begreift: Das Leben ist eine Art Fieber, das einen auffrisst.

»Ja, geh doch! Dann behalt ich das Tuch eben so!«, ruft Georg laut, der ihr nachgehastet kommt.

Theres merkt, wie sie feuerrot wird vor Wut. Noch einmal hält sie inne, bleibt atemlos stehen.

Erschreckend alt sieht mit einem Mal sein Gesicht aus, denkt sie, während sie ihn betrachtet, und sie begreift nicht mehr, wie sie diesen Mann jemals hatte lieben können. Georg indes ist sanfter geworden und streift auf sie zu.

»Mit einem Gesicht wie deinem kriegst ohnehin alles«, sagt er dann.

Theres funkelt ihn böse an. Denn jetzt scheinen die Saligen in sie gefahren zu sein. Ja: Der Stolz der Leitnerin ist verletzt.

»Lieber geh ich wildern, als jemals wieder was von dir zu wollen! Und sei es nur Geld«, entgegnet sie grimmig und setzt sich erneut in Bewegung.

»Und das Tuch?«, tönt es da etwas heiser hinter ihr, und Theres wird klar, dass er es immer noch in seinen Händen hält. Doch nun hat ihr Stolz gewonnen.

»Behalt's«, ruft sie aus.

»Aber …«

Sie lacht schallend und kehlig, während sie, getrieben von fremden Geistern, den Weg entlangläuft, und ruft es laut, laut gegen den Wind aus. Obwohl sie weiß, dass Georg es längst nicht mehr hören kann: »Ich komm klar!«

Mit raschen Schritten, fast als flöge sie, hastet Theres so von dannen.

Wie ein kleines, wildes Vögelein kommt sie sich plötzlich vor.

»Lass mich in Frieden, ich brauch dich nicht!«, ruft sie, und ihre Stimme ist eine Art magischer Singsang, begleitet von einem leichtfüßigen Kichern.

Erst als sie den Hof erreicht hat, wird ihr wieder ein wenig bang. Ein Baum steht im Regen, die Wipfel wiegen sich leicht im Wind. Sie hockt sich vor ihn und kommt sich mit einem Mal lächerlich vor mit all ihren Sorgen. Fast lautlos sind die Tropfen. Die Theres lauscht.

Wie lange bemüh ich mich schon, glücklich zu sein?, denkt sie da. Vielleicht sollte ich weniger kämpfen und einfach das tun, was ich immer tue: wildern.

28

Andreas

Die Frage nach der wahren Besitzerin des Tuches lässt Andreas Schmidt nicht los. Und so beschließt er, noch einmal mit Theresa Leitners Schwester Anna zu sprechen. Aber als er an diesem Tag zu ihrem Haus geht, kommt ihm bereits ihr Mann Georg entgegen.

»Was wollen Sie schon wieder hier, Herr Inspektor?«, sagt er unwirsch. »Meine Frau erzählte, Sie kamen eben erst vorbei!«

Andreas kann sehen, wie sich die Sehnen unter der braunen Haut des Mannes nur so anzuspannen beginnen. Es scheint, als würde er angestrengt arbeiten – dennoch ist das Gesicht nach wie vor von einem apathischen Ausdruck gezeichnet. Andreas möchte etwas sagen, aber Georg, der überall im Dorf als Säufer verschrien ist, kommt ihm zuvor.

»Was wollen S'?«, fragt er erneut und lallt dabei ein wenig.

»Ich ...« Andreas holt tief Luft und blickt ihn an. Plötzlich kommt es ihm so vor, als wären die braunen Augen des Mannes von dumpfer Traurigkeit erfüllt. Doch nicht nur die, auch der ganze Körper scheint zu weinen, während sich der aufgedunsene Kerl so vor ihm aufbaut. Andreas kennt diesen Ausdruck im Gesicht von hoffnungslosen Fällen, und mit einem Mal tut ihm der alte Mann fast leid.

»Ich würde gern noch einmal mit Ihrer Frau sprechen«, sagt er, und Georg fuchtelt mit einer fahrigen Geste in der Luft herum und deutet ihm, er solle doch einfach zum Haus gehen. Dann schwankt er strauchelnd weiter. Andreas nähert sich dem Gartenzaun, und bald schon kann er Annas zierliche Gestalt erkennen, die wieder eigenartig fremd und flüssig aussieht. Sie wandelt unter den Blumen wie im Traum.

Ruckartig wendet die mausgraue Person ihm ihr Gesicht zu – und sieht plötzlich kurz erschrocken aus.

»Sie wünschen?«, fragt sie vorsichtig.

Andreas geht näher und kann erkennen, wie ihr das Haar in dünnen Flechten um das Gesicht fällt. Das Blut scheint schnell unter ihrer Haut durch die Adern zu fließen. Sie hat Angst, oder?, denkt Andreas. Am Ende ist das Tuch tatsächlich in ihrem Eigentum gewesen!

»Ich würde Sie gern noch einmal zu Ihrer Schwester befragen«, sagt er.

Da verhärtet sich ihr Gesicht. »Meine Schwester und ich sind schon seit langen Jahren nicht mehr in Kontakt!«, entgegnet sie barsch. »Ich habe Ihnen alles gesagt, was ich über sie sagen kann!«

So leicht will sich Andreas jedoch diesmal nicht geschlagen geben.

»Ich bitte Sie, erneut darüber nachzudenken: Kann es sein, dass Theresa Leitners Tuch sich in Ihrem Besitz befand?«, bohrt er weiter, sich ihr nähernd.

»Dazu kann ich Ihnen keine Auskunft geben, ich weiß von nichts!«, sagt sie bitter und verkneift den Mund zu einem Strich.

Andreas seufzt. Doch sanft, wie er ist, dringt er nicht weiter in die Frau, sondern macht nun auf dem Absatz kehrt. Aus den Augenwinkeln aber kann er erkennen, dass die Haustüre offen steht – und so biegt er bloß rasch hinter einem Baum ab und wartet im Dickicht, in der Hoffnung, vielleicht einen Blick ins Haus werfen zu können, heimlich, sollte Anna den Garten kurzzeitig verlassen und in Richtung Stadl streifen.

Andreas hat noch keine lange Zeit hinter den Bäumen verweilt, da kann er eine feiste Gestalt sehen, die sich dem Verschlag nähert. Andreas sieht abstehende Ohren, einen breiten, starken Rücken, sieht muskulöse Arme – und erkennt plötzlich, dass das Emil ist, der sich hier Theres' Schwester nähert. Doch damit nicht genug. Der Bursche, von dem die Wilderin erzählt hat, er beschuldige sie zu Unrecht, geht schnurstracks auf die zarte Gestalt der Anna zu und nimmt sie in den Arm.

Andreas beugt sich ein Stück weiter nach vorne, um mehr erkennen zu können. Tatsächlich, da fallen die beiden einander in die Arme und beginnen, sich zu liebkosen. Annas Gesicht ist dabei Andreas zugewandt.

Wie ihre Augen glänzen!, denkt er und erschauert. Ja: Die Wangen der eben noch so blassen Frau scheinen wahrlich zu glühen. Sie küssen sich, und Annas Antlitz wird mit einem Mal ausdruckslos.

Sie fließt weg, denkt Andreas da, und: Sie hat kein Ich. Sie ist getrieben durch die Handlungen anderer.

Andreas nimmt Theresa Leitners Schwester genauer in den Blick. Betrachtet ihre Beine, ihren Hals, den Nacken. Wie ein Schaf, ein Lämmlein, hängt sie halb da am Körper dieses stämmigen Jägers.

Ausgehungert ist sie. Ausgehungert nach Liebe!, sagt sich Andreas, und aus irgendeinem Grund schaudert ihm. So nimmt er für einen Augenblick die Szenerie in sich auf, doch kurz darauf verschwinden Emil und Anna im Haus. Andreas wartet noch einen Moment und beschließt dann, die Flucht zu ergreifen.

Verworrene Bilder tauchen in seinem Kopf auf und verschwinden wieder. So streift er an Beeten und Bäumen vorbei, zupft hin und wieder an Blättern, knickt ein paar Gräser, aus denen Milchtropfen herausschießen, und überlegt. Er nestelt an den Halmen, kaut daran, findet jedoch keinen klaren Gedanken. Ganz verfinstert kommt ihm die Welt unter dem Tageshimmel vor.

Schwarze Welt, in der nichts ist, was es zu sein scheint!, denkt Andreas, und: Die Welt ist ein Schatten.

Wie lächerlich wir sind, wenn wir uns am meisten bemühen, sagt er sich da und beschließt missmutig, Feierabend zu machen, trödelt jedoch noch ein wenig und geht schließlich ratlos nach Hause. Doch mit einer forschen Stetigkeit hindern ihn die Überlegungen daran, zur Ruhe zu kommen, steigen alle möglichen Ereignisse als Bilder empor in ihm, wieder und wieder. So pochen die Gespräche mit Theres, dem Dorfpfarrer, Rosenstiel, Anna, Georg und Emil in seinen Ohren, bis jäh ein Bild heraussticht.

Annas Mann!, denkt Andreas auf einmal. Was, wenn er die Leitnerin liebt und sie ihn abgelehnt hat? Wäre das nicht ein Motiv, das Tuch von Anna zu stehlen und der Leiche unterzujubeln?

Sofort zieht Andreas seinen Mantel an und hastet in Richtung Berggipfel. Mit zitternden Fingern pocht er an Theres' Haustüre.

»Ja?«

Sie öffnet mit leicht verschlafenem Blick. Andreas blickt sie an und muss für einen Moment lächeln.

»Was wollen S' schon wieder, Herr Inspektor?«, fragt die Leitnerin.

Von unbestimmbarer Farbe sind ihre Augen, fremd und eigenartig im frühen Dämmerlicht. Andreas weiß nicht: mehr grau oder grün? Was überwiegt? Mit einem Mal mag er sie in die Arme nehmen wie ein kleines Kind, diese Frau, die so viele Verluste erleiden hat müssen, und er spürt die Ohnmacht seines Mitgefühls. Er stammelt, stottert, will sie umarmen, bricht schließlich ab.

»Was ich Sie jetzt frag, ist wichtig!«, sagt er dann eindringlich. »Wie ist die Beziehung zwischen Ihrer Schwester und Georg? Und wie stehen Sie zu Georg?«

Theres zieht eine Augenbraue in die Höhe und zuckt mit den Schultern. »Wahrscheinlich leben sie wie alle Menschen: miteinander und nebeneinanderher«, meint sie dann ungenau. »Sie versöhnen sich, suchen das Leben voreinander zu verbergen, vertrauen dabei dem anderen dann doch laut und feierlich die persönlichen Belange an. Oder?«

Andreas sieht sie an. Für einen Moment hat er Angst vor der Direktheit dieser Frau.

Doch da lächelt die Theres, und kurz füllen sich die eingefallenen Wangen mit so etwas wie Leben. Die kleinen Fältchen, die sich in ihrem Gesicht zeigen, scheinen jetzt plötzlich wieder keiner Frau zu gehören, sondern einem Kind.

»Kommen S' rein, ich gebe Ihnen was zu trinken«, sagt sie sanft lächelnd, und Andreas folgt ihr und setzt sich an den Küchentisch.

Theres greift nach einem Krug Milch. Andreas möchte helfen, doch er ist ein weicher Mensch und hilflos, was alles Praktische anbelangt. Spürt kurz ihre Hand, die eine seltsame, kaum wahrnehmbare Wärme ausstrahlt. Ihr Blick begegnet seinem für einen Moment. Leuchtend. Scheint »Danke« sagen zu wollen. Doch dieser Glanz erlischt sofort wieder.

»Ich weiß nicht, was Sie suchen«, murmelt Theres leise. »Aber Sie werden es hier nicht finden.«

»Ihre Unschuld suche ich«, will Andreas erwidern. Doch seltsamerweise dringt kein Ton mehr aus ihm.

29

Früher. Theres

Als wäre der Fuchs nicht genug, kündigt sich bald schon ein weiterer regelmäßiger Besucher bei den Leitners an. Sepp, der Dorfdepp, ist es. In diesen Tagen kommt er besonders oft auf den Berg. Denn er ist zwar ein Idiot, aber eines weiß er: Bei der Leitnerin gibt's immer wieder heimlich ein wenig wildes Fleisch. Und wie herrlich die Sehnen sich doch ziehen lassen unter den Zähnen. Ja, der Sepp liebt es, so an seinem gebratenen Stückchen Reh zu kauen, und die Theres hat, obwohl sie eigentlich auf ihre Kinder schauen sollte, ein offenes Herz für ihn. Und vor allem: Sie bringt die Musik in das Leben des Sepp!

»Komm rein, Seppl!«, meint Theres auch an einem der trockenen Morgen, als der Idiot wieder vor ihrem Garten umherzieht, einem Schmetterling nachjagt und Worte vor sich hin brabbelt, die keiner versteht und die an fremdartige Zaubersprüche erinnern. Als er das Gesicht der Leitnerin erblickt, zuckt er auf wie ein junges Reh – und ergreift die Flucht. Er springt davon, dieser Sepp, vielleicht einfach aus Freude. Dabei brabbelt er. Brabbelt etwas, das ein bisschen wie »Fang mi!« klingt.

Und die Theres, berührt von dieser frommen Einfalt, sie läuft ihm lachend nach.

»He, du Depp!«, ruft sie lächelnd, denn die Theres darf das, weil es von Herzen kommt, »ein Fleisch hab ich für dich. Dass du mir nicht vom Fleisch fällst!«

Da bleibt der hagere Junge abrupt stehen und sieht sie mit schielendem Blick an. »Singen«, sagt er dann.

Theres nickt, doch da springt Sepp schon wieder auf, erneut die Flucht ergreifend.

Sie folgt ihm lachend ins Waldinnere, holt ihn zurück. Mit Blumen, die wie Tupfen aussehen, ist die Wiese übersät.

Wie schön das ist!, denkt die Theres, und wie herrlich die Einfältigkeit des Idioten! Dieser, der freilich nur ein kindisches Spiel mit ihr treibt, hält schon bald mit seiner Flucht inne und folgt hinkend ins Haus, während er Speichelfäden im Mund langzieht.

Kaum sind sie in der trauten Stube auf dem Wildspitzenschlag angelangt, da drängt er sie auch schon, aufzuspielen, und die Theres lässt sich nicht lang bitten. Sie greift zur Zither, beginnt ein Liedchen zu singen, und es klingt mit einem Male wie Frühling, wenn ihre Finger so über die Saiten wandern. Auch die Kinder erscheinen eins nach dem anderen in der Stube und lauschen mit geröteten Wangen.

Die Theres lacht. Singt und lacht. Für kurze Zeit kommt sie sich nicht verlassen vor, und das Leben scheint doch nicht so hart zu sein. Gerührt mustert sie Sepps Antlitz, sieht seine Speichelfäden, sieht seine schielenden Augen – und möchte fast weinen. Für einen Moment spürt sie, wie sie trotz all der Härte des Lebens weich wird. So sitzen die beiden nebeneinander, und nach und nach wird es dunkel.

Da zieht sich der Theres wieder das Herz zu. Denn die Nacht ist Nacht und nichts als das. Alles spricht von Leere, Einsamkeit, von den Toten. Denen, die fehlen: Alois, ihre Mutter, die Kinder. Hin und wieder vermisst Theres auch ihre Schwester Anna.

Warum sich wohl alles stets ändern muss?, denkt sie und blickt in die Leere.

Der Idiot aber, als spüre er ihren Schmerz, greift lachend nach ihrer Hand, verrenkt den Kopf nach hinten.

»Singen!«, sagt er laut. »Wieder singen!«

Theres seufzt. Dann greift sie erneut nach der Zither und bemüht sich, doch mit einem Mal kommen ihr die Finger eigenartig vor, dünn und gespreizt wie Spinnengebein. Fast ist es, als bestünden sie nur aus Luft, so wie die Leiber der Saligen, die sie an diesigen Tagen im Waldlicht dahindämmern zu sehen vermeint. Sie überlegt, was sie spielen soll, und in all der Dunkelheit fällt ihr nur eines ein: jagen. So stimmt sie das gute, altbekannte Lied an:

»Auf, auf zum fröhlichen Jagen,
Auf in die grüne Heid!
Es fängt schon an zu tagen,
Es ist die schönste Zeit.
Die Vögel in den Wäldern
Sind schon vom Schlaf erwacht
Und haben auf den Feldern
Das Morgenlied vollbracht.
Tridi hejo di hejo, di hedi hedio
Tridio hejo di hejo di tridio tridi.«

Aber da rutscht der O-Laut aus in Theres, beginnt die Zunge zu stottern, straucheln. Fremd kommen ihr alle Wörter vor, ja sogar der eigene Mund.

Ob das am Hunger liegt?, denkt die Theres.

Und dann begreift sie: Es ist das O. Es erinnert an ein Wort, das stets groß und dunkel in der Welt steht, zwischen ihr und dem Leben, ihr und den Kindern, und es heißt: Tod.

»Ich kann nicht«, sagt sie dann leise.

Davon aber will der Sepp gar nichts wissen. Lachend wirft er den Kopf zurück und beginnt seinerseits, auf den Saiten der Zither zu spielen. Freilich klingt das unendlich falsch, aber die Theres kann nicht umhin und muss doch ein wenig lachen.

»Tri-o-i-o«, jault der Idiot, und es klingt wie das Heulen eines Wolfes, gleichzeitig schauerlich und schön.

Theres wird wieder einmal klar, dass sie ihn lieb hat, diesen Spinner. So hört sie brav zu, lobt und nickt anerkennend. Aber – was ist das? Da formt sich der Mund des Idioten wie ein Schnabel, und er beginnt, in klaren, wenn auch zittrigen Tönen zu singen: »E o – ist aufgegangen!«

Theres kann es kaum glauben. »Der Mond ist aufgegangen!«, lacht sie laut.

Sepp sieht sie mit nickendem Kopf an und wendet dann den schielenden Blick gegen das Firmament.

Tatsächlich, da steht er, rund, schwanger und groß zwischen den Tannen, die den Wildspitzenschlag umgeben wie schützende Mäntel.

»Dieser Mond, immer wird er wieder dick!«, scherzt Theres. Doch insgeheim wundert sie sich über die plötzliche Klarheit des Gesangs, über die Eindeutigkeit der Melodien, die zarte, wenn auch zerbrechliche Klangfarbe. Sie betrachtet Sepps Adamsapfel, der beim Singen auf und ab hüpft, beinahe wie ein Knödel, den der hagere Knabe nicht herunterschlucken kann, und schließlich kann sie doch nicht mehr an sich halten. Sie stimmt, mit den Fingern nach und nach die Akkorde auf der Zither ertastend, in den Gesang mit ein.

»Der Mond ist aufgegangen,
Die gold'nen Sternlein prangen
Am Himmel hell und klar.
Der Wald steht schwarz und schweiget
Und aus den Wiesen steiget
Der weiße Nebel wunderbar.«

Sie beendet die erste Strophe und ist erstaunt, dass der Idiot so gut intonieren kann. Wenn ihm auch die Worte des Textes nicht alle geläufig sind, so trifft er doch alle Töne. Ob das wohl an seiner Liebe zu dem Lied liegen mag? Oder eher an ihrer Zuwendung?

Ihr fallen die Liederabende mit ihrem Vater ein, und nun finden die Finger viel freier und schneller die Akkorde, während das Lied Zeile für Zeile in ihre Erinnerung wiederkehrt. Als sie die letzte Strophe beginnt, ist Theres mit einem Mal ergriffen. Sie betrachtet Sepp, dessen Blick sich beim Singen immer wieder ein wenig nach oben schraubt, und spürt, wie sie ein seltenes Gefühl der Zartheit überströmt.

»So legt euch denn, ihr Brüder
In Gottes Namen nieder.
Kalt weht der Abendhauch.
Verschon uns Gott mit Strafen
Und lass uns ruhig schlafen
Und unsern kranken Nachbarn auch«,

singt die Theres nun. Als sie den letzten Satz beendet hat, muss sie schlucken.

Wie zerbrechlich doch das Leben ist!, denkt Theres da, und: Es gilt, füreinander zu sorgen. Bloß wie?

Beinahe vermeint sie wieder in das Gefühl der Traurigkeit und Starre zu verfallen. Doch zum Glück bleibt ihr dazu nicht die Zeit, denn Sepp klatscht laut in die Hände und springt auf. In dem Moment tönen auch schon Rufe zu ihr her.

»Mama!«

Karl ist's, der seine abendliche Milch einfordert – und die seines kleinen geliebten Fuchses.

Und recht hat er!, denkt die Theres, während sie dem Idioten, der nun über die Wiese in Richtung Wald galoppiert, hinterherwinkt.

30

Andreas

Am nächsten Tag sucht Andreas Schmidt den Grinzinger Hof auf, weil er weiß, dass der Georg Heimschmidt dort mit Vorliebe seine Krüge leert. Und er hat Glück.

Andreas hat kaum sein zweites Glas Wein bestellt, da betritt eine feiste, schwammige Gestalt im Lodenmantel den Raum. Annas Gatte ist da. Und er gebärdet sich wie ein wildes Tier. Grunzend geht er auf einen Tisch zu und schleudert seine Jacke auf einen der Sessel davor. In seinen Augen funkelt es, und die Wangen sind schwer gerötet. Ja: Dieser Georg scheint zu brennen.

Er muss ein übermäßiger Trinker sein, denkt Andreas.

Ja, ein loderndes Flämmchen bildet sich in seinen Augen, als die Krüge mit dem Bier kommen. Kaum jedoch trinkt er, erlischt es wieder, und das ganze Gesicht des Mannes wird breit und alt.

Soll ich ihn wirklich wegen des Tuches zur Rede stellen?, überlegt Andreas. Ist dieser Mensch denn fähig, eine Aussage zu machen?

Andreas trinkt und denkt nach, wird immer trauriger, gerät ins Grübeln, und sofort verwandelt sich alles Klare in Trübes. Keine Spur mehr von der Entschlossenheit, die er beim Betreten des Wirtshauses gehabt hat. Andreas sieht sich zögerlich um. Glatt gehobelt sind die Wände um ihn und wie die meisten hier aus Fichtenholz errichtet. Ein kleiner kitschiger Schrank mit Porzellangeschirr ist in der rechten Ecke zu finden, Heiligenbilder hängen an den Wänden, einige aufgereihte Statuen, und Sträuße von duftenden Nelken hat man geschmackloserweise neben Tierskeletten aufgehängt, die trophäenartig aus den Wänden ragen.

Als die Wirtin kommt, sagt Andreas: »Ein Ferkel hätt ich gern!«, weil er nicht weiß, was er sonst tun soll.

»Oh, nicht schlecht! Saumagen!«, lacht Georg, der vom Trinken jetzt fröhlich geworden zu sein scheint, laut auf.

»Meerrettich und Obers?«, fragt die Wirtin.

»Ja«, sagt Andreas.

»Sehr wohl, der Herr.«

Die junge Wirtin sucht alles zusammen, kehrt mit Teller und Serviette wieder, verführerisch lächelnd. Andreas blickt aus dem Fenster. Eine mit Pferden bespannte Britsche fährt vorüber, und für einen Moment hat Andreas Angst, Rosenstiel könnte aussteigen und ihm begegnen. Dann lacht er sich selbst aus und mahnt sich zur Ordnung. So wendet er seinen Blick erneut Georg zu.

Schön muss er einmal gewesen sein, durchfährt es Andreas bedauernd, als er den vom Alkohol aufgeschwemmten Mann ansieht. Von der einst sicher stattlichen Statur ist nicht mehr viel übrig geblieben. Aufgequollen ist nun das Gesicht mit den hohen Backenknochen. Wirkt fast wie eine Maske – seltsam entstellt und verzogen. Andreas sieht sich um. Gläser blinken ihm entgegen. Er betrachtet darin seine eigene Luftspiegelung und denkt nach.

»Georg Heimschmidt!«, ruft er nun endlich, durch das Ferkel, das ihm die Wirtin vor die Nase schiebt, wacker geworden.

Der Mann dreht sich zur Seite und wendet sich ihm zu. Nun wird sein Gesicht schwammig, verläuft wie Milch.

Es hat keinen bleibenden Ausdruck!, denkt Andreas und fühlt sich mit einem Mal an Anna erinnert.

»Was wollen Sie denn, Sie Witzfigur von einem Inspektor?«, lallt Georg.

Er macht große Gesten, als wollte er seinen eigenen Wert und dessen Größe in die Luft hineinschreiben.

Wie lächerlich, denkt Andreas. Grad, dass er nicht auf Zehenspitzen hin- und herläuft und sich aufregt!

»Ich habe eine Frage an Sie«, sagt Andreas, und so schnell kann der Trunkenbold gar nicht schauen, wie er nach seinem

Rucksack greift und das Tuch hervorholt. Wie eine Trophäe wedelt er es vor Georgs Augen hin und her, und er kann sehen, wie sich in dessen Kopf etwas tut, ja, seine Gehirnwindungen scheinen förmlich zu knacken!

Das ist die Erinnerung, denkt Andreas befriedigt – und Georg sinkt tatsächlich ein Stück weit nach hinten.

»Die Weiber«, murmelt er dann, leiser werdend. Und schließlich: »Das geht mich alles nix an!«

Andreas nickt. »Sie kennen es also, das Tuch!«

Georg seufzt. »Die Toten sollen die Toten begraben«, lallt er dann leise und wischt sich über die stattliche, schön geformte Nase.

»Genau das hat Theresa Leitner auch gesagt«, sagt Andreas.

Und siehe: Nun bricht etwas auseinander in Georgs Gesicht.

»Es ist Annas Tuch. Das hat ihr die Theres verkaufen wollen. Weil sie es immer so gern haben wollt. Als Kind«, wispert Georg dann tonlos.

Stille.

»Und?«

»Und ich – ich hab es ihr im Streit entwendet und Anna gegeben!«, gesteht Georg, und seine Unterlippe bebt. »Lassen Sie mich jetzt in Frieden?«, fragt er dann leise.

Andreas aber bleibt hartnäckig. »Können Sie diese Aussage vor Gericht wiederholen?«

Georg antwortet nicht. »Hat Theres das wirklich auch gesagt – mit den Toten?«, fragt er stattdessen tonlos, die Stimme kaum mehr als ein Hauch.

Andreas nickt und erkennt, dass seine Ahnung richtig war: Georg muss Theres lieben!

»In Ordnung«, kommt es da zur Antwort.

Schweigend trinkt man aus. Als sie fertig sind, ist es Nacht geworden. Andreas starrt ins Licht des Mondes und zündet sich vor dem Gasthof noch eine Zigarette an, bevor er nach Hause geht.

31

Früher. Theres

Die Monate verstreichen. Die Besuche des Dorfidioten vermehren sich. Und Theres' Leidenschaft für das Wildern wird immer dringlicher mit den Jahren. Je älter die Kinder werden und je mehr sich Verluste an Verluste reihen, desto stärker hat sie das Bedürfnis, sich an der Natur zu rächen. Sie fordert ihren Tribut. Ausgleich will Theres schaffen, und sie ist inzwischen gut darin.

Scheint der Mond, so will sie Wölfin sein und ihn anheulen, gemeinsam mit den Saligen. Ja: Sie will wildern. Ihr Körper spielt verrückt. Die Theres wildert also, mehr denn je. Anfangs war es bloß eine Leidenschaft, jetzt aber wird diese Leidenschaft zum Tyrannen.

Manchmal liegt Theres schlaflos wach, wenn sie nicht jagen kann, angestachelt von einer inneren Bitternis. Ihre Augen flammen, die Gedanken flimmern und kreisen. Einige Jäger haben sich bereits im Nachbarwald verkrochen, sie wissen, die Zeit kommt, und dann wird die Theres es nicht mehr aushalten, wird nicht länger ausharren daheim.

Nun ist wieder so ein Tag, an dem die Saligen die Seele der Leitnerin zu rufen scheinen. Geisterhaft rauschen die Beerensträucher im Wind, und die Theres streift mit dem Mondlicht gemeinsam durchs Unterholz. Sie tritt auf keinen Fichtenzapfen, schleicht lautlos wie eine Katze. Durch die Hintertür des Hofes ist sie aufgebrochen, heimlich und leicht, wie nur Luft oder Geister es normalerweise sind, und sie schwebt jetzt, einem Nachtfalter gleich, durch das fahle Licht des Mondes. Theres lauscht. Ein Ast knackt, eine Eule segelt über den Himmel, sonst ist es still.

»Ihr Saligen?«, wispert sie.

Stille.

Sie blickt sich um, bläht die Nüstern. Wittert.

Etwas ist anders heute, sagt sie sich und lässt ihren Blick durch das Dickicht gleiten.

Da sieht sie ihn: den Bock, erreichbar nah. Theres zögert nicht. Sie ist süchtig, doch diese Sucht macht sie mit einem Mal verwundbar. So spannt sich ihr Körper an, während sie den Lauf ausrichtet.

Dann: ein Schrei, ein Schuss. Der Leib des Tieres sinkt zu Boden. Das Echo des Falls verstummt rasch, und Theres will schon aufspringen und nach dem toten Körper greifen, während sie sich beruhigt. Dann hält sie doch noch einen Moment inne. Erst als der Atem flacher geht, schleicht sie durchs Geäst.

»Stehen geblieben!«, tönt es da.

Mit einem Mal sind vermehrt Schreie zu hören, und aus dem Schatten strömen Wesen, direkt auf Theres zu. Doch einfache Männer sind's, nicht die Saligen, die ihr da auflauern. Ja: Männer, und allen voran der eine – Emil!

So schnell kann die Theres gar nicht schauen, da wird sie von zahlreichen männlichen Gesichtern umringt. Eine ganze Jägerbande hat Emil um sich geschart, die mit ihren Büchsen im Anschlag aus der Deckung hervorgepirscht ist.

Theres überlegt nicht lange. Sie rennt los. Denn sie kennt den Steig, über Stock und Stein. Die Männer wollen ihr den Weg abschneiden, doch ihre Schritte wissen Bescheid, sie entkommt flink, entwischt ihnen allen.

Aber Theres hat ihre Rechnung nicht mit Emil gemacht. Dieser weiß, wohin sie zu fliehen gedenkt: auf ihre Alm. Und wirklich: Knapp vor der Hütte fängt er sie ab.

Theres kann ihn schon von Weitem sehen, doch sie ergreift nun nicht mehr die Flucht, denn es ist zu spät. Hinter ihm hat sich bereits eine Horde an Männern gebildet. Theres aber steht stark und stramm. Sie beherrscht sich, bewegt keine Augenbraue.

Wie gebackenes Brot sieht das Gesicht dieses Emils aus, ja, alt und hässlich ist er geworden!, denkt Theres verächtlich. Schief scheint sein Kinn zu stehen, der Bart gibt ihm ein unordentliches Aussehen, an den Schläfen wuchert das Haar wie wild, während es oben schütter ist.

In der Dunkelheit erscheinen weitere fremde Gestalten. Theres gibt sich geschlagen, legt schwer atmend den Kopf in den Nacken und betrachtet das Firmament. Einzelne klare Sterne bespicken den Himmel, hell erleuchtet sind sie und von der Farbe der Glühwürmchen.

»Beschlagnahmt!«, tönt es.

Die feuchten Wimpern des toten Tieres, das man ihr nun aus den Händen nimmt, glänzen im Mondschein, als der Mann, der als Erster hinter Theres aufgetaucht ist, ihm über das Fell streicht.

Wie die gelben Augen eines Wolfes starren sie Theres mit einem Mal an, und sie bekommt Angst. Der Mann schultert den erlegten Bock.

»Leitnerin, Sie sind hiermit verhaftet!«, sagt er dann.

Der Theres wird bang ums Herz.

Da aber nimmt wieder eine unsichtbare Kraft sie auf die Flügel. Die Saligen sind es.

»Mach weiter!«, sagen sie leise, und das Mondlicht schimmert mit ihnen und ist auf ihrer Seite.

So zieht sie nicht den Kopf ein, als man sie fortführt. Die leichten Wolken sind unbeweglich und glänzen herrlich, während man Theres ins Dorf bringt. Es stäubt unter ihrem Schritt, und als sie so ins Tal geht, erklingt ein Glöckchen in ihrem Innern, das ihr Mut zuwispert.

»Du wirst siegen, Theres!«, singen die wilden Frauen in ihr.

In der Nacht bringt man sie im Bezirksgericht in Verwahrung. Theres schläft schlecht und traumlos, doch sie behält die Fassung.

»Sie wissen Bescheid, oder?«, fragt man sie am nächsten Morgen bei der Verhandlung.

Sie schweigt.

»Der Vorwurf lautet: Wilderei«, heißt es dann, und sie zetern und schimpfen, die hohen Herren. Doch die Theres ist stark.

»Ich nehm nur, was mir zusteht!«, sagt sie, wehrt sich verbissen, beruft sich auf Notwehr. »Soll ich meine Kinder verhungern lassen?«, fragt die Theres die hohen Herren aufrichtig.

Und ihre wackere, starke Haltung scheint zu überzeugen. Denn siehe: Nach einigen Stunden lassen sie, das armselige Dasein der Frau erkennend, ihre Beschuldigungen wieder fallen. Am Ende der Verhandlung ist es klar: Theres wird freigesprochen. Allein ihr Todfeind kann es nicht begreifen.

Emil spuckt mit ausdruckslosem Gesicht vor ihr aus.

»Wir mahnen Sie ab, seien Sie unbesorgt«, sagt der Richter zu ihm.

»Das ist alles?«, entgegnet dieser nur.

»Versprechen Sie, nie wieder zu wildern?«, wendet sich der Richter nun an Theres.

Sie nickt, dass das schlangenartige Haar ihr ins Gesicht fällt.

»Ich versprech es!«, lügt sie.

Da begegnet ihr Emils Blick, der plötzlich von Hass in eine Art Liebe zu kippen scheint.

Alt ist sie, und dennoch scheint Emil sie zu begehren, wie sie so dürr dasitzt auf der Bank, kerzengerade, als wär sie eine Königin, denkt die Theres plötzlich, wendet jedoch dann rasch ihren Blick ab.

»Wir haben unser Leben nicht, es zu vergeuden«, sagt sie zu dem Richter.

Und so wird nickend die Verhandlung beendet.

»Na dann, komm mich besuchen!«, meint Emil zur Theres, als sie sich der Treppe nähern.

Erstaunt blickt sie auf, begreift nicht, woher dieser Sinneswandel kommt. Emil scheint zwischen Liebe und Hass zu schwanken.

Ist er wahnhaft?, fragt Theres sich.

Da greift Emil nach ihrer Hand, und es ist wieder der kleine

Emil, der verletzte Knabe, den sie aus ihrer Kindheit kennt. Es ist sein erster und letzter Versuch, eine Brücke zu bauen zwischen sich und ihr.

»Kommst?«, fragt Emil nun, und es klingt fast flehend. Theres aber blitzt ihn nur böse an. »Nie und nimmermehr!«, entgegnet sie und schüttelt den Kopf.

Stahlblau und kalt werden ihre Augen, und der blasse Teint unterstreicht noch den hellen Blick. Sie streicht sich über das weiße Haar, das sie umhüllt wie ein Mantel. Ja, fast ganz und gar eine Salige scheint sie nun geworden zu sein, als sie sich so umdreht und erhobenen Hauptes fortgeht.

Da begreift Emil: Nie wird Theres ihm gut gesonnen sein, nein. Und er beschließt, sie zu vernichten.

32

Früher. Theres

Der gute alte Lehrer des Lebens ist und bleibt für Theres der Tod. Er unterrichtet sie, Jahr um Jahr, Tag für Tag. Immer wieder holt er aus, hämmert ihr gegen die Brust, versetzt ihr von Zeit zu Zeit eine heftige Ohrfeige. Und so gehen die Verheerungen weiter. Bald schon kommt der August ins Land, und in einer der letzten Wochen wütet ein grausiges Unwetter. Sämtliche Bäume sind in der breiten Schleuse mit den Wurzeln vernichtet, etliche Tiere tot. Furchterregend ist das Bild in Berg und Tal. Die Theres indes tut brav ihr Tagwerk, und am Abend sind sowohl das Aas wie auch sämtliche entwurzelte Fichten beseitigt.

Die Finsternis gähnt ihr entgegen. Sie schließt die Augen, öffnet sie wieder, zündet eine Kerze an. Es flackert, flackert weiter, auch als sie den Blick erneut schließt, noch unter ihren Lidern. Das Dröhnen des Hungers hindert am Schlafen. So setzt sie sich wieder auf, betrachtet eingehend den Nachthimmel. Der jedoch weicht zurück, weicht auf, zerschwimmt zu nichts.

So geht auch dieser Sommer hin, dann der Herbst und der Winter. Und erneut kehrt der Frühling ins Land. Langsam taut an den Sonnenseiten der Hügel der Schnee, verwandelt sich wieder in Wasser, das in den Quellen rauscht. Da sticht das Funkeln der Sonnenstrahlen in den letzten weißen Resten der Flocken Theres in den Blick, als sie in der Früh die Ziegen melken geht. Mit einem Mal tut ihr die Helligkeit weh. Ja: Sie mag kein Licht mehr in ihrem Leben haben. Es stört, blendet, ritzt auf. Theres liebt die Nächte und das nächtliche Jagen. Wie sie es hasst, wie diese Helligkeit über die Wege fließt und das Schaumgeriesel des Schnees tötet! Die Sonne kommt der Erde nahe, die bald schon beginnen wird, sich warm und weich anzufühlen und von Hoffnung zu erzählen. Doch das will Theres nicht mehr hören. Lieber geht sie in den Wald hinein, verkriecht sich unter der dichten Decke der Tannen, sucht Zuflucht unter den Fittichen der Bäume und zwischen den Monden. Vom Verborgenen scheint die Stille im Wald zu erzählen, fremd und hin von sich, und ihr wird ganz wundersam zumute, wenn sie so umherstreift. Es ist, als wäre ihr Herz gestorben unter dem Zuviel an Licht. Sie wird griesgrämiger und griesgrämiger, je heller die Tage werden. Und noch etwas trägt zu ihrem Missmut bei: Die Kinder lieben es seit einiger Zeit, am steil abfallenden, glatten Rain, den nur eine sanfte Stoppelgrasschicht überzieht, Wiesenrutschen zu spielen. Das heißt, sie rollen auf ihren Hosenböden den Berg hinunter. Lachend segeln sie so auf ihrem Hintern dahin – und könnten fast abrutschen, ins Tal hinein! Und Theres, die ja schon drei ihrer Kinder verloren hat, hat immer Angst um die Kinder, besonders um Hansl. Denn er ist der Sanfteste. Eines Abends ist es wieder so weit: Theres sieht die grünschwarzen Hintern ihrer wilden Horde und weiß sofort Bescheid. Der erdbefleckte Hosenboden erzählt von rasanten Abfahrten nahe am Abhang. Wie schimpft die Theres da!

»Ihr wart wieder Schusslrutschen!«, zetert sie. »Ihr setzt euch einer Lebensgefahr aus!«

»Aber Mama!«, versucht Rosie, die Kleinste unter ihnen, die Brüder zu verteidigen.

Doch sie schiebt das blond gelockte Kind einfach von sich. Scharf nimmt sie den Hansl ins Gebet.

»Wie kannst du es wagen? Bist doch der Älteste!«

Dieser zieht den Kopf ein, will klein beigeben. »Das war …
nur Spaß …«, stottert er, wird jedoch sofort von der Mutter unterbrochen.

»Ich hab euch oft genug gewarnt und gemahnt!«, schreit Theres und zieht ihn an den Ohren, dass Hansl zu wimmern beginnt. »Bestrafen werd ich euch, beim nächsten Mal!«

Von da an untersucht die Theres regelmäßig die Hosenböden der Kleinen nach dunkelgrünen Spuren, die von ihren Rundfahrten erzählen könnten.

Der Hansl aber ist schlau. Es gelingt ihm einmal sogar, zu verbergen, dass die eine Seite seiner Kleidung richtig erdgrün ist. Doch dann wirkt, als Rosie sich vorm Schlafengehen verplappert, der Takt der Schläge umso härter. Ja: Diesmal müssen die Kinder ihre Hinterteile entblößen, sich auf die Bank legen, und dann gibt's mit der Rute Hiebe ohne Ende auf die blanken Backen.

»Mama, nicht so fest!«, wispert Rosie verzweifelt.

Hansl stellt sich als der Tapferste heraus. Sein Jammerton ist zuerst schreiend, wird dann leiser.

»Und jetzt Michl!«, sagt Theres, als sie mit ihm fertig ist.

Michl greint. Doch es hilft nichts: Hose runter, Schläge.

»Au!«, tönt es.

»Weh!«, heult jetzt auch Hansl.

Besonders die sanfte Rosie hat furchtbare Angst vor der Bestrafung.

»Mama!«, wimmert sie. »Bitte verschone mich, heut nur, ich wollt's ja gar nicht, die Knaben hatten die Idee!«

Doch Theres lässt nicht mit sich reden, sie tobt. Immer wieder sieht sie den Tod vor sich. Sieht die nach oben hin verdrehten Augen von Rosie. Sie hat kein Erbarmen. In ihr wüten die Saligen. Und so werden die Kinder geschlagen, immer wieder, eins nach dem anderen.

»Ab in die Kammer!«, murmelt Theres, als sie mit den Bestrafungen fertig ist.

Sie wischt sich keuchend über die Stirn. Da sieht sie, wie Michl hinsinkt. Theres, mit einem Mal von Angst erfasst, will ihn packen, will sein Leben spüren, es aussaugen, solang er es noch hat.

Er darf nicht auch sterben, denkt sie, und ihr schaudert. Und: Hätt ich ihm doch nicht wehgetan!

Doch es ist zu spät. Und freilich zeigt sie nicht, dass sie Reue fühlt. Nein, im Gegenteil: Sie fährt sogar fort mit den Schlägen, sie gibt Michl erneut Hiebe mit der Rute. Diesmal auf die bloße Stirn.

Rosie sinkt der Kiefer nach unten. So hat sie ihre Mutter niemals toben gesehen!

»Zu essen gibt's heut nichts!«, geifert Theres, als sie geendigt hat.

Doch kaum sind die Kinder in der Kammer verschwunden, wird sie von einer großen Wehmut erfasst. Weinend streift Theres danach im Wald umher, und sie fragt sich, was aus den Kindern wohl werden würde. Ja, es ist, als würde die Sorge sie brechen, und so krümmt sie sich kurz auf dem trauten Waldboden nieder, will wieder aufstehen, doch es geht nicht, die Müdigkeit, die Lebensmüdigkeit, ist ein Gewicht, das sie hinabzieht, tiefer und tiefer, sie schamlos niederdrückt.

So zieht die Nacht ins Land, und die Saligen schweigen. Schwer rauschen die Bäume, und Theres hört ihnen eine Weile machtlos zu und streift dann traurig heimwärts. Sie sucht in ihrem Kopf nach einem Schimmer der Hoffnung, doch es hilft nichts: Nicht einmal der Gedanke ans Wildern kann sie jetzt noch trösten. Also legt sie sich neben ihren lieben Mann ins Bett, der wie eh ruhig und gleichmäßig atmet.

33

Früher. Theres

In der nächsten Zeit kehren immer mehr Touristen in den hintersten Winkeln der Täler ein. Bald schon wird sogar die abgelegene Region rund um den Wildspitzenschlag Teil dieser Ströme. Ja, siehe: Immer mehr Gäste kommen herbeigeeilt, wie die Theres bei ihren Besuchen im Dorf erkennen kann. Sie haben feiste Wangen, sind gebräunt und wohlhabend, tragen bauschige Kleider und bleiben über die Sommermonate in der Region. Ihr Gerede ist von perlender, spritziger Fröhlichkeit, es klingt wie rieselndes Wasser, wie das Sprudeln einer Quelle, sodass Theres immer wieder recht neidisch ist.

Wie stolz diese Menschen über ihre Bergbesteigungen zu sein scheinen!, denkt sie.

Theres kann auf dem Markte hören, wie sie sich darüber unterhalten, gefährliche Grate überquert, hohe Gipfel erklommen zu haben – und muss sich dabei durchaus bemühen, nicht in hämisches Lachen zu verfallen. Doch auch ältere Leute sieht man, die auf gesicherten Wegen umherschlendern und selbstgefällig die Alpenflora zu entdecken versuchen. Hin und wieder schnappt Theres beim Verkauf der Käselaibe die ein oder andere Stimme auf, die davon munkelt, was für herrliche Mineralien denn gefunden worden seien.

Ja, diese Fremden können nichts als einen ausbeuten!, sagt sich Theres, während sie sich umsieht. Tatsächlich: Die Touristen, sie kaufen nicht nur die Märkte leer, sie stehlen nun auch noch Bergkristalle, Granaten und Halbedelsteine aus den funkelnden, geheimnisvollen Höhlen ihrer Heimat.

Die Saligen werden sich schon noch an euch rächen!, denkt die Theres immer wieder grimmig, wenn sie so ein Gespräch belauscht. Zwar tun die Touristen so, als nähmen sie Anteil am

Leben der Einheimischen, doch das ist nichts als Heuchelei, wie sie weiß – und keinem der Menschen von auswärts gibt sie ihr Geheimnis preis. Denn: Theres' Freiheitsdrang ist unauslöschlich.

Und so arbeitet und wildert sie weiter. Bleibt aufbrausend und lässt keine Einwände von außen oder innen mehr zu. Ja: Nun ist es so weit, dass Theresa Leitner skrupellos wird: Es gilt, zu jagen, gilt, am Leben zu bleiben, und das schlechte Gewissen schweigt immer öfter still. So ziehen die Jahre ins Land, und Theres verhärtet und wird dabei stärker und trauriger. Die Saligen sind ihr dennoch ab und an wohlgesonnen, immer wieder helfen sie den Kleinen, die ihr geblieben sind, über den Winter und versorgen Theres mit erwildertem Fleisch. Manchmal erinnert sie sich, wenn sie eines ihrer geliebten Kinder betrachtet, an ihre eigene Kindheit, an den ersten Schnee, die fegenden Gewitter und deren Magie.

Wie schnell man sich an das Wunder der Existenz anpasst und ihren Zauber vergisst!, denkt sie dann wehmütig.

Die Zeit verstreicht, und die Theres wird alt, mager, eingefallen. Aber damit nicht genug. Auch Josef wird ausgezehrt und alt mit den Jahren, und bald schon liegt er krank im Bett, denn das Herz will nicht mehr so recht. Schließlich scheint es, als würde er nur noch aus Augen bestehen. Aus hellen, leuchtenden Augen. Die Vorahnung seines Todes ist eine Art Schauer, der sich in Theres breitmacht, doch noch versucht sie, diese wegzuschieben. Aber das Sterben holt einen jeden ein, weiß die Theres. Und so droht in der trauten Kammer schon bald ein Abschied auf ewig.

Es ist ein besonders heißer Sommer, als der Tod nun eine der letzten großen Lieben der Theres dahinrafft. Friedlich beginnt dieser Tag: Die Weiden am Kahr sind gemäht, und Theres hat eben das Gras zum Trocknen ausgebreitet. Im Moment plagt sie vor allem die Sorge um den immer mehr verfallenden Hof: Die Dächer von Hütten und Ställen müssen mit neuen Schindeln eingedeckt werden, denn nachts hat der Sturm getobt. Morsch

ist eines der Dachrinnenstücke geworden, ja, schon ganz eingeschlagen sieht es aus!

Man sollte das Dach neu abdecken, um das Einrinnen von
Regenwasser zu verhindern, überlegt Theres, während sie Hans
beobachtet, der gerade dabei ist, im Garten das Unkraut zu
jäten. Er hat gerade die Volksschule beendet, was sie stolz und
glücklich macht.

Wie erleichternd, dass der Knabe leicht lernt!, denkt sie, denn
sie weiß, eine gute Schulbildung ist alles – und die Kinder sollen
es einmal besser haben als sie, oder? So atmet sie tief und fest
aus. Aber siehe: In dieses große Aufatmen schwappt der Tod
hinein.

Rosie ist es, die mit rasselndem Atem vom Hofe her gelaufen
kommt an diesem Sonntag im Sommer.

»Der Papa!«, stammelt sie, und sofort weiß die Leitnerin
Bescheid.

»Ja«, sagt sie nur. »Ja.«

Bereits in den vergangenen Tagen hat Josef das Lager kaum
verlassen, sein Herz scheint ihn in den letzten Wochen überaus
geplagt zu haben. Wen wundert es denn, sind die Erträge der
letzten Ernten auch wieder rar ausgefallen. Ja: Das durch den
hitzigen Sommer bereits früh verfaulte Obst ist zu nichts zu
gebrauchen, und Milch und Fleisch wagt man in der Zeit ob
der regen Seuchengefahr einfach nicht zu verzehren. Sogar der
Waldaufseher hat sich über den Wildbestand beschwert, der
immer rückläufiger zu werden scheint.

Der Hunger ist's, er hat ihm zu stark zugesetzt, weiß Theres
da bitter. Sie blickt auf und lässt, fast mechanisch, die Gabel ins
Heu sinken. Sie möchte hasten, laufen, doch ihre Beine sind wie
gelähmt. So stochern sie und Hans bloß über den Kiesweg, der
Tochter nach, die mit aufgelöstem Haar voranläuft, bis hin in
die gute Stube. Da liegt er, ihr geliebter Josef, fremd und bleich
auf dem Lager, die Kinnlade nach unten geklappt. Nach oben
hin verdreht sind seine schönen kristallblauen Augen. Die Theres faltet die Hände. Der Schmerz kommt in Wellen, doch die

Tränen bleiben aus. Auch die Zeit scheint auszubleiben. Erst beim Begräbnis kann Theres wieder einen klaren Gedanken fassen.

Warum all diese Blumen an den Gräbern?, fragt sie sich, als sie Josefs Sarg nachblickt, der in die Erde gelassen wird. Lebendig und doch tot kommen ihr diese nun vor, wie sie sich so sesshaft und brav niedergelassen haben an all diesen Orten, die die Verstorbenen beherbergen. Alles, was blüht, erscheint ihr mit einem Mal wie Hohn. Auch Rosie hat die Blumen gesehen, und sie greift nach der ausgemergelten Hand der Mutter, sie zu stärken. Viktoria indes reicht Theres eine kleine Lilie, die sie von der Nachbarin bekommen hat.

»Warum singen Blumen nicht?«, will sie wispernd wissen. Erstaunt blickt Theres sie an. »Wieso sollten sie?«, fragt sie.

Da spitzt die kleine Viktoria die Lippen, rollt mit den kugeligen Augen und sagt: »Sind sie doch so schön wie Vögel!«

Theres möchte gleichzeitig lachen und weinen und sie in ihre Arme schließen, doch sie kommt nicht dazu: Nach und nach schieben sich die Leiber der Dorfleute an sie heran, wollen ihr kondolieren, mit ihr gemeinsam Trauer tragen. Ja, auch Georg und Anna sind gekommen, doch Krieg ist Krieg, und so bleibt Theres freundlich auf Abstand. Aber siehe, noch einer wohnt der Bestattung bei: Emil.

Freilich, denkt die Theres da, er will es sich nicht entgehen lassen, mich auf dem Boden zu sehen.

Und sie fixiert den Mann mit den abstehenden Ohren, der da mit gespielt trauriger Miene auf sie zustreift, funkelnd. Ganz nah kommt er an sie heran, sodass nur sie allein seine Stimme vernehmen kann.

»Recht geschieht's dir«, zischt Emil und spuckt aus. »Recht geschieht's dir. Jetzt musst allein weitertun!«

»Verschwind«, sagt sie leise.

»Vertrage dich mit deinem Gegner, sonst liefert er dich deinem Richter aus!«, mahnt Emil da.

Sie aber lacht nur und betrachtet ihn höhnisch.

Sein Gesicht ist quadratisch, fleischig und hässlich. Speckig die Finger mit den zu langen Nägeln, die da herumhasten.

Die Theres blickt ihn an und ist mit einem Mal erschüttert von all der Wut, die in seinem Blick liegt. Ja: Er scheint gleichzeitig in Liebe und Hass entbrannt!

»Das ist, weilst dich mit mir angelegt hast!«, sagt Emil bitter.

Theres möchte schon etwas erwidern, doch ihre Kinder kommen ihr voraus.

»Was sagt er, Mama?«, ruft nämlich der Hansl da und nähert sich mit wackeren Schritten.

»Ach, nichts«, winkt die Theres rasch ab und greift nach seiner Hand. Mit kalter Miene wendet sie sich ab. »Kommt«, meint sie zu Rosie, Michl und Hansl mit bemüht sanfter Stimme, »wir wollen nach Hause.«

Warum hasst mich dieser Mann nur so?, denkt Theres, während sie gemeinsam zurück zum Hofe gehen. Sie versteht es einfach nicht.

Was folgt, ist weiterer Kampf. Aber allem zum Trotz gibt Theres nicht auf. Verbissen kämpft die Theres, wildert, jagt, und abends wühlt sie mit ihren hageren Händen in den Radieschen, die im Hofe wachsen, damit wenigstens irgendetwas in die hungrigen Münder kommt. Doch das wilde Gemüse nährt kaum. Ja: Es wirkt so, als würde dies alles nichts helfen, denkt die Theres. Ihr geliebtes Gut scheint dem Untergang geweiht. Doch damit nicht genug: Nun trägt es sich auch noch zu, dass vom Tale herauf ein Holzer zu ihr auf den Hof kommt.

Mit wichtiger Miene stellt er sich vor. »Ich werd mir ansehen, was Sie hier treiben!«, sagt er warnend. Theres aber lacht nur. Sie hat keine Angst vor ihm.

34

Früher. Theres

Emil hat ihr gedroht. Dennoch: Theres wildert weiter, denn schwer ist das Leben ohne Josef, und es bleiben angesichts der harschen Winter wenige andere Möglichkeiten, ihre Lieben zu ernähren.

Ein Jahr nach der Gerichtsverhandlung geschieht es: Theres, auf die man nun ein Auge hat und die aufgrund der Müdigkeit und des Hungers, vielleicht auch des Alters wegen, weniger gut wittert als in den letzten Jahren, wird gefasst.

Kerkerhaft also. Man verurteilt die Leitnerin. Und im Verlies schlafen Hunger und Tod. Aber die Theres kennt das ja. Auch das Knacken des Gemäuers, durch das der Wind pfeift, ist sie gewohnt.

Und sie weiß, dass die Haft ein Ende hat, oder?

Was also bleibt, ist die Tagesstruktur: aufwachen, atmen. So tut die Wilderin, was sie auch sonst tut: Sie kaut die Bissen sorgfältig gegen den Hunger und gegen die Bedrohung der Zeit, sie zählt die Schritte, während sie im Gefängnis umhergeht, die grauen Wände entlangschreitet gegen die Langeweile, wieder und wieder. Ja, es ist in diesen Tagen das Einzige, was Halt gibt. Eine Regelmäßigkeit, die die Theres rettet. Gehen, gehen. Hin und wieder pocht es an der Tür, erscheint eine Hand hinter dem Gitter.

»Essen!« Ein Napf wird hereingeschoben mit einer Art Brei. »Friss, Wilderin!«

Sie versucht zu kauen, so gut es geht. Dass das Essen länger dauert. Jeder Moment des Verdauens muss hinausgezögert werden, denn sonst schlägt der Hunger zu. Und siehe: Das Langdehnen der breiigen Masse im Mund hilft. Denn die Zeit wird riesengroß, breit macht sie sich zwischen den Mauern des Kerkers. Ist eine zähe Masse, die sich durch das Gebäude zieht.

Beinahe greifbar wie ein dunkler Teig ist die Zeit!, denkt die Theres. Die Dichtigkeit der Momente pocht ihr an den Schläfen, ist ein Seil, das zu zerreißen droht. Und was dann bleibt, das ist Wahnsinn. Dagegen aber kämpft die Theres an. Und nie vergisst sie, einen Bissen übrig zu lassen. Das hat mit Würde zu tun, weiß Theres. So verschafft sie sich bald schon Respekt bei den Gefängnisinsassen.

Und außerdem opfert sie den Rest ihren Weibern, die sie nun um Hilfe anfleht. Ja, die Saligen sind es, und Theres braucht sie nun mehr denn je.

»Bleibt an meiner Seite!«, bittet sie, während sie ihnen ein Stück des Breis weiht.

Bald schon ist man erstaunt über ihr Verhalten, und nach einiger Zeit ist Theres verschrien.

»Diese komische Wilderin«, hört sie es immer wieder unter den Wärtern raunen, oder aber auch: »Komisch, die Frau!«

»Schon wieder«, ruft da einer der Wärter erstaunt aus, als man erneut einen Rest auf dem Tellerrand liegen sieht. Da kann sich die Theres mit einem Mal nicht mehr halten, denn die Langeweile hat sie aggressiv gemacht. Sie zieht den Teller zurück und spuckt hinein, bevor sie ihn erneut durch das Fensterchen schiebt.

»Das ist für die Saligen«, schreit sie, ja, geifert sie.

Für einen kurzen Augenblick herrscht erstaunte Stille.

»Und die Spucke?«, kommt es dann schwer, träge und dämlich.

»Die ist für dich, du Idiot!«, entgegnet Theres wütend. Wie schwer von Begriff diese Wärter doch sind!, denkt sie, und: Wie leicht sie sich unterhalten lassen!

Ja, sehr hell scheinen die Wärter hier tatsächlich nicht zu sein. Theres weiß nicht recht, ob sie sich darüber eher ärgern oder freuen soll, und schreitet nachdenklich ihre Zelle ab. Fahl ist das Licht darin, der Staub zieht Fäden und schimmert in gräulich-feinen Schichten. Was Theres aber zu schaffen macht, das ist nicht die Dunkelheit. Nein, es ist die Zeit, die einmal eingefroren zu sein scheint und dann wieder wie eine Art Spinne im Raum hockt und droht, sie einzuspinnen in ihren grauen Kokon des Moments. Wie eingewoben in etwas Fremdes kommt sich Theres da vor.

Alle Erinnerungen und Gedanken werden laut in diesen Tagen, und die Bilder sind Pfeile, die Theres' Hirn durchzucken, wieder und wieder.

»Meine Wilderin!«, tönt da die Stimme des Vaters aus alten Zeiten hervor.

»Theres!«, wispert Josef in den Schleier ihrer Haare hinein, haucht ihren Mund an, wie damals.

»Mama!«, rufen indes die Kinder und betrachten sie aus großen, fragenden Augen.

Doch damit nicht genug: An Theres' innerem Blick ziehen die Ereignisse vorbei, trockene Sommer, harsche Winter, Annas Lachen, das Grunzen der Schweine im Stall, Georg, wie er an ihrer Seite im Heu schnarcht nach dieser einen und einzigen Liebesnacht, wie sie ihn später von sich stößt, ja, alles schiebt sich zusammen zu einem Meer aus Geräuschen, und die Theres ertrinkt in den Erinnerungen, haltlos, ganz. Sterben sieht sie sie, all die Dinge, die ihr lieb sind, und neue aufgehen, sich entfalten wie Blüten – und wieder verwelken.

Ist das der Wahnsinn?, fragt sich Theres, und sie sieht ihr erstes Kind, dahingerafft von Diphtherie, den toten Leib des Vaters sieht sie und das Antlitz der Mutter, das nicht mehr mit den Lidern zuckt. Eindrücke von erlegten Wildtieren drängen mit einem Mal dazwischen, schimmernde Felle in Lachen von Blut, dahingeraffte pelzige Leiber, Blicke, nach oben hin verdreht, Augäpfel, schwimmend in Kübeln, die geleeartige Masse der Eingeweide, in denen manche Weiber – denen man im Übrigen auch nachsagt, in Kontakt mit den Saligen zu stehen – angeblich die Zukunft sehen können.

Von jeher ist die Zukunft nur Verderben!, denkt die Theres,

ja, nichts als hässliches Exkrement ist das ganze Leben, wie dieses Körperinnere der erlegten Tiere, und mit einem Mal wird sie verzweifelt.

»Aus!«, schreit Theres laut.

Sie hämmert mit dem Kopf gegen die Mauer des Kerkers, wieder und wieder, schlägt den Schädel gegen die graue gerillte Wand.

Schritte sind zu hören, hart, ratternd.

»Still!«, mahnt eine Stimme.

Und wenig später folgt ein leises Raunen: »Die Wilderin – jetzt wird sie wohl verrückt!«, tönt es dann.

Da aber, auf einmal, stellt sich ein Widerstand in Theres ein, als sie diese Worte hört. Ihr Körper bäumt sich auf, wird drahtig in seinem abrupten, jähen Widerstand, und sie reckt den Kopf nach oben.

Nein, denkt sie. Nein, das werde ich nicht! Mich werdet ihr nicht kriegen!

Und in diesem Moment geschieht es: Die Saligen kommen ihr zu Hilfe. Es geschieht fast wie im Schlaf.

Ist es ein Traum?, fragt sich Theres die Erscheinung betrachtend, doch dann ist ihr die Antwort egal. Denn die Weiber scheinen helfen zu wollen, und das allein zählt. Nackt sind sie, diese blassen Frauen, kaum mehr als ein hauchiger Schleier aus Nebel oder Milch. Ja: Aus Nichts oder Luft scheinen sie gebaut. Ihr Haar ist ein Schleier, der sie bedeckt und umweht, ganz. Ihre Augen: Lampen. Sie leuchten. Die Blicke sind wie Monde, sie loten fragend den Raum aus.

»Gib nicht auf, Theres!«, raunen sie leise. Mit Stimmen, die wie Wind tönen und die nur sie hören kann.

»Ist gut!«, sagt Theres und reibt sich die Augen.

»Du darfst nicht sterben!«, wispern die Saligen leise.

»Nein!« Theres schüttelt den Kopf.

»Da draußen«, flüstern die Frauen, die mit ihren Haaren rascheln, »ist einer, der wird dir helfen!«

Theres blickt erstaunt auf. »Ja?«

»Ja, ein Weicher!«, kommt es leise. »Ein guter Mann. Und du wirst seine Sanftheit herausholen, da du ihn an seine Mutter erinnerst.«

Erstaunt sieht Theres die Erscheinungen an. »Wirklich?«, fragt sie.

Aber siehe: Da verblassen die Schleier, und erst viel später, als Theres Andreas begegnet, wird sie sich an diese Prophezeiung erinnern.

Was nun jedoch folgt, ist Erleichterung: Die Leitnerin, man lässt sie frei. Und Theres tut an diesem Tag, was sie nie getan hat: Sie geht in eine Konditorei.

35

Andreas

Wie soll ich es Rosenstiel beibringen, dass Georg gestanden hat,
das Tuch gehöre seiner Frau Anna?, überlegt Andreas Schmidt
am nächsten Tag. Und während er so durch das Dorf geht,
da hört er mit einem Mal lautes Geschrei aus dem Garten der
Heimschmidts. Er nähert sich, duckt sich – und plötzlich dringt
Annas Stimme wie in Watte gebettet an sein Ohr.
»Wenn du die Theres nicht damals geliebt hättest, hätten
wir jetzt unsre Ruh«, tönt es dumpf, und danach ist leises, aber
vehementes Gemurmel zu hören, das zweifellos von Georg
stammen muss.
Andreas pirscht sich noch näher an das Gartentor heran,
lauscht mit pochendem Herzen. Doch er vernimmt keinen Laut
mehr, nur noch Knirschen, Schritte auf Kies. Für eine Weile ist
es still. Und dann geschieht es.
»Ich kann nix für mein Herz«, hört er Georg wispern. »Ich
lieb die Theres eben. Ich lieb sie immer noch.«
Danach: Stille.

Fieberhaft überlegt Andreas, was er mit dieser Aussage machen
soll. Doch er findet keine Antwort. Und ruhelos, wie er ist,
streift er schon bald wieder in die hohen Höhen des Berggipfels
hinauf. Kaum ist er bei dem alten, zerfallenen Hofe, durchquert
er den Garten, der sich vor dem Haupthaus dehnt. Kuppeln von
Bäumen zeichnen sich gegen den Himmel ab, und ihr Laub-
werk zittert. Die Wipfel scheinen zusammenzufließen mit den
Wolken, die über ihnen liegen.
Der große Stamm einer Birke, der Kuppel entledigt, ist zu
sehen. Umschlungen von Pilzen und anderem Wurzelgeflecht
ist er. Auch Hopfen sprießt hier in diesem verwilderten Hofe

zuhauf, fällt es Andreas jetzt auf. Ja: Sowohl den Zaun als auch die Bäume scheint dieser beinahe zu ersticken. Und auch die Birke umschlingt er mit seinen Armen wie ein Raubtier.

Alles ist hier von Tod und Kampf geprägt, denkt Andreas.

So streift er durch das Dickicht des Gartens und sieht sich noch einmal aufmerksam um, als fände er eine Antwort in der ungezähmten Natur, die der Seele der Wilderin zu gleichen scheint. Alles ist dicht bewuchert. An manchen Stellen nur fließt das Sonnenlicht hindurch. Andreas geht weiter, und die Tiefe des Dickichts kommt ihm vor wie ein alles aufschluckender Schlund. Er hält kurz mit dem Gehen inne und betrachtet die vereinzelten Krähennester in den Wipfeln.

Schauerlich ist es hier, denkt er. Und: Eigentlich ist es Zeit, dass die Theres hier auszieht.

Ja: Rundherum nichts als baufällige Gebäude, die zum Teil sogar schon modern und faulen. Alles ist heruntergekommen: der Stadl, der Vorratsspeicher, auch der kleine Geräteschuppen. Andreas geht weiter. Das Haupttor hin zum Hofe ist geöffnet, und langsam nähert er sich dem Haus.

Sofort erblickt er Theres, wie sie Unkraut jätet. Fühlig, wie sie ist, hat sie ihn bereits gewittert, erhebt sich, wischt die Hände am Rocksaum ab und lächelt ihn an.

Diese Augen!, denkt Andreas, und der ihrem Blick innewohnende Verstand fällt ihm auf.

»Sie schon wieder!«, lacht Theres nun.

»Ja.« Andreas nickt und hat fast ein bisschen ein schlechtes Gewissen.

»Ich hätte es wissen müssen«, sagt sie. »Sie sind hartnäckig.«

Andreas nimmt den Hut ab und fährt sich über die Haare.

»Ich habe Georg zur Rede gestellt«, sagt er nun, »und er hat gestanden, Ihnen das Tuch entwendet zu haben.«

In dem Moment bricht etwas auseinander in Theres' Gesicht.

»Aber«, fährt er fort, »ich bin mir nicht sicher, ob die Aussage eines Trunkenbolds vor Gericht gilt.«

Theres schüttelt den Kopf, und Tränen füllen ihren Blick. Doch Andreas lässt sich jetzt nicht mehr abwimmeln.

»Bitte, Frau Leitner«, sagt er eindringlich. »Denken Sie noch einmal nach. Haben Sie andere Bekannte, die Ihnen helfen können? Die für Sie eine Aussage tätigen würden? Im Dorf?«

»Was soll ich da, nein, hab ich nicht, sie sind alle gestorben!«, meint Theres, bückt sich wieder und rupft ein wenig Löwenzahn aus.

Andreas aber lässt nicht locker. »Familie?«

Sie winkt ab. »Alle tot, bis auf meine Kinder«, sagt sie und hebt ihm den Kopf entgegen.

Andreas betrachtet die Leitnerin, wie sie ihn so ansieht. Ein Strahl der Sonne gleitet über ihr altes, trockenes Gesicht.

»Ich hab nur mich. Ich gehör nur mir!«, sagt sie und verzieht die Lippen zu einem Strich. Mit einem Mal sieht sie wieder entrückt und fremd aus, so, als sei sie kein Mensch, sondern eher ein Waldwesen. Andreas kann ihren Blick nicht deuten.

Fühlt sie etwas?, fragt er sich, während er sie so ansieht. Nein, da ist keine Trauer, wenn überhaupt, dann nur noch der Nachgeschmack eines Gefühls, oder?

Theres scheint seine Gedanken zu lesen.

»Ich werd alt«, murmelt sie und bedeutet ihm, sich zu ihr ins Gras zu setzen.

Andreas tut wie ihm geheißen. Der Wind rauscht zart durch die Bäume.

»Aber das Alter gibt uns nichts zurück, was wir jung verloren haben, im Gegenteil«, fährt sie fort. »Man bleibt allein zurück!« Und dann: »Ich hasse diese Leute im Dorf. Sie fressen und saufen als Müßiggang. Nichts als eine alte Gewohnheit ist das.«

Da muss Andreas lachen, denn er fühlt sich ertappt – auch er liebt das Bier und die Ferkel, die man ihm bei den Wirten serviert.

Theres indes spricht weiter. »Immer wenn sie sich langweilen, essen sie. Es widert mich an. Ich geh nimmer ins Tal, wenn es nicht sein muss.«

Andreas seufzt, schweigt kurz und wischt sich ein wenig Schweiß von der Stirn.

»Ich will Ihnen helfen«, sagt er dann. »Wenn schon in der Natur alle Dinge einander zur Hand gehen, dann muss das doch bei Menschen auch so sein. Pflanzen haben Heilkraft. Warum sollen wir einander nicht unterstützen?«

Theres betrachtet den Boden. »Meine Welt ist eine härtere!«, sagt sie.

»Warum?«, fragt Andreas, obwohl er weiß, was sie meint.

Theres stößt zischend Atem aus. »Ich bin alt. Was verwelkt, ist nicht mehr notwendig. Ich werde sterben!«, sagt sie und reißt ein wenig Unkraut mit der Wurzel aus.

»Das tut mir leid ...«, flüstert Andreas und betrachtet verlegen das Gras, das im Wind wippt.

Theres schüttelt den Kopf, dass die Haare sich nur so schlängeln. »Nein. Sorgen Sie sich nicht um mich, sorgen Sie sich um ältere Dinge, wie die Erde oder die Sonne.«

»Ich habe meinen eigenen Willen«, lacht Andreas.

Stille.

»Ich denke nach und suche einen Weg!«, sagt er nach einer Weile.

Theres wehrt ab, ihr Gesicht scheint sich plötzlich in sich selbst zu verschließen. »Es gibt keinen Weg als den, der da ist«, murmelt sie.

Andreas betrachtet sie verzweifelt. Die Frau hat den Tod in den Knochen!, denkt er und muss sich an seine Mutter erinnern. Es zieht ihm das Herz zu.

»Sie sollen weitermachen!«, ruft er aus.

Theres winkt lächelnd ab. »Ist gut, ich will sterben«, sagt sie leise. »Erfahren, woraus ich gemacht bin. Meine Seele ist uralt und hat lauter Falten.«

Da muss Andreas lachen, doch dann fällt ihm wieder das faltige Gesicht seiner geliebten Mutter ein – und wie kostbar jeder noch so kleine Moment ist, den man mit einem geliebten Menschen hat.

»Sie sind eine Kämpferin, Sie dürfen nicht untergehen«, sagt er und wagt es, der Leitnerin ihren knochigen Rücken zu tätscheln.

Ein sanftes Lächeln kräuselt sich da kurz über den ehemals so sinnlichen Lippen. »Ich hab mich nicht ins Wasser begeben. Das war das Leben!«, entgegnet sie dann, legt den Kopf in den Nacken, fixiert eines der Krähennester auf dem Baum. »Es hat mir alles genommen.«

Andreas schweigt.

»Nein«, korrigiert sich die Theres dann selbst. »Nein, ich hatte gar nichts!«

Für einen Augenblick herrscht erneut Schweigen. Dann dringt es, kaum hörbar, kaum mehr als ein Seufzer, aus der Theres: »Man hat gar nichts. Ehrlich.«

Schwierig, dieses Weib, sagt sich Andreas und will schon klein beigeben, aufstehen und gehen. Dann aber sieht er Emils Gesicht vor sich, das einen so grausamen Zug angenommen hat, als er von der Leitnerin sprach, erinnert sich, wie der Mann für einen Moment alles zu verschlingen schien mit seinem bösen Blick. Und laut sagt er: »So einfach, liebe Theresa Leitner, geben wir nicht auf!«

36

Andreas

Dass er sich allein auf eine Aussage des Trunkenbolds Georg nicht verlassen würde können, ist Andreas Schmidt klar. So bricht er erneut auf, um den Dorfdeppen zu finden. Bei Anna hat es ja schließlich auch geklappt, sagt er sich. Und dann: Zwei halbe Aussagen ergeben vielleicht eine ganze! So spricht Andreas sich Mut zu und beginnt seine Suche nach Sepp. Dieser hält sich in einer kleinen Hütte im Wildspitzenschlag auf, neben einem verfallenen Heustadl, hat die Theres ihm erzählt, und Andreas zögert nicht lange, den steilen Hang hinaufzuschreiten. Bereits von Weitem sieht er den hageren Jungen mit dem flaumartigen blonden Haar zwischen den Bäumen stehen. Sepp steht einfach nur, steht und schaut und wiegt den Körper hin und her, als wär er sich selbst genug. Bemüht sanft nähert Andreas sich seiner mageren Gestalt und sagt dabei leise:»Sepp!«

Der Junge wendet ihm sein Antlitz zu, blickt schielend in seine Richtung und verzerrt dann das Gesicht zu einem fratzenartigen Grinsen.

»Ah!«, stößt er aus.

»Sepp«, sagt Andreas nun erneut und geht mit vorsichtigen Schritten auf den Knaben zu, fast so, wie wenn man sich einer wilden Katze nähert – doch dann geschieht es: In dem Moment schießt eine Kugel durch die Luft. Schnellt an Andreas' linkem Ohr vorbei. Dann ertönt ein dröhnend lautes Krachen.

Andreas wendet den Kopf zur Seite und sieht, dass die Kugel ihn – das offenbare Ziel – nur um einige Meter verfehlt hat. Er strauchelt, kippt rücklings nach hinten und prallt hart auf dem Waldboden auf, den Dorfidioten im Taumel mit sich ziehend. Als er mühsam seinen Oberkörper ein Stück weit emporrichtet, begreift er: Jemand hat versucht, ihn bei seinem Vorhaben, Sepp zu finden, zur Strecke zu bringen! Sofort hangelt Andreas sich, an den Boden gepresst, mit hechelndem, schnellem Atem durchs Dickicht.

Soll ich aufstehen?, überlegt er währenddessen. Doch er hat kaum Zeit, einen klaren Gedanken zu fassen, denn schon ertönt ein weiterer Knall. So schiebt er sich auf dem feuchten, erdigen Waldboden weiter, bis er eine Lichtung erreicht hat. Dann springt er rasch auf die Beine. Seine Tasche an die Brust gepresst, hastet er durch das Dickicht, ohne sich umzublicken oder noch einmal nach Sepp zu schauen, so schnell, dass seine Füße kaum den Erdboden berühren. Aus den Augenwinkeln nimmt er wahr, dass niemand ihm gefolgt ist.

Dennoch: Andreas eilt voran, als gelte es das Leben. Er hastet den unebenen Weg entlang, der zwischen den Tannen hindurchführt, und bemüht sich, nicht zu straucheln. Plötzlich fühlt er einen leichten Luftzug. Eine Gestalt erscheint knapp neben seinem linken Ärmel.

Andreas schaudert, blickt zur Seite und sieht das Gesicht von – Sepp! Erleichtert hält er inne und betrachtet den Idioten mit erstauntem Ausdruck.

»Wie bist du nur so schnell hierhergekommen?«, fragt er. Ja, tatsächlich: Der Sepp scheint förmlich durch die Luft geflitzt zu sein! Fast wie ein magisches Wesen, das ihm zu Hilfe gekommen ist. Vielleicht ein Luftgeist? Ein Diener der Saligen?

Sepp indes keucht nur. Keucht und lacht.

So nimmt Andreas ihn an der Hand, stimmt in das Lachen mit ein, und die beiden verlassen das Dickicht.

»Danke«, sagt Andreas schließlich, als sie den Waldsaum erreicht haben – er weiß selbst nicht, wieso. Nein: Eigentlich bedankt er sich nicht bei Sepp. Er bedankt sich bei dem Leben, dass es ihn und den Jungen noch einmal heil davonkommen hat lassen.

Seufzend kommt sein Atem, während er sich mit dem Ärmel den Schweiß von der Stirn wischt. Da zerteilt ein Wirbelwind die Krone eines Baumes, der knapp vor der Lichtung steht, und in dem Moment gleitet erneut eine Kugel an Andreas' Kopf vorbei. Gerade noch rechtzeitig kann er sich ducken, reißt Sepp mit sich und ergreift dann die Flucht.

Haarscharf!, denkt er und beginnt, den hechelnden, erregten Sepp hinter sich herziehend, erneut zu laufen. Hinter seinem Rücken ertönt ein markerschütternder Schmerzensschrei, und ein lautes Krachen dringt an sein Ohr, gefolgt von unverständlichen, hasserfüllten Worten.

Andreas hastet, hechelt, rennt. Es dauert, bis sie das Dorf erreicht haben – und erst da wähnt er sich in Sicherheit. Zögernd verlangsamt er seine Schritte, und auch Sepp wird langsamer.

Schließlich kauern die beiden sich vor ein Bauernhaus und halten erschöpft inne. Andreas betrachtet den Idioten, ist aber zu erschöpft, um auch nur ein Wort von sich zu geben.

Sepp sitzt, in einen grauen Mantel gehüllt, vor ihm da und hat die Augen starr aufgerissen. Das Haar ist von hellblondem Glanz und rahmt in Pagenkopfform ein marmornes Antlitz ein. Mit einem Mal kommt Sepp Andreas seltsam schön vor.

»Danke«, sagt er nun endlich wieder, und dann: »Was meinst«, denn die beiden sind nur wenige Schritte von einem Wirtshaus entfernt, »wollen wir einkehren?«

Er ist sich nicht sicher, ob der Dorfdepp seine Worte versteht, und beobachtet ihn so besonders eindringlich, während er die Frage stellt. Sepp aber sieht ihn mit schielendem Blick an. Er überlegt für einen Moment, doch dann springt er mit einem Satz hoch und stößt einen Laut aus, der eine Art »Ja!« sein könnte.

Und siehe: Mit einer fließenden Bewegung gleitet Sepp durch die Luft, fast so, als würde er schwimmen, und läuft in Richtung warme Stube. Erstaunt sieht Andreas, der immer noch nach Atem ringt, ihm nach, richtet sich dann auf und ruft laut aus: »Warte, Sepp! So wart doch!«

Der Junge aber dreht sich nur zwinkernd um, wie eine Feder scheint er mit einem Mal dahinzugleiten, und alle Trägheit ist aus seinem sonst so dumpfen Gesicht gewichen. Da muss Andreas lachen, und er folgt ihm keuchend ins Wirtshaus.

Es dauert nicht lang, da haben Andreas und Sepp sich bei einem guten Braten und einem Krug Wasser gestärkt – Andreas trinkt ein Bier, das er dem Idioten jedoch wohlweislich verweigert –, und dann treten die beiden die gemeinsame Reise zum Wildspitzenschlag hinauf an. Denn Andreas weiß: Wenn irgendjemand Sepp vernünftige Worte entlocken kann, so ist es die Leitnerin.

Doch die Theres, die die beiden bereits von Weitem kommen sieht, während sie die Schweine auf der Wiese hinterm Stadl füttert, winkt sofort ab.

»Nein«, sagt sie, »ich werd den Sepp nicht ausliefern!«

Andreas indes lässt nicht locker. »Sie müssen. Die Lage spitzt sich zu. Ich bin angeschossen worden«, sagt er mit grimmiger Miene.

Die Theres stutzt. Dann wischt sie sich übers Gesicht und greift erneut nach einem Packen Heu, das sie einem der Tiere unter das Maul schiebt. »Sehen Sie. Es ist falsch, mir zu helfen«, sagt sie dann.

Andreas aber schüttelt den Kopf. »Das glaube ich nicht.«

»Es ist ein Fehler, zu kämpfen«, sagt Theres. »Wir können diesen letzten Kampf nicht gewinnen. Es ist vorbei.«

»Manchmal muss man eben Fehler begehen«, entgegnet Andreas.

Theres hält für einen Moment inne. »Was wollen Sie?«, fragt sie dann.

»Das Böse muss vernichtet werden. Also?«, meint er.

Er begreift nicht, wieso, doch in seinem Kopf hat sie sich wie ein Nagel festgesetzt: Theres' Unschuld. Da wallt sein Blut mit einem Mal heftig, und er kann seine Willenskraft kaum im Zaum halten. So etwas hat er selten erlebt.

»Wieso nur müssen manche wie Würmer zugrunde gehen, und andere leben in Reichtum und Wohlstand?«, sagt er da und greift nach Theres' Hand. »Ich will, dass Sie noch einmal blühen können, Leitnerin!«

Mit einem Mal dringt ein Seufzen aus der Theres.

»In Ordnung«, sagt sie schließlich und sieht dann Sepp an, der auf dem gräsernen Boden sitzt und begonnen hat, einige Halme auszurupfen und mit ihnen zu spielen.

Mit warmer Stimme wendet sie sich an ihn. »Sepp, erinnerst dich an das Tuch von der Anna? Sag, weißt noch – wie ich es ihr geschenkt hab, damals?«

Kurz verdreht der Junge wirr die Augen nach oben, wippt mit dem Oberkörper hin und her und stößt dann einen A-Laut aus.

Theres nickt.

»Anna!« Und siehe – nun beginnt der Dorfdepp zu stammeln. »Hab Zither gespielt mit Theres. Mond ist aufgegangen. Und da kam Anna. Danke fürs Tuch, hat s' g'sagt. Ums Hälsli g'habt! Und g'sagt: Der Georg ist so bös, ich will's dir zahlen.«

Theres nickt, während Andreas die Kinnlade herunterkippt. So vernünftig hat er den Idioten noch nie reden gehört!

»Ja«, wispert die Leitnerin, und dann fügt sie hinzu: »Kannst du diesen Satz vor anderen Männern noch mal wiederholen?«

Sepp nickt.

»Ist das die ganze Wahrheit?«, will Andreas von der Leitnerin wissen.

Diese verneint. »Eins fehlt noch«, gibt sie zu.

»Und zwar?«

»Dass ich Anna verjagt hab. Danach. Und dann war's für immer aus mit uns«, flüstert sie tonlos.

37

Früher. Theres

Aber selbst wenn manches aus ist – das Leben ist unbarmherzig und geht weiter. So kommen und gehen die Winter, und Theres fühlt sich immer einsamer. Sie hat keine Liebe mehr. Josef ist tot, Hansl wird älter und trinkt, und die Oberkörper der Mädchen runden sich mehr und mehr aus mit den Jahren. Theres weiß, bald schon werden auch die Kinder sie verlassen.

Josef!, denkt sie, als sie eines Nachts hochschreckt.

Mit einem Mal hat sie sein lachendes Antlitz vor Augen, die kristallblauen Augen, die der Hansl geerbt hat, sieht ihn wieder vor sich, wie er sich die Pfeife stopft, lachend am Kamin sitzt, ihre Hand hält.

»Meine Salige!«, hört sie ihn innerlich ausrufen, und da bricht das Eis in Theres wieder auf.

»Du fehlst mir!«, flüstert sie in die Stille des alternden Hauses hinein.

Und wie Regen strömt der Schmerz jetzt aus der Leitnerin heraus. Die Wangen brennen, die Tränen sind heiß wie Öl, das im Feuer erhitzt wird. Sie kann nicht mehr an sich halten.

Doch kaum ist der Morgen gekommen, richtet sie ihr Rückgrat gerade und bemüht sich, noch härter zu werden.

»Begeht keine mutwilligen Streiche!«, mahnt Theres ihre Kinder also beim Frühstück, denn sie will, dass sie es einmal besser haben als sie. Und: »Verkehrt nicht zu viel mit Fremden. Seid misstrauisch, aber geraden Herzens!«

Diese nicken brav und kauen. Sie wissen längst Bescheid und hören der Mutter schon nicht mehr zu. Wie ein Wind sind sie, wenn sie den Schulweg antreten.

Bald werden sie flügge sein, wie Vögel, denkt die Leitnerin, während sie ihrer Horde nachblickt und seufzt.

»Theres!«, rufen die Saligen oft, wenn die Sonne untergegangen ist.

»Ich komme«, antwortet Theres dann, packt das Gewehr ein und geht durch die Wälder. Wie ein Schatten streift sie umher. Sieht sich im Spiegel des Weihers, und ihr sind ihre eigenen Augen fremd.

Du bist dabei, eine Untote zu werden, denkt sie.

Die Gedanken sind mit einem Mal Girlanden von Schlangen in ihrem Kopf, die einander überschlagen, wieder und wieder.

Der einzige Gott ist der Tod, sagt sich Theres, und all die Knoten der Traurigkeit wollen sich nicht mehr von ihrer Brust lösen.

»Es ist zwecklos. Das Dasein eine Qual ohne Ende, das Leben saugt an den Eingeweiden!«, murmelt sie wie im Wahn zu sich selbst.

Ja: Die Theres will dahinscheiden, spurlos.

Josef ist tot, und sie ist eine Todgeweihte, die ihren letzten Gang geht, seit er weg ist.

Über das ganze Himmelszelt spannt sich das Sterben, denkt Theres.

Aber was hilft es: Die Kinder müssen ernährt werden. So rafft sie sich an einem der nächsten Tage auf. Zerquält und abgezehrt sieht sie die Kinder an, bemüht sich zu lächeln, als sie an diesem Abend von der Schule heimkehren.

»Mama, Mama, ich hab heut Latein angefangen zu lernen!«, plappert da Viktoria beschwingt.

»Jetzt schon?«, sagt Theres verwundert, denn noch steht die kleine Viktoria ganz am Beginn ihrer Schullaufbahn.

Das Mädchen lächelt stolz. »Ja!«, sagt sie, reckt die Brust heraus und wippt mit dem Kopf, dass die hellen Locken nur so wallen.

Wie sehr sie Josef ähnelt!, denkt Theres da traurig.

»Und weißt was?«, fährt die Kleine fort.

»Was, mein Kind?«, meint Theres müde.

»Viktoria – das heißt Sieg!«

Da muss die Theres dann doch lachen und freut sich. Ja, manchmal geht es doch einfach!, sagt sie sich: Ein Kind zwinkert, und das ist, als scheine kurz die Sonne.

38

Andreas

Vor der Gerichtsverhandlung schließlich wird Andreas Schmidt von großer Sorge erfasst. Zwar üben er und Theres immer wieder mit Sepp die Sätze, helfen ihm, gerade zu formulieren – und dennoch, er ist sich nicht sicher, ob man vor Gericht eine Aussage des Idioten akzeptieren wird. Und Georg ist in den nächsten Tagen kaum ansprechbar; wenn man ihm begegnet, dann ist er zu betrunken, um einen geraden Satz zu sagen.

Fieberhaft überlegt Andreas, wie er weiter vorgehen soll. Doch es hilft nichts: Die einzige Möglichkeit, der Theres jetzt zu helfen, ist die, es mit Sepps Stimme zu versuchen. So streift er, wie er es in den letzten Wochen stets getan hat, durch die Wälder und lauscht auf die Laute der Wesenheiten, die da so auf dem Wildspitzenschlag zu hausen scheinen. Einem Wall mit Festigungsanlagen gleichen die Alpen. Ja: Die Bergrücken sind stark wie Mauern von Türmen, die Kalk- und Geröllwände sind voll von Rissen und Spalten, durch die der Wind saust – und dennoch stehen sie stramm wie eine Burg.

Nie waren die Alpen so schön!, denkt Andreas, und er wird plötzlich von einer überaus tiefen Wehmut erfasst. Er liebt inzwischen die Wege, den Fluss mit seinen Knicken und Biegungen, er kennt sie jetzt, die Mühlen, Brücken und Dämme und das von feinem Schimmer umwobene Morgenrot, das dunstig am Horizont hängt. Jenseits des Gewimmels aus Bäumen, Bergen und Bächen die Dorfkirche, die mit ihrer goldenen Kuppel aus dem Tal herausragt und deren Kreuz hell funkelt wie Dukaten. Er betrachtet die Weidenwipfel und sinniert.

Was für eine weite Welt all das ist!, denkt Andreas und wundert sich in diesen Tagen über sich selbst. Weder Spazierengehen noch Wandern hat ihn früher interessiert, träumerisch, wie er war, doch nun ist es gekommen. Da begreift Andreas, dass er alt wird.

Noch einmal jung sein!, denkt er plötzlich, das wäre was. Jugend hat Zukunft, das ist ihr Glück. Auch wenn sie nicht besser oder schlechter ist.

Mit einem Mal wird das Leben wieder kostbarer, denn es scheint ihm unwiederholbar zu sein, und plötzlich findet er sein Leben in der regelmäßigen Ruhe des Dorfes schön. Jeden Tag erwacht er später. Doch das wird von Rosenstiel nicht so gern gesehen.

Des Abends ist er oft wehmütig, wenn er nach Hause geht. So auch heute. Noch sind die Laternen nicht angezündet, und es dämmert. Langsam erst stecken die Bewohner im Tal hinter den Fenstern das Licht an.

Die Britsche macht einen Sprung, fährt schließlich ins Tor ein. Biegt ab und kommt zum Halten. Und siehe – heute ist sie es, die ihn aufsucht. Tatsächlich: Die Theres steht vor Andreas' Türe. Aufgelöst und etwas traurig sieht sie aus.

»Sind Sie für oder gegen mich?«, fragt sie.

Andreas lächelt. Dann nimmt er sie in den Arm.

»Danke«, sagt Theres. Er wird verlegen in ihrer mit einem Mal schönen Gegenwart und verstummt beschämt ob seines Reichtums.

Und sie, sie muss so viel Hunger leiden!, denkt er. Dennoch: Hell und licht scheint ihm nun die Welt, voller Freude und Glück. Die Theres ist da!, wispert es in ihm, und es scheint, als rede er mit dem Geist seiner toten, so sehr geliebten Mutter.

Doch kaum ist sie wieder gegangen, da erwartet den Andreas eine unangenehme Überraschung.

Rosenstiel ist es, der an die Tür pocht.

»Was wollen Sie hier?«, fragt Andreas ungehalten.

Rosenstiel blitzt ihn erbost an. »Mit Ihnen noch einmal über die Verhandlung reden, da man Sie ja sonst erst immer später bei uns zu Gesicht bekommt!«, herrscht er ihn an und baut sich breitbeinig vor Andreas auf, während er mit seinen Fingern in der Luft herumwedelt.

»Abends?«, fragt Andreas erstaunt.

Doch Rosenstiel reagiert gar nicht. »Was hat denn die Mörderin hier gemacht?«, fragt er bloß mit gackernder Stimme.

Da aber ist es, als würden die Saligen durch Andreas' Körper hindurchzucken, und mit einem Mal richtet er sich vor seinem Chef auf und sagt: »Sie ist keine Mörderin. Und wir haben geredet!«

Rosenstiel kann es kaum glauben. »Oh, jetzt ist es schon ein Wir! Sind Ihre Augen vom Alter schwach geworden, oder was?«, ruft er aus.

»Sie ist keine Mörderin, ich habe Beweise«, wagt es Andreas da.

»Sie erscheinen zu spät zur Arbeit, vernachlässigen Ihre Pflichten – und jetzt ist es auch noch ein Wir! Das wird ein Nachspiel haben!«, schnaubt Rosenstiel jedoch nur und hastet durch die Nacht davon. Andreas aber ist seine Haltung egal. Lächelnd blickt er in die Leere, bis es Tag wird.

39

Früher. Theres

Theres bestreitet weiterhin wacker Jahr für Jahr, doch das Leben scheint ihr fremd zu sein. Ja: Sie handelt wie im Traum. Schweigt viel. Nachts sind Stimmen in ihrem Kopf lebhaft. Ob es die der Saligen sind?, fragt sie sich manchmal. Aber sie hat niemanden, der ihr auf diese Frage antwortet. Die Söhne sind längst ins Dorf gezogen, Rosie arbeitet als Magd auf dem Greinerhof, und Viktoria hat einen feschen Knaben aus dem Nachbardorf geehelicht. Wenn die Sonne scheint, sitzt sie jetzt bloß mit bleichem Gesicht da, den Mund halb geöffnet. In ihrem Antlitz liegt ein gequälter Ausdruck, das kann sie spüren, auch wenn sie sich selbst nicht sieht. Aber es hilft nichts. Denn immer wieder kommen die Söhne zu Besuch, und es gilt, sie zu hegen, ihnen gegenüber den Anschein zu wahren. Und das kann sie. Ja, das hat die Theres inzwischen gelernt.

»Du solltest das Haus verkaufen«, rät ihr Hansl, der an einem dieser namenlosen Tage wieder einmal zu Besuch kommt. »Weißt, dann bist mir näher. Und was brauchst denn einen ganzen Hof? Lieber weniger Raum und dafür mehr Geld.«

Theres sieht sich um, betrachtet die Wände, die unter jedem Blick zu ächzen scheinen. Mit einem Mal schieben sich Erinnerungen aus frühen Zeiten in ihren Kopf: Alois, die wispernden Gespräche in der Kindheit, sein Schlaf neben ihr, das Spiel der Zither, die wachen Augen Annas am Morgen, wenn sie ihr den Rücken schrubbte …

Anna!, denkt Theres da schmerzerfüllt, und rasch schiebt sie die Erinnerungen weg. »Ich überleg es mir«, sagt sie dann mit matter Stimme und greift nach Hansls Hand.

40

Andreas

»Die Theres Leitner ist keine Verbrecherin«, sagt Andreas
Schmidt, als er am nächsten Morgen – diesmal pünktlich – das
Büro betritt. Rosenstiel zieht eine Augenbraue in die Höhe und beginnt
dann, wie wild mit seinen langen weißen Fingern mit den ro-
saroten Nägeln in den Papieren auf dem Schreibtisch zu kramen.

»Sehen Sie das?«, ruft er laut aus, greift nach den Akten und
fuchtelt damit in der Luft herum, sodass Andreas kaum atmen
kann. »Das hier! Das ist der Beweis! Sie wildert! Mehrmals
angezeigt, ja, sogar Kerkerhaft. Was wollen Sie denn noch?«

Zunächst weiß Andreas nicht, was er tun soll, doch dann ruft
er innerlich die Saligen an – das erste Mal in seinem Leben. Und
siehe: Es hilft. Andreas' Atembeschwerden nehmen nach und
nach ab.

»Das Tuch gehört der Anna«, sagt er laut. »Theres' Schwester.
Ich habe Beweise dafür.«

Für einen Moment blickt Rosenstiel ihn ungläubig an. Doch
dann bricht er in schallendes Gelächter aus. Ja: Wie Hohn klingt
sein Lachen.

»Wissen Sie was? Sehen Sie doch selbst, wie Sie klarkom-
men.« Rosenstiel springt auf und geht aus dem Raum. Er wirft
mit einem lauten Wummern die Tür hinter sich zu.

Sein Lachen verfolgt Andreas, ja, es lässt ihn über lange Zeit
nicht los.

Was, wenn Rosenstiel doch recht hat?, denkt er.

Im Dorfe munkelt man inzwischen. Die Geister scheinen
sich zu scheiden: Die einen halten Theres tatsächlich für eine,
die mit den Saligen packelt, die anderen richten ihr Augenmerk

allein auf den Mord und wollen von Mystik und Magie nichts wissen. Sie sagen, all das Gerede über die Spukerei sei nur Faselei und man müsse sich darauf konzentrieren, den Schuldigen zu finden. Fragt Andreas jemanden, dann meint der meist, er habe von dem Fall keine Ahnung. Doch redet er über etwas anderes, kommt heraus, dass sich fast jeder schon eine Meinung gebildet hat.

Wie falsch doch die Menschen sind!, denkt Andreas und seufzt.

Am Nachmittag versucht er noch einmal, mit Rosenstiel zu reden, doch alle seine Worte prallen an ihm ab wie Erbsen, die man gegen eine harte Mauer wirft.

Sepp scheint Andreas' Unruhe zu spüren, und Andreas findet mit einem Male kaum mehr einen Zugang zu ihm, als er ihn am Tag vor der Verhandlung aufsucht. So geht er verzweifelt mit ihm zum Hofe der Leitnerin.

»Sie müssen mir helfen!«, sagt er, als er mit Sepp bei ihr angekommen ist.

Theres zieht eine Augenbraue in die Höhe und lacht. »Sie schon wieder. Wollen Sie denn noch mehr traurige Geschichten hören? Sie haben einen Narren an mir gefressen!«

»Kein Wunder«, entgegnet er, »packeln Sie doch mit den Saligen und haben einen Zauber über mich verhangen!«

Da legt die Theres den Kopf in den Nacken und lacht. Ja, sie lacht nicht nur, sie wiehert sogar.

Wie ein Pferd, denkt Andreas.

Nie hat er solch eine Art der Wildheit bei einer Frau gesehen, und, zugegeben, ein wenig unheimlich ist sie ihm schon, dieses weißhaarige Weib, das da so hager und groß gewachsen vor ihm steht und ihren Leib grinsend hin- und herwiegt. Und dennoch: Er liebt sie. Ja, wie eine Freundin, eine Mutter, eine Frau.

Nie hast du so selbstlos geliebt, begreift Andreas da, und ihm wird bang und traurig ums Herz.

»Wir müssen Sepp dazu bringen, bis morgen entspannt zu

sein«, erklärt Andreas. »Er darf zwischen den Sätzen keine Fehler machen.«

Theres nickt. »Da weiß ich ein Rezept«, meint sie und lächelt schelmisch.

Sie steht auf, geht an den Schrank und holt ihre Zither heraus. Dann setzt man sich gemeinsam vor das alte Haus und musiziert. Still schlafen die Berge hinterm Hof. Es ist Nacht, und in der Nacht ist man mit seinen eigenen Gedanken allein. Sie liegen neben einem, und man kann sie ansehen, denkt Andreas, während er das Schwarz hinter den Bergen betrachtet. Und dann: Wie schön wäre es, wäre die Erde hütend. Wär er eine Zwiebel. Doch grausam ist die Welt! Denn morgen ist Gerichtsverhandlung.

Theres neben ihm singt mit leiser, rauer, aber klar intonierender Stimme.

Andreas merkt, wie er wehmütig wird. Es ist eine Musik, die das Herz eines Todgeweihten berührt!, denkt er, als er sie ansieht. Würde man sie hinrichten? Mit einem Mal verschmilzt alles zu einer Einheit, zu einem Zuhause, einem großen Ganzen, alles ist verbunden.

Mutter!, denkt Andreas.

Die Musik drückt die letzte Erschütterung seiner Seele aus, schmerzhaft, klar, hell und rein. Sie ist der Schlüssel zu seinen Empfindungen. Dennoch: Er weint nicht. Er schweigt.

Und als Theres mit der dritten Strophe anfängt, da geschieht es: Sepp singt. Singt schrill, mit der dünnen, immer sich selbst fremden Stimme eines Wahnsinnigen, aber er singt.

»Seht ihr den Mond dort stehen?
Er ist nur halb zu sehen
Und ist doch rund und schön.
So sind wohl manche Sachen,
Die wir getrost belachen,
Weil unsre Augen sie nicht seh'n.

So legt euch denn, ihr Brüder
In Gottes Namen nieder.
Kalt weht der Abendhauch.
Verschon uns Gott mit Strafen
Und lass uns ruhig schlafen
Und unsern kranken Nachbarn auch.«

Andreas kann es kaum glauben: Zwar kommen die Worte etwas lallend, aber dennoch, sie sind klar verständlich! So jubiliert der Idiot vor ihm wie ein Engel. Und dann sagt er: »Anna ist 'kommen. Hat Danke gesagt für das Tuch. Wollt es zurückbringen. Das ist mein Satz!«

Und er lacht, während seine verdrehten Augen für einen Moment schelmisch aufblitzen. Da wird Andreas mit einem Mal leichter ums Herz.

Schön ist es, hier zu sitzen und dem Lied zu lauschen!, denkt er, zieht vor Rührung die buschigen hellen Brauen zusammen und greift freundlich nach Theres' Hand.

Es ist, als würde er sich den Staub von den Füßen schütteln, als sie aufstehen.

»Das wird gut werden morgen!«, sagt er nun zuversichtlich, bevor er den Heimweg antritt.

Aber vor seiner Haustüre erwartet ihn wieder einmal eine böse Überraschung.

Rosenstiel ist es, der ihn abfängt.

»Wo waren Sie? Morgen ist die Verhandlung, und ich kann Sie nicht erreichen!«, herrscht er Andreas, schnaubend wie ein Pferd, an.

»Ich war auf dem Berggipfel, im Heimathof der Leitnerin. Und ich bin mir nun ganz und gar sicher: Das Tuch, das man gefunden hat, wurde vor langer Zeit schon Anna, Theres' Schwester, gegeben.«

Rosenstiel fuchtelt wie irr in der Luft herum. »Was ist nur in Sie gefahren?«

»Nun«, meint Andreas leise, »sie ist mir einfach sympathisch.«

»Sie ist Ihnen sympathisch?«, kreischt Rosenstiel laut auf.
Dann ringt er nach Atem, schnappt dabei wie ein Fisch. Offenbar fehlen ihm jetzt die Worte.

»Wissen Sie was? Ihnen ist nicht zu helfen!«, sagt er dann,
dreht sich um und geht.

41

Früher. Theres

Als Theres noch überlegt, das Haus zu verkaufen, ereignet sich erneut eine grässliche Begebenheit: Eines Morgens rüttelt ein Inspektor an ihrer Türe, und man teilt ihr mit, sie werde des Mordes an Rainer Bierbichl bezichtigt. Und da man eines ihrer alten Tücher, das sie einst Anna verkaufen wollte, bei dem Toten gefunden hat, wird Theres schließlich vor Gericht gezerrt. Sie begreift es gar nicht: Diesmal ist sie wegen Mordes angeklagt!

Tiere hat sie schon auf dem Gewissen, das stimmt freilich. Aber nie hat sie einen Menschen getötet. Warum auch? Man kann Menschen ja nicht essen! Wie lächerlich, denkt sie. Einzig der Inspektor Schmidt macht ihr Hoffnungen. So oft hat er sie besucht und aus ihrem Leben hören wollen. Und so hartnäckig hat er nach einem Weg gesucht, sie von der Anklage zu befreien, zusammen mit Sepp – und ist ihr dabei richtig ans Herz gewachsen, fast wie ein Sohn! Doch: vergebens.

Nun sind sie auf dem Weg ins Dorf, und ihr ist bang.

Das Leben scheint hier kein Recht zu haben zu wachsen, sinniert Theres, als sie den Gerichtshof betritt und darauf wartet, dass die hohen Herren kommen, sie zu holen. Hier nicht und nirgendwo, wo Menschen sind!

Und mit einem Male wird ihr wieder unendlich traurig und weh ums Herz. Dabei will man doch nur, dass der Wind durch einen säuselt wie Gras, will gewogen sein wie das Wasser, oder?, denkt sie, während sie all die wichtigen Menschen aus dem Dorfe betrachtet, die sich da so geifernd vor ihr aufbauen: der Emil, die alte Kathl, Haltersheim von nebenan – ja, auch die Frau Bierbichl ist gekommen und fixiert sie mit ihren kuhähnlichen, dicht bewimperten Augen.

Warum hasst ihr mich bloß so?, denkt sie, als sie den Dorfpfarrer erblickt, der ihr zuraunt: »Na, Salige, auch wieder herabgestiegen von deinem Throne, dem Sommerberg?«

Theres möchte etwas entgegnen, doch mit einem Male ist sie müde – und fühlt sich unendlich alt. Sie begreift einfach nicht, dass es so schwer sein muss. Da aber sind sie: zwei helle Punkte, die sich aus der Sonne lösen, auf den Gerichtshof zukommen. Anna und Georg. Die unbewegliche Stille zerspringt, als sie ihr die Hand schütteln. Am liebsten möchte Theres da zu weinen beginnen.

Und da erscheint zu allem Überfluss auch noch der andere Inspektor, dieser Rosenstiel. Ein hagerer, hastiger Kerl ist er, dessen Adamsapfel beim Reden nur so auf und ab hüpft. Er muss sie besonders hassen, das kann Theres erkennen, kann es sehen an der Art und Weise, wie seine Augen sich verengen, während er sie beobachtet.

Wie krumm seine Nase ist!, denkt Theres da.

Ja: ein schmaler Grat. Sie wittert Feinde mit der Nase eines Jagdhundes, der Wild wahrnimmt. Dieser Mann hat Blut in den Adern, das kalt ist. Und ein Herz so rau wie Felsbrocken!

Man nimmt sie mit in das Gebäude. Zwar scheint die Sonne, und die geräumigen Gänge sind hell erleuchtet, doch das erleichtert die Orientierung nicht, erschwert sie sogar.

Aber dann, für einen Moment, kommt es ihr noch einmal vor, als würden die Saligen ihr zu Hilfe eilen. Die Erde selbst scheint zu lodern, aus ihrer Tiefe heraus, ein niedriges Feuer, das einen herabzieht – bis in die Hölle hinein. Nein?

»Wir sind da! Kämpf weiter!«, tönt es aus dieser Tiefe.

Ich kann nicht!, wispert Theres den Weibern innerlich zu.

Wie nackt kommt sie sich vor unter all diesen Blicken. Sie denkt an Anna, die so weit abseits steht, ihr nicht hilft, genauso wenig wie Georg, mit dem sie einst so eine schöne Nacht verbracht hat – aber sie hat keinen Zorn. Sie selbst hat ja ihre Schwester verjagt, als sie ihr das von Georg entwendete Tuch zurückbringen wollte, oder? Dennoch: Die Wut in Theres über die verhinderte Liebe mit Georg wird da mit einem Mal doch wieder groß, die Erinnerung schwappt über sie.

Theres weiß, sie wird sich selbst schaden, aber sie kann nicht an sich halten in ihrem Zorn, muss einfach schreien. Vermag die Zunge nicht mehr zu hemmen.

»Ihr habt mich verraten!«, brüllt sie Anna zu, und Georg zuckt zusammen. »Nur mehr Haut und Knochen bin ich, was wollt ihr denn noch, woher denn euer Hass?«, fragt sie nun leiser, da Andreas Schmidt sie zur Ruhe mahnt. So beißt die Theres sich auf die Zunge.

Wie nur soll das weitergehen?, denkt sie.

»Alles hat seine Zeit«, wispert Schmidt ihr da freundlich zu, »und alles rächt sich in sich selbst.«

Theres seufzt und geht den hohen Herren in den Gerichtssaal nach.

Eine riesige Treppe bestimmt das Treppenhaus. Mit müden Augen betrachtet sie die hohen Herren, die an ihr vorbeiziehen. Überall wuseln sie umher, fremd, hin von sich. Und der Theres ist, als bringe man sie auf die Schlachtbank.

Ich bin ein Tier, das ihr zum Schafott führt, denkt sie und sinkt mehr und mehr ein.

Als sie Emil sieht, der sie mit hasserfüllten Augen fixiert, fällt sie endgültig in sich zusammen.

Das ist das Ende, denkt sie, und sie atmet noch einmal tief ein und aus.

Sie legt den Kopf zur Seite und betrachtet Andreas für einen kurzen Moment mit flackernden, matten Lidern.

»Wir schaffen das!«, nickt dieser indes zuversichtlich und greift nach ihrer Hand.

Theres bemüht sich zu lächeln, und für einen Moment freut sie sich über das Leuchten, das sich über das Gesicht des Inspektors schiebt.

Also, sagt sich die Wilderin da. Auf zum letzten Kampf!

42

Andreas

An diesem Morgen bricht Andreas Schmidt früh zu Theresa Leitner auf, sie zum Gericht abzuholen. Am Vortag hatte Regen eingesetzt, und die Hügel lugen nun verhangen und doch unschuldig hervor. Eine trübe Wolkendecke bedeckt den Himmel, und auf dem Fluss liegt ein dunkler Schein. Auf dem Weg, der zum Gerichtsgebäude führt, schreiten zwei Wanderer dahin, die Andreas komischerweise traurig und melancholisch stimmen. Warum nur scheint alles immer bloß vom Tod zu reden?, überlegt er.

Er nimmt Theres' Hand, und es fühlt sich an, als bebten ihre Finger in seiner.

»Wir schaffen das«, sagt er.

Theres bemüht sich zu lächeln.

»Auf zum letzten Kampf!«, sagt sie dann.

»Genau: Unverzagt voran!«, entgegnet Andreas bemüht optimistisch, auch wenn ihm der Kehlkopf seltsam schwer im Hals liegt.

»Die Leitnerin hat den Fall verloren«, wispert Rosenstiel Andreas da zu. »Die Aussage eines Idioten wird hier nicht von Belang sein«, fügt er zischend hinzu.

Andreas merkt, wie sich mit einem Male etwas in ihm aufbäumt. Ja: Plötzlich fühlt er eine Kraft in sich, die vielleicht die eines Ertrinkenden ist – und er wagt es, seinem sonst so gefürchteten Kollegen zu widersprechen.

»Das werden wir noch sehen!«, entgegnet er leise, während er sich über das Gesicht streicht.

Dennoch: Seine Stimme bekommt eine Brüchigkeit dabei. Er spielt mit den sonnengebräunten Fingern, verbirgt die Hände unterm Tisch, als könne man aus ihnen seine Gedanken lesen.

So presst er nur noch die Worte hervor: »Alles rächt sich in sich selbst!«

»Schwachsinn«, murmelt Rosenstiel nur und schüttelt verächtlich den Kopf.

Und so beginnt die Verhandlung. Seltsam fern hört Andreas der Leitnerin zu, wie sie ihre Unschuld bekundet.

»Ich habe den Bierbichl nicht auf dem Gewissen«, sagt Theres, kaum dass man sie in den Zeugenstand gebeten hat. Und nun ist Andreas sich sicher. Ja, er versteht, dass alles, was Theres sagt, die Wahrheit ist. So, wie sie jetzt dasitzt, hoch aufgerichtet, wild und mit leicht wirrem weißen Haar, ist sie keine, die Menschen tötet.

Dein Gefühl hat dich nicht getäuscht!, denkt er beruhigt bei sich und lächelt ein wenig nach innen. Und allein darauf kommt es an, oder?

Eingehend betrachtet er die Leitnerin, während sie sich bemüht, den Anschuldigungen von außen standzuhalten. Es scheint sie alle Mühe der Welt zu kosten, Haltung zu bewahren. Sie atmet schwer, und Andreas spürt, wie seine Worte sich da Erleichterung verschaffen wollen.

»Euer Ehren«, sagt er da, ihr zu Hilfe kommend, »wir haben auch einen Mitwissenden! Der kann bestätigen, dass das gefundene Tuch nicht von Frau Leitner stammt.«

Und siehe, als er Sepp in den Zeugenstand bittet, kann er erkennen, wie Annas Gesicht – diese sitzt neben Emil in der ersten Reihe – für einen Moment lebendig wird und ihn furchtsam anblickt. Da wird Emils Gesicht so weiß, dass die Sommersprossen als deutliche braune Flecken zu sehen sind. Triumphierend fährt sich Andreas mit der Zunge über die Lippen.

Hab ich dich!, denkt er befriedigt.

Emil reißt den Mund auf, und für einen Moment scheint es, als würden sich blaue Schatten über seine Züge legen, als der Sepp sich hinsetzt und mit einem königlichen Ausdruck im Gesicht verkündet: »War da. Da hat die Theres der Anna das Tuch geschenkt. Damals, aufm Berggipfel.«

Andreas kann es kaum glauben: Nun ist es heraus! Ja, was hatten sie doch diesen Satz mit dem Sepp geübt, ihn versucht, mit dem Klang der Zither und sämtlichen anderen Verlockungen zu motivieren.

Was folgt, ist Schweigen.

»Ist das wahr?«, wendet der Richter sich dann an Theres, die, immer noch erhobenen Hauptes, dasitzt und Sepp aus freudigen, liebevollen Augen betrachtet.

Sie nickt.

Andreas kann sehen, wie ihr Blick kurz aufflackert und von Emil zu Anna gleitet. Dort, auf der Schwester, ruht er dann, für nur einen kurzen Augenblick, kaum länger als der Flügelschlag eines Schmetterlings.

»Ich hab es bei meiner Schwester Anna gelassen. Vor vielen Jahren.«

Geschafft, denkt Andreas, und mit einem Male bricht eine Welle über ihm zusammen. Draußen hat der Wind begonnen zu tosen, und es ist, als rüttle eine fremde, stürmische Macht an ihm. Ja, plötzlich scheinen zwergenartige Phantome zum Fenster hereinzuwehen, kaum wahrnehmbar dringen sie in das Gerichtsgebäude ein, schnellen durch den Saal, sausen und brausen umher, fallen, steigen und umringen ihn. Von allen Seiten fühlt Andreas sich umzingelt. Magische Stimmen wispern um ihn herum, und da erscheinen Weiber, kaum sichtbar und zart wie Zitronenfalter, mit Haaren, die sie ganz umhüllen. Sie singen, raunen, sind wohlwollend und grausam, fröhlich und grimmig in einem.

Schweiß bildet sich auf Andreas' Stirn, er beginnt zu hecheln, nach Atem zu ringen. Für einen Moment hört alles, was Leben ist, auf zu existieren. Draußen Rauchschwaden – kräuseln sich, nebelhaftes Trugbild der Welt.

Welch eine Lautlosigkeit!, denkt Andreas noch, bevor er vom Stuhl sinkt.

43

Theres

Theres ist bang. Schweigend sieht sie die Wände des Gerichtssaals an, die auf sie riesig und bedrohlich wirken.

Helft, ihr Saligen!, wispert sie innerlich, als sie in den Zeugenstand gebeten wird.

»Sie sagen«, dröhnt der Richter, dessen Hütchen ein wenig
lächerlich auf dem greisen Haupte wippt, »Sie hätten den Bierbichl nicht getötet. Ist das gewiss?«

»Ich habe den Bierbichl nicht auf dem Gewissen«, sagt sie
laut und deutlich.

»Ich verstehe«, sagt der Richter. »Und da gibt es dieses Tuch,
habe ich recht?«

Theres merkt, wie ihr Blick zu flackern beginnt. »Ja«, sagt
sie und sieht Andreas Schmidt an, der ihr Mut zulächelt. Und
dann geschieht alles sehr schnell.

Zunächst tritt Sepp hervor und erklärt, er habe gesehen, dass
Anna das Tuch zuletzt gehabt habe. Wie haben sie diese Sätze
miteinander geübt! Und tatsächlich: Er bringt sie heraus, stottert sie zwischen A- und I-Lauten brav hervor.

»Ist das wahr?«, wendet der Richter sich dann an Theres, die,
immer noch erhobenen Hauptes, dasitzt und Sepp aus freudigen, liebevollen Augen betrachtet.

Sie nickt. »Ich hab es bei meiner Schwester Anna gelassen.
Vor vielen Jahren.«

»Einspruch!«, meint da Frau Bierbichl. »Der kann doch gar
nicht selbst denken!«

Doch noch bevor sie diesen Satz gesprochen hat, sinkt Andreas Schmidt vom Stuhl! Ein erregtes Raunen dringt durch die
Menge, und sofort wird er von zwei Helfern emporgehoben.

»Das seltsame Wetter wahrscheinlich«, munkelt und raunt

man, während Theres sich bemüht, gefasst zu bleiben, und dem erschlafften Leib nachblickt, der aus dem Verhandlungssaal in ein Nebenzimmer gebracht wird. Sie will schon etwas sagen, aber siehe: In dem Moment ändert sich die Lage erneut. Georg, Annas Mann, erhebt sich taumelnd, und er sieht die Theres mit einem derartig liebevollen und festen Blick an, dass ihr fast schwarz vor Augen wird.

»Ich möchte eine Aussage tätigen!«, sagt er dann bestimmt. Theres zieht eine Augenbraue in die Höhe, kann es kaum glauben.

»Nun?«, sagt der Richter.

»Sepp«, ruft Georg aus, und mit einem Male wirkt er alles andere als angeheitert oder betrunken, wie er es bis eben noch tat, »hat recht. Das Tuch war bei Anna. Ich kann's bezeugen. Die Theres hat's ihr vor Jahren gebracht, als alte Erinnerung an deren gemeinsame Kindheit!«

Schweigen. Theres staunt.

Sie weiß, dass das nicht die ganze Wahrheit ist. Doch sie weiß auch: Diese Aussage ist ein Geschenk. Eine Wiedergutmachung dafür, dass er damals nicht um sie und ihre gemeinsame Liebe gekämpft hat. Sie merkt, wie ihre Augen mit einem Male glasig werden, als sie den jetzt wieder betrunken wirkenden Georg betrachtet.

»Nun«, weist der Richter da den Schreiber an, »zwar scheint der Herr nicht ganz bei Sinnen zu sein, aber dennoch: Proto-kollieren Sie! Und wir …«, er räuspert sich, nimmt kurz die Kappe ab und streift sich über die Spiegelglatze, wendet sich dann an Rosenstiel und den Staatsanwalt, »wir fahren indes fort, oder?«

Theres' Welt gerät ins Wanken. Und wieder geschieht alles sehr schnell, kaum dass sie einen klaren Gedanken fassen kann: Emil wird in den Zeugenstand gebeten, und er scheint unter den Befragungen zu zerbrechen. Schließlich gibt er zu, dass er das Tuch von Anna genommen habe, mit der er eine Liebschaft habe. Er habe den Bierbichl davor tot aufgefunden, und die

Anna habe ihm gut zugeredet, er möge das Tuch dahin bringen und Theres anschwärzen.

»Warum haben Sie das getan?«, fragt der Richter, an Anna gewandt.

Da fließt ihr Gesicht gleichsam auseinander.

»Den Mann hat sie mir genommen, die Salige!«, sagt Anna, und sie ist und bleibt dabei unangreifbar, vage, weit entfernt. Wie Wasser. »Und als ich sie dennoch sehen wollte, ihr das Tuch zurückbringen wollte, da hat sie mich vom Hofe verjagt!«

Da überfällt Wehmut die Theres, und sie betrachtet Annas Antlitz, das sich selbst so fremd zu sein scheint.

Wie jemand, der sich nicht kennt, ist sie!, begreift die Theres da, und dass auch sie die Schwester nie gekannt hat, so nah sie ihr auch gewesen war.

Und siehe – in dem Moment fährt ein Ruck durch die Reihen, denn einer, der ganz vorne saß, der Verhandlung beizuwohnen, hat sich mit einem Male erhoben. So baut er sich mit breiten Schultern vor der Truppe auf. Theres traut ihren Augen kaum. Der hohe Graf Auersperg selbst ist es, der da mit einem Male aufsteht! Er streift an den Tisch heran, greift nach ihrer alten, faltigen Hand, und seine Mundwinkel zucken, als er Theres aus großen Augen heraus fixiert und leise sagt: »Ich gestehe!«

»Sie?«, fragt sie zögerlich, und der Graf richtet sich wieder auf, sodass man sein edles Gesicht mit den stark hervortretenden Backenknochen im Schein der Kerzen flackern sehen kann, und sagt mit leiser, fast brechender Stimme: »Ich gestehe. Ich war's!«

Dann, lauter, sich an die Zuhörerschaft wendend, erklärt er: »Ja, wenn nun schon Georg Heimschmidt so viel Mut beweist, so will auch ich eine Aussage machen!«

Ein Raunen geht durch die Menge. Tief holt der Graf Luft und nestelt ein wenig an seinem hohen Kragen herum. Dann spielt er verlegen mit seinen goldenen Manschettenknöpfen, während er sagt: »Ich habe den Bierbichl umgebracht, wenn auch nur aus Versehen.«

Da wird aus dem Raunen ein richtiges Rauschen.

»Sachte!«, ruft der Richter aus, der sich nur langsam fassen kann, und klopft mit dem Hammer auf den Tisch.

»Ja«, wendet sich Graf Auersperg nun an den Richter, »denn eins verbindet mich mit der Leitnerin: Auch ich bin – verzeihen Sie das Wort – ein Wilderer!«

Für einen Moment herrscht Stille im Saal.

Ihr Saligen!, rauscht und dröhnt es in Theres' Kopf, denn sie kann es kaum glauben. Da wendet sich der hohe Herr von Auersperg ihr zu und lächelt sie an.

»Wir beide, liebe Theres«, sagt er leise und zwirbelt sich den Bart, »haben offenbar etwas gemeinsam.«

Der Rest ist Ausatmen. Draußen weht ein heftiger Wind. In Strömen rasselt es vom Firmament, peitscht gewalttätig gegen die Scheiben des Gerichtssaals. Die hohen Bäume verdunkeln jenseits des Fensters den Raum. Eine verrostete Wetterfahne knarrt, und das Knarren dringt von irgendwoher durch das Fenster.

Da ruft der Graf Auersperg, mit einem Male leidenschaftlich werdend, aus: »Die Theresa Leitner ist keine Mörderin. Der Mörder – wenn Sie so wollen – bin ich!«

Wieder ist es gespenstisch still im Raum. Es scheint, als würden die toten Geister mit einem Male auferstehen. Draußen braust und wütet ein Sturm, der seinesgleichen sucht.

»Ich bitte Sie in diesem Sinne«, sagt nun Graf Auersperg, seine Schultern einziehend wie eine Schildkröte, »die Theresa Leitner zu entlassen. Ich war es. Ich habe den Bierbichl erschossen. Man möge mich dafür zur Rechenschaft ziehen.«

Stille.

Der Richter sieht den hohen Herrn noch einige Momente fassungslos an, doch dann wischt er sich über die Brauen und nickt.

»In Ordnung. Die Sitzung ist hiermit beendet.«

Was folgt, ist eine weitere große Pause. Der Sturmwind heult, und die Menge raunt. Theres indes knickt in sich zusammen und wird für einen Moment neu.

44

Andreas

»Jemine«, meint Rosenstiel, der Andreas ein Glas Wasser reicht. »Sie sind eine Memme, einfach umgekippt!« Doch seine Worte kommen zärtlich und auf seltsame Art und Weise liebevoll.

»Tatsächlich?«, fragt Andreas, und dann, etwas leiser: »Die Gerichtsverhandlung!«

Rosenstiel verdreht bemüht freundlich die Augen. »Das, werter Kollege, sollte jetzt Ihre letzte Sorge sein.«

Andreas schüttelt den Kopf. Er begreift nicht. Wie konnte er nur auf einmal seine Sinne verlieren?

»Was ist geschehen?«, fragt er, während er sich ein Stück weit aufrichtet und die Umgebung erkundet. Er liegt, aufgebahrt auf einer alten ledernen Couch, in einem Hinterzimmer. Draußen wütet immer noch der Regen, wie er mit einem raschen Blick durchs Fenster erkennen kann.

»Das«, sagt Rosenstiel freundlich, »besprechen wir morgen. Nun kommen Sie erst einmal zu Kräften. Sie haben Feierabend!«

Der Ton seines Chefs ist zwar liebevoller denn je, doch wie immer duldet er keinen Widerspruch, und so verlässt Andreas mit wackeligem Schritt das Gebäude. Es dauert nicht lange, bis sich alles aufklärt, denn vor dem Gerichtshof begegnet ihm Theres, die ihm mit roten Bäckchen berichtet.

»Ich bin frei!«, sagt sie leise und lächelnd.

Dann erzählt sie vom Hergang der Verhandlung, und Andreas kann es kaum glauben:

»Der Graf Auersperg, er hat den Mord gestanden, der in Wahrheit ein Unfall war!«, ruft Theres. »Und Emil hat man verhaftet. Er hat schließlich auch gestanden, dass er versucht hat, Sie und Sepp im Walde zu töten, da er Angst hatte, man würde seine Lüge mit dem Tuch aufdecken. Mit dem Tuch wollte er

den Verdacht auf mich lenken, um Anna einen Gefallen zu tun.«
Dann legt sie ihre Hand zart auf seinen Unterarm und sagt:
»Und Sie, mein Lieber, Sie ruhen sich jetzt aus. Sie sind bleich
wie ein Geist!«

Ihm wird schwindelig. Es ist, als ströme das Blut seiner Angst
aus ihm. Er betrachtet Theres, und seine Sympathie für sie ist
so stark, dass er sich fühlt wie jemand, der Stein um Stein aus
einer Mauer ausgegraben wird.

»Na ja, eine Salige wie Sie werd ich wohl nicht werden«, bemüht Andreas sich zu scherzen. »Schließlich bin ich ein Mann,
oder?«

Und siehe: Theres lacht.

So kommt Andreas langsam zur Ruhe – und bald schon tritt
er seinen Dienst wieder an.

»Netter Morgen heute«, meint Rosenstiel versöhnlich, »bloß
etwas Wind«, als er Andreas an seinem ersten Arbeitstag in
seiner Kammer besucht.

Andreas schweigt kurz. »Ja«, sagt er dann leise.

So nippt ein jeder an seinem Kaffee. Dann beißt Rosenstiel
auf den Stummel seines Zigarillos, hustet.

»Wie gut, dass wir zu zweit sind«, meint Rosenstiel da.

Andreas nickt vage und sieht aus dem Fenster. Draußen
flammt eisig ein roter Feuerschein auf. Die Sonne ist es, und
trotz des Sommers erscheint sie Andreas mit einem Male kalt.
Ja: Andreas muss an den Tod denken.

Auch sein Körper würde mit Erde zugeschüttet werden,
denkt Andreas, und er weiß nicht, ob er sich darüber freuen soll.

In der Nacht kann Andreas nicht schlafen. Woher diese Be-
klemmung?

Dabei haben wir doch den Fall gewonnen!, redet er sich zu.

Dennoch: Alle Gedanken quälen ihn, verletzt fühlt er sich,
obwohl er doch augenscheinlich den Kampf gewonnen hat,
oder? Andreas findet einfach keine Ruhe.

45

Andreas

Früher hieß mit dem Chef streiten so viel wie gegen den Wind pinkeln. Heute kann Andreas Schmidt es sich aber leisten. Denn: Rosenstiel ist anders geworden. Sein Körper ist nicht mehr wie ein böses und aggressives Ausrufezeichen, ist eher ein Fragezeichen, wenn sie sich jetzt des Morgens in Andreas' Kammer treffen. Rosenstiel ist mit einem Mal bedürftig, sehnt sich nach Austausch. Denn offenbar sieht er Andreas jetzt als ein würdiges Gegenüber – und versucht ihn ganz für sich zu vereinnahmen. Ja: Er betritt den Raum, und eine Wolke schwappt über Andreas.

Wie Gewitter!, denkt Andreas und seufzt. Manche Dinge bleiben eben doch gleich, oder?, sagt er sich dann.

Ja: Rosenstiels Gereiztheit ist mit einem Mal dahingeflossen. Doch jetzt ist es seine Gefallsucht, die Andreas anstrengt und ihn überaus müde macht.

»Hatten Sie schon Ihren Morgenkaffee?«, fragt Rosenstiel ihn da und fletscht sein hundeartiges Gebiss. Das soll ein Lächeln sein, weiß Andreas, doch er ist sich nicht sicher, ob ihm dieses gefällt.

»Danke!«, sagt er.

Da nestelt Rosenstiel mit leicht zittrigen Fingern an seinem Joppen, nestelt ein Zigarillo hervor.

»Bitte!«, meint er freundlich.

Andreas lässt sich von ihm Feuer geben, und gemeinsam pafft man schweigend Rauch aus.

»Sie sind doch ein kompetenter Kollege«, sagt Rosenstiel dann irgendwann.

Mit stiller Gier saugt er die Luft ein. Andreas hört seine Kiefer knacken.

»Wirklich«, fügt Rosenstiel, an seinem Zigarillo ziehend, mit einem Grinsen hinzu. »Wirklich. Sie können sehr zufrieden sein mit dem Fall.« Er fährt sich über den ausgemergelten Schädel. Dabei senkt er die Stimme. Es klingt mit einem Mal, als würde ein Stein rollen. Andreas kann es einfach nicht glauben. So demütig hat er Rosenstiel noch nie gesehen! Stets hat dieser Mann ihn doch aufgefordert, auf der Hut zu sein, jeden Tag etwas Neues verlangt ... Und nun? Irgendwie vermisst Andreas jetzt den alten, bissigen Hund, der ihm in den vielen Jahren nun doch ans Herz gewachsen ist.

Er zuckt mit den Schultern.

»Nun, ist es nicht so?«, will Rosenstiel wissen.

»Ich weiß nicht ...«, murmelt Andreas.

Doch im Grunde weiß er: Er hat zwar den Fall gewonnen, doch die Toten bleiben tot. Und auch die Theres, sie scheint traurig zu bleiben. Kein Wunder, haben doch so viele Schicksalsschläge von der Diphtherie über den Tod ihrer Kinder bis hin zum Verlust ihres Mannes und der Beschuldigung ihrer Schwester sie heimgesucht. Zwar ist sie ins Dorf gezogen, in ein neues Haus, doch das scheint nicht unbedingt eine Verbesserung ihrer Lage zu sein. Auch die Verbindung zwischen Theres und Anna ist distanziert in diesen Tagen.

Vielleicht, überlegt Andreas, hat die Theres zu viel geliebt. Vielleicht will sie einfach nichts mehr verlieren?

In Wahrheit aber will er gar nichts von ihr, will nichts fordern, sondern einfach nur für sie da sein. Gern würde er ihr helfen, dieser Frau – doch er scheint machtlos.

Wer lehrt einen wieder lieben und lassen?, fragt Andreas sich leise und seufzt.

»Was sind Sie denn heute so schweigsam?«, meint sein Vorgesetzter da mit bemüht optimistischer Miene und tätschelt ihm hart, aber herzlich den Arm.

Andreas schweigt, zuckt mit den Schultern.

»Wollen Sie sich vielleicht einfach freinehmen?«, bleibt Rosenstiel hartnäckig – und nun ist es Andreas tatsächlich genug.

Wo ist nur sein vertrauter spöttischer Kollege geblieben?, fragt er sich und ist mit einem Mal traurig.

»Aber nein!«, entgegnet er. Was sollte er denn auch daheim? Schließlich würde er ja doch nur Kaffee trinken, nachdenken und ein wenig traurig sein. Als Rosenstiel schließlich gegangen ist, stellt er diese Frage noch einmal. Diesmal stellt er sie an Gott, seinen Schöpfer, an den er doch irgendwie glaubt. Doch die Antwort ist: Schweigen. Andreas seufzt. Er hat alles erreicht, was er mit diesem Fall wollte, und ist doch nicht glücklicher als früher. Ja: Andreas hat sich selbst besiegt. Seine eigenen Grenzen bezwungen. Aber zurückgeblieben ist nichts als Müdigkeit. Der Wunsch nach Glück ist vergangen, auch die Träume haben sich verändert. Jetzt ist Rosenstiel kein Feind mehr. Jetzt ist die Sehnsucht nach Gemütlichkeit aus seiner Seele gewichen.

Andreas betrachtet seinen Körper, der in den besten Jahren zu sein scheint. Er sieht wie, kaum wahrnehmbar, seine Finger zittern.

So greift er nach seinem Hut, drückt ihn sich aufs Haupt und schreitet langsam aus seiner Kammer. Rosenstiel indes sitzt immer noch im Vorzimmer und studiert einige Akten. Nichts Großartiges, weiß Andreas. Ein Diebstahl, einmal Verdacht auf Brandschatzung. Das ist alles. Auch mit dem Wildern ist es stiller geworden, seit die Leitnerin ihr verfallenes Heim in der Gebirgsregion verlassen hat. Und zugegeben: Sosehr Andreas das Jagen hasst, so stimmt ihn diese Tatsache doch traurig.

»Schönen Feierabend!«, flötet indes Rosenstiel, während er sich an ihm vorüberschiebt und nach Hause streift.

»Danke, Herr Kollege«, meint Andreas, brav und artig wie eh, doch das Ritual hat seine Kraft eingebüßt. Ja: Alles kommt Andreas hohl vor in diesem Moment.

Draußen empfängt ihn die Traurigkeit, das Grau eines Herbsttages. Es regnet.

Könnte man doch den Regen einfangen oder das Licht!, denkt Andreas da und weiß nicht, wohin.

Nach Hause kann er nicht, denn in seiner Kammer sind die Gedanken viel zu laut. So schreitet Andreas ein wenig durch die Dämmerung und sucht dann, ähnlich einer Wilderin, im Dickicht der Bäume Zuflucht. Rauschend sehen ihn die Wipfel an, und für einen Moment vermeint er, eine Frauengestalt zwischen ihnen schweben zu sehen.

»Seid ihr es, ihr Saligen?«, fragt Andreas da.

Doch ihm ist nicht bange. Alle Angst ist aus ihm gewichen.

»Bleibt ruhig«, murmelt er.

Andreas lauscht. Er legt sich in den Wald, in die Stille, und denkt für einen Moment lang an nichts als an den Himmel über sich. Für kurze Zeit nickt er ein, gleichsam gewiegt vom Rauschen des Laubes über seinem Kopf. Dann schreckt er hoch. Am Himmel hat sich etwas verändert, genau wie in ihm. Ja: Unwahrscheinlich rot und groß geht der Mond auf.

So riesig hängt er über der Welt der Morde und Tode, der Liebe und des Hasses, dieser große, schauerliche Mond, oder?, sagt sich Andreas.

Und dann wispert er nur ein einziges, kaum hörbares Wort in die Nachtluft hinein, bevor er weiterzieht durch das Dickicht der Wälder.

»Gott?«

46

Theres

Tage und Nächte wechseln einander ab, und die Kinder wachsen und gedeihen, allem zum Trotz. Inzwischen geht Martin, der etwas strammer geworden ist, bei einem Schuster im Tale brav in die Lehre, nur Martin lebt noch mit der Theres auf dem Hof. Fast ist es schön, keine Aussichten mehr auf die Zukunft zu haben, denkt sie. Warum ernten, wenn ohnehin alles zu Staub zerfällt? Eine schreckliche Wüste ist die Welt. Nichts zurücklassen. Keine Zukunft. So blickt sie nachdenklich aus dem Fenster. Der Winter regnet in Bächen herab, ausgetrocknet ist dennoch die Hoffnung. Sie selbst ist nur noch eine Tochter des Hungers. Sie ist nicht mehr dieselbe.

»Schau mich nicht so an mit Augen, die schön sind!«, meint Theres da zu ihrem Martin, der neben ihr in der trauten Stube sitzt.

Dieser lacht, und auch Theres muss mit einstimmen.

»Sind die schön, ja?«, sagt er, und für einen Moment läuft ein wenig Freude durch ihr altes, müdes Herz, eine Art Schauer, der ihr das Atmen fast schwer macht.

Ich bin immer in der Nacht, denkt Theres. Wie ein Stein, der Augen hat und in der Dunkelheit sehen kann! Sie seufzt.

Dann schließt sie die Augen, doch es hilft nichts. Nein, sie kann das Leben dennoch nicht wegblenden. Vor ihr sitzt ihr Sohn, nippt an der Milch, die sie ihm hingestellt hat, und wischt sich dann mit dem Ärmel über die Lippen.

»Gut!«, nickt Martin.

»Das freut mich«, antwortet Theres.

So geht also alles weiter, fließt, sagt sie sich. Ein Moment nach dem anderen, Wasser, das auf Wasser fällt. Sie sieht den Jungen an, das dichte Haar, das sich wie Wildschlangen lockt.

Wie schön und gut er doch geworden ist, allen Wintern zum Trotz!, denkt Theres.

Und dass der Josef aus seinem Antlitz herausblitzt, wieder und wieder.

»Schön bist«, sagt Theres.

Martin indes nickt nur und schlingt mit großen Löffelschüben, die er sich in den Mund steckt, sein Mus hinunter.

Theres seufzt.

Ja, denkt sie: Sie wird dennoch leben. Sich arrangieren. Für dieses besondere Kind. Oder? Stein bleibt sie unterm Wasserfall, beharrlich.

»Wann wohl das Gewitter vergeht?«, fragt Theres und blickt aus dem Fenster.

»Irgendwann wieder, wie immer«, entgegnet der Martin bloß wohlgemut.

Theres betrachtet die Natur hinterm Fenster. Draußen wütet der Winter und lässt der Welt ihre Seele nicht, nimmt ihr alle Waffen aus der Hand. Theres merkt, wie sie langsam ruhig und still wird. Ihre Macht längst gebrochen, nichts als Erinnerungen und ein wenig stille, aber friedliche Trauer.

Man muss nach vorne blicken, denkt Theres. Hinten ist nix mehr!

Ja: Sie hat sich gewöhnt ans Unglück, mit den Jahren. Hauptsache, der Martin ist noch da, oder?

»Ich werd das Haus verlassen!«, sagt sie da.

»Gut so!« Martin drückt ihren ausgemergelten, groß gewachsenen Körper an sich.

»Ja«, sagt Theres noch einmal zum Abschied. »Ich zieh jetzt ins Tal!«

So verlässt Theres das Haus, überlässt es den Saligen und anderen Geistesgestalten und übersiedelt mit ihrem wenigen Hab und Gut ins Tal. Klein ist ihre Kammer, bescheiden der Tisch, doch den Kindern geht's gut, sie werden das Leben weitergeben, es übersetzen, das ist alles, und das ist gut.

In den darauffolgenden Wintern schläft Theres viel und erinnert sich. Sie will es jetzt nicht abkürzen, in ihrem Bett zu liegen. Ist müde. Zu Tode erschöpft. So vergeht die Zeit.

Langsam fällt ihr das Haar aus, und in dem lag all ihre Kraft. Wie bei den Saligen, die das Haar doch wie Schleier tragen, bodenlang, leicht und flirrend. Ja: Der Zauber verliert sich.

Zu oft hat das Leben zugeschlagen, oder?, sagt sie sich still, leise. Zu oft der Tod!

Jedes Lachen kommt ihr jetzt wie ein Geschwür im Rachen vor.

Ob noch mal ein Gott seinen Finger in ihre Wunden legt und sie zu Glück macht?, denkt sie manchmal. Und: das Leben. Es ist, als müsse man ewig dafür leiden, dass man einmal glücklich war!

So sinniert Theres, während die Tage ins Land ziehen und einander immer mehr gleichen. Ja, sie hatte ihre hellen Momente. Unzufrieden kann sie nicht sein, wenn es auch hart war. Die Liebe ist ihr zumindest begegnet. Oder? Ja: Sie hat Josef gehabt.

Das war schon ein Geschenk!, denkt sie da.

Und dann fällt ihr auch Andreas Schmidt ein, der ihr so wacker geholfen hat gegen all die Anschuldigungen der Dorfleute. Theres seufzt. Mit einem Male ist die Erinnerung wieder da: Anna! Ja, die Schwester hatte versucht, sie anzuschwärzen, wird es ihr nun wieder siedend heiß bewusst. Und diese Tatsache ist wie ein Stich in ihrer Seele. Theres merkt, wie sie mit einem Mal fröstelt.

»Was ist das bloß für eine grausame, harsche und kalte Erde?«, murmelt sie so bei sich, während sie still aus dem Fenster blickt.

Vielleicht wird aber das Leben auch erst warm, wenn man den Tod umarmt, denkt Theres und seufzt dann.

Was wäre die Nacht ohne den Tag?, sagt sie sich und streift dann hin und wieder durch das Tal, die Natur zu genießen. Dennoch: Schmerzhaft scheint die Erde unter ihrem Schritt zu zucken, und die Weiden auf dem Dorfplatze scheinen ihr ein trauriges Willkommen entgegenzuwehen. Eiskalt durchzieht es ihr die Brust, sie spürt ihr eigenes Gerippe noch nach, spürt es atmen.

Hin und wieder besucht sie noch ihr altes Heim, schreitet das Areal um den verfallenen Hof ab und hört den raunenden, rauschenden Toten zu. Leise. Still. Dann faltet Theres ihre Hände im Rock und erinnert sich. Zugegeben: Das Wildern, es fehlt der Leitnerin. Zwar hängt in ihrem Kasten im neuen Hause immer noch Josefs Gewehr, doch nach allem, was geschehen ist, ist das Jagen nicht mehr dasselbe.

Das ist der Boden, der einmal dein Leben war, denkt sie bei jedem Abschied, wenn sie nach ihren Streifzügen durch die Berge wieder ins Tal geht.

Und: Gehetzt war ich immer, wie das Wild, das ich gejagt habe. Vom Tod verfolgt, der mich bedrohte. Das Schlimme aber war nicht der Tod. Es war, die zu verlieren, die ich liebte!

Hin und wieder dreht sie auch den grauen Ring, den sie von ihrem ersten Geliebten Gerhard erhalten hat – damals, fast noch ein Kind war sie –, in ihren Händen. Doch dessen Schönheit hat an Kraft eingebüßt.

»Guten Abend, Herr Schmidt!«, grüßt sie hin und wieder den alten Freund, wenn er ihr auf der Straße begegnet.

»Guten Abend, Frau Leitner!«, tönt es dann, und ein kurzes Lächeln umspielt Theres' Lippen. So kurz, dass nur der Inspektor es sehen kann. Das ist alles. Dann wird sie wieder von der Nacht verschluckt.

Epilog: Ein leeres Haus

Es gibt viele Arten von Schmerz. Einer verschnürt dir die Brust, einer erstickt dich, und einer spaltet dich in der Mitte entzwei. Doch das weiß nur noch das Haus inzwischen. Und die Toten, die in ihm wohnen. Vom Bauwerk sind nur noch der Giebel und vereinzelte Wände geblieben. Noch steht der Keller. In ihm hausen die Igel.

Das Haus beherbergt, was tot ist, was besiegt ist. Und auch das Unmögliche: die Geister. Sie werfen ihre Schatten nach allen Seiten, doch keiner kann es sehen. Ein gestutzter Baumstrunk ohne Zweige steht vor dem Fenster. Wieder zieht der Winter näher. Nach dem Leben kommt der Tod, weiß das Haus. Die Alraunen, diese Waldmännchen, ob sie schon wach sind und wieder mit den Saligen streiten? Wie Wurzeln sehen diese Wesen aus, haben lange Bärte und Gesichter, die denen von Säuglingen oder Greisen gleichen: immer uralt.

Schneeweiß und wie Seide fällt der Schnee. Jeden ereilt der Tod. Dieses Haus hat jetzt keine Tür mehr. Ja, dieses Haus ist wie die Welt: In diesem Haus kann Veränderung nicht gelingen. Und so bleibt es wie die Untoten: lebendig, aber – stumm. Wie alte Tage fallen sie wieder und wieder her über dieses längst zerfallene Haus, dass innen und außen kaum noch mehr als Erinnerung tost. Dunkel und kalt ist es, und keiner würde je wieder die Türen und Fensterläden öffnen, es lebendig und leicht werden lassen wie damals, als Theres noch klein und die Welt voller Wunder war.

Nein: Denn eine Wunde ist jetzt das Haus. Es wird sich nicht mehr mit dem perlenden, kitzeligen Lachen von Kinderstimmen füllen, wird nicht mehr widerhallen von freudigen Schritten Liebender, die sich im Stadl das erste Mal begegnen.

All das ist dahin.

All dies ist vorbei.

Als Wispern und Weben ziehen allein noch die Toten durch das Haus. Beginnen, in dem Gemäuer zu schwirren, wenn die Helligkeit verflittert. Andere Zeiten, andere Geister. Oder?